サトウとシオ
illust.たん旦
隣のクラスの美少女と甘々学園生活を送っていますが
告白相手を間違えた
なんていまさら言えません

こ、こちらこそ
よろしくお願いします。
遠山花恋
現役読モの美少女。
光太郎の誤告白を
なぜかOK?

えっ？なんで？
竜胆光太郎
一世一代の告白を
盛大に間違えた男。
なぜか両想いに!?
相手を間違えたはずなのになぜか告白成功!
両想いってことになっちゃいますけど!?

本日は深雪様と光太郎様の
お見合いの日でございます

♥桑島深雪
地元の名家のご令嬢。
光太郎が本当に告白
したかった相手。
まさか竜胆君が
来てくれるなんて

誤爆から始まったはずの恋が
いつしか本物に——

楽しかったなぁ
私のこと好きって
言ってくれたんだし――

CONTENTS

Satoutoshio,
Tantan
Presents

隣のクラスの美少女と甘々学園生活を送っていますが告白相手を間違えたなんていまさら言えません

サトウとシオ

GA文庫

キャラクター紹介

♥竜胆光太郎

頼み事はなんでも引き受ける桐郷学園の『断れない男』。片想いしていた深雪に告白したつもりが、間違えて花恋に告白してしまう。

♥遠山花恋

現役高校生ながら読者モデルの仕事をこなす学年一の美少女。光太郎のことがもともと好きで彼からの告白をもちろん受け入れた。

♥桑島深雪

地元の名家・桑島家のご令嬢。光太郎が本当に告白したかった相手。つきあい始めた光太郎と花恋の関係をいぶかしんでいる。

♥青木さん

桑島家に仕える謎の女性。深雪の付き人として学校にまで付いてくる。深雪に従って光太郎の身辺に探りをいれる。

プロローグ

穏《おだ》やかな風が教室のカーテンを揺らしている。

新緑香る五月の半《なか》ば。

学び舎《や》では生徒たちがおしゃべりしながら登校、和気藹々《わきあいあい》とした雰囲気を醸《かも》し出していた。

のびのびとした笑い声が風に乗り木々の梢《こずえ》を鳴らしだす。

桐郷《きりごう》学園高等学校。

県内随一の自由な校風と謳《うた》われ在校生や周辺の住人からは「キリコー」の愛称で親しまれているマンモス高校である。

もう五月にもなり新しい学園生活にもなじみだし、生徒らの机を寄せて談笑する風景が散見されていた。

「光太郎《こうたろう》、部活どうするよ？」

「んと、多分入らないんじゃないかな」

光太郎と呼ばれた生徒は腕を組み少々悩んでから笑顔でそう答える。

柔らかい髪に大きな瞳《ひとみ》、あどけなさを残す柔和《にゅうわ》な印象の少年だった。

竜胆《りんどう》光太郎。

身長170センチ、ややだが細身でスタイルは悪くない。

そんな体躯《たいく》だがどことなく優男《やさおとこ》をイメージさせるのは穏やかな目つきだろう。

目の奥が優しい。

懺悔《ざんげ》を聞く神父のような空気を醸し出す少年だった。

実際、心根は優しく何でも嫌な顔一つせず手伝ってくれるので周囲からは非常に頼られ、そして好かれている。

「困ったときの光太郎」「いい人過ぎて心配」「半分以上優しさでできている男」と評価は高い。

ただ彼は「断れない性格」の自分を好きになれず、いつか変えたいと悩んでいて……

そんな思春期真っ盛りな少年、それが竜胆光太郎である。

彼は頬《ほお》を掻《か》きながら言葉を続けた。

「中学時代、部活を掛け持ちしすぎて大変だったからね。高校になったら叔父さんの喫茶店をもっと手伝いたいと思っているんだ」

「そのバイタリティはマジで尊敬するぜ。人の良さがお前の良いところでもあり悪いところでもあるから無理な勧誘はしっかり断れよ」

「あはは、頑張るよ。ところで、そう言うジロウは部活入るの？」

「ふふん、よくぞ聞いてくれた」

ジロウと呼ばれた男子は不敵な笑みを浮かべ机に身を乗り出した。

ジロウ。本名、鷹村俊《たかむらしゅん》。

商店街の和菓子屋の息子で光太郎とは中学からの付き合い。いわゆる悪友的存在である。

モテることに対して非常に貪欲であり努力を惜しまないが、その努力がことごとくズレていることでも有名。

ジロウのあだ名の由来は中学時代、髪の毛を大量のワックスガチガチで登校したら「豚骨系ラーメンをひっくり返したみたい」といじられ、それ以降長男なのにジロウと呼ばれるようになったという経緯を持つ。そんなちょっぴり垢抜《あかぬ》けない無骨な顔立ちの男子だった。

ジロウはゴツイ指で前髪をイジりながら揚々《ようよう》と語る。

「俺は新たな部を設立しようと考えている」

「はぁ……どうせEスポーツ部とかカードゲーム部とか遊ぶための何かでしょ。いくら桐郷高校が自由な校風だからといっても、ちゃんとしたヤツじゃないと難しいと思うよ」

嘆息《たんそく》し優しく諭《さと》す光太郎。

しかし、ジロウの発想は予想の斜め上をいっていた。

「俺は恋愛研究部というのを設立したい。恋愛の苦手な男女が異性に受ける服装やデートマナーなどを研究しあい実践《じっせん》する。ゆくゆくは学校独自のマッチングアプリを開発しスムーズに恋人が作れる環境作りを目指そうと思案しているぜ」

欲望まみれで目がバッキバキになっている友人に光太郎は心底呆《あき》れて半眼を向ける。

「完全に部費で出会い系アプリを作るつもりじゃないか」

「学校側で管理できる異性交遊、これ以上の健全はあるか？　いや、ない！　これは一学校ができる少子化対策の一環なんだぜ！」

口の端に泡をためながらやれ「異次元の少子化対策」だの「異次元の晩婚化回避」だの御託《ごたく》を並べ出す悪友に光太郎は呆れるしかない。

「そういうことばっか考えているからモテないんじゃないかな」

「正論なんて卑怯《ひきょう》だぞ光太郎！　夢がないなぁお前はさぁ」

「アハハ、悪あがきを夢と言っちゃダメさ」

他愛のない会話で盛り上がる二人、気心知れた仲がうかがえた。

そんな彼らの背後に何者かが忍び寄る。

「おいっす、何しているの？　また悪巧《わるだく》み？」

グニグニと急に勢いよく肩を揉《も》まれて光太郎は思わず顔を歪《ゆが》めてしまう。

「うわわッ⁉　何⁉」

勢いよく振り向くと、そこには朗《ほが》らかな笑みを向ける一人の少女の姿があった。

二つにまとめた艶《つや》やかな栗毛が陽光に煌《きら》めき、まるで銀幕のワンシーンを彷彿《ほうふつ》とさせる。

愛くるしい丸い瞳は透き通っており、目尻《めじり》には主張しすぎない程度にうっすらメイクが。要

所を押さえたワンポイントメイクは実に映え、見るものを虜《とりこ》にする。

お洒落《しゃれ》に着崩した制服姿、短めのスカートからは健康的な足がスラリと伸びる。

小麦色の肌が健康的なモデル体型……同級生で学園の超有名人「遠山花恋《とおやまかれん》」だった。

読者モデルをやっており何度も雑誌の表紙を飾っていてテレビにも出演したこともあるほどで、近々放送されるドラマの主演に抜擢《ばつてき》されたとの噂《うわさ》も流れている。

そのうえ勉強も運動も上位をキープするハイスペックのいわゆる「高嶺《たかね》の花」。

しかし、それを鼻にかけることなく竹を割ったような清々《すがすが》しい性格で男女共に人気……特に男子からの人気はすさまじく告白する人間は後を絶たないという。

何度も告白されその都度《つど》断り、ついた二つ名は遠山の名字にちなんで「恋愛未踏峰《みとうほう》」。

光太郎とは中学からの同級生といった間柄である。

「と、遠山さん」

光太郎は困惑の表情を浮かべながら彼女を見やり、少し距離を取ろうと椅子《いす》を引く。

花恋はそんな彼の肩に腕を回して超密着し動きを封じた。

「わ、ちょ、ちょっと」

柔らかいものを感じてしまい身じろぎしてしまう光太郎。

そんな機微など気にも留めず花恋は屈託《くつたく》のない笑みでグイグイ尋ねてくる。

「ほうほう光太郎君、そんな露骨に動揺するなんてさてはジロウ君とエッチな話でもしていたんだね」

「ち、違うよ！　断定しないでって！」

「そんなベタなリアクション、サスペンスドラマの犯人でもしないって。私が監督だったらNG出しているよ。後で個人的に演技指導してあげようか？」

「そんな指導いらないよ！」

――とまぁ、彼女が若干《じゃっかん》「ウザい」に片足突っ込むレベルで光太郎に絡《から》んでくるのは中学からよく見た光景、日常茶飯事といったところである。

怒濤《どとう》の口撃とボディタッチに額《ひたい》に汗を掻いて反論する光太郎。

そのリアクションが見られて満足したのか花恋は満面の笑みである。

「ふ～、やっぱイジりがいがあるなぁ。余は満足じゃ、というわけで自分のクラスに帰るね。名残《なごり》惜しいかもしれないけど泣くんじゃないよ光太郎君」

「涙目なのは遠山さんが肩をグイグイ摑《つか》んでいるからだよっ」

「またまた～、嬉《うれ》しいくせにさ。まぁ猥談《わいだん》もほどほどにね、エッチなことばかり考えていると彼女もできないぞ君ぃ」

馴《な》れ馴れしい上司のような語り口の後ムーンウォークで去っていく花恋。

嵐《あらし》過ぎ去りし後のように光太郎はぐったりして机に突っ伏した。

「んもう……やたら絡んでくるよね遠山さん」

他《ほか》の人と違って自分には強めに絡んでくる彼女に光太郎は嘆《なげ》くようにつぶやいた。

そんな彼をジロウはニヤニヤして見やっているのだった。

「何笑っているのさジロウ」

「うんにゃ、何でも」

適当にはぐらかした後ジロウは話を元に戻そうとした。

「とまぁこの競争社会、勉強に忙殺《ぼうさつ》されて気になる女子の一人もいないで高校三年過ごしてしまうのはもったいない。ゆえの恋愛研究部、ゆえのアプリ開発なんだ」

「和菓子屋のせがれが競争社会を憂《うれ》いすぎだよ」

「うっせ、お前だってその予備軍なんだぞ。無味乾燥な三年間を送りたくはないだろ」

力説するジロウに光太郎は口をとがらせて反論した。

「いや、気になる女子くらいいるけど……」


ガタンッ！

光太郎のこの一言にジロウは椅子からずり落ちそうになる。

「ど、どうしたの」

心配する光太郎。

真顔で彼の顔を見やっていたジロウはおもむろに立ち上がると声高《こわだか》に叫んだ。

「１－B男子集合！」

威勢の良い招集令にクラスの男子は何事かと二人の元に集い出す。

「どうしたジロウ」

「光太郎と一緒に悪巧みでも計画しているのか？」

「もったいぶらないで俺も混ぜるさ」

悪巧みと言われ心外そうに光太郎は集った男子を見回した。

「人聞きの悪いこと言わないでよ、悪巧みなんて一度もしたことないよ」

光太郎の言葉に男子の一人がメガネとクイッと上げて反論する。

「地域活性のために地元の湖に恐竜の自作模型を沈めて『桐郷湖に怪獣「キッシー」現る』というデマを新聞雑誌に売り込んだではないですか」

その話に触れられ光太郎は恥ずかしそうに頬を掻いた。

「それは若気の至りというか……蒸し返さないでよ、罪悪感で胸いっぱいなんだから」

困り顔の彼に他の男子が別エピソードをぶっこむ。

「あと嫌がらせばかりする商工会幹部の弱みを握って辞めさせたりしたろ。それはもはや伝説だろ？」

「あれも光太郎だったのか！」

商工会の弱みを握った件を言われ光太郎は苦笑いを返す。

「あれは僕が居候《いそうろう》している叔父さんの喫茶店も被害に遭っていたからで。それに大したことはやっていないよ」

「オイオイ、いったいどんな手口を使ったんだよ」

恥ずかしそうにしている光太郎を尻目にワイワイ盛り上がるクラスメイト。

そんな彼らを制しジロウは本題を切り出す。

「昔話はさておいて。悪いな今回はちょっと毛色が違う。そっち方面じゃない」

「ジロウ、どっち方面さ?」

たっぷり間をとってからジロウは皆に告げた。

「………光太郎、好きな人がいるらしい」

その一言に静まりかえる男子一同。そして……

「「ついに認めたか!」」

と皆一様に口を揃《そろ》えたのだった。

「本当かジロウ⁉」

「あぁ、ついにホシが自白した」

このやりとりに当人である光太郎は困惑しきりである。

「ついにって何⁉　訳がわからないんだけど⁉」

「もう遅いぞ光太郎！　俺は聞いたっ！　好きな人がいるってなぁ！　違うか⁉」

ジロウの再確認に戸惑いながら光太郎は答えた。

「好きっていうか、ほんと、ちょっと気になる人がいるってだけだよ！　本当だよ！」

念押しする行為を照れ隠しと察したのかジロウはニヤニヤしっぱなしだった。

「はいはい、皆まで言うな皆まで言うな。あの人だろ、な？」

「あの人って⁉　わかるのジロウ⁉」

驚く光太郎に他のクラスメイトが肩を叩《たた》いて頷《うなず》いた。

「実は～バレバレ。揺れる恋心にご注意ください」

「なんくるないさ～光太郎！　結婚式は俺のかぎやで風（沖縄の踊り）を披露するからな」

「国立《くにたち》君に仲村渠《なかんだかり》君も⁉　っていうか結婚って⁉　飛躍しすぎだよ仲村渠君！」

巨体を揺らし笑う沖縄出身の仲村渠に「揺れますのでご注意ください」と鼻声で笑う鉄道マニアの国立。

そこに騒ぎを聞きつけたクラスの女子も集まりだした。

「ちょっと男子！　何を騒いでいるの、もうすぐ授業だよ」

女子のリーダー、丸山《まるやま》の登場である。姉御肌と実家がパン屋で焼きたてふっくらなふくよかボディから「食パンのような包容力」と称され親しまれている女の子だ。

注意しに来た丸山に対してジロウは落ち着くように促《うなが》した。

「まぁ待て丸山」

「ちょっとジロウ、また何か企《たくら》んでいるの？」

疑いのまなざしを向ける丸山にジロウは首を横に振った。

「いや、光太郎がついに好きな人がいると認めた」

「で、いつ告白するの竜胆君」

流れるように騒ぎの輪に参加する丸山。恋バナ好きの女子も混ざりもはやクラス会議の状態である。

「ええ⁉　止める流れじゃないの丸山さん⁉」

「止めるわけないでしょ。そうかついに認めたか、おっそいぞ！　もう！」

「もうバレバレだったよね～」

「これでようやく片思いも浮かばれるか～」

丸山を筆頭にクラスの女子たちもニヤニヤと笑って光太郎を見やっている。

ある意味被告人のような立場の光太郎はこのノリについて行けず狼狽《うろた》えるしかなかった。

丸山は肉薄し真剣な眼差《まなざ》しで光太郎にある提案をしてきた。

「だとしたらもうさ、善は急げじゃない？」

「はい？」

首を傾《かし》げる光太郎に丸山は口元を緩《ゆる》め言葉を続けた。

「竜胆君、女子代表としてのアドヴァイセよ。運動も勉強も人並み以上にできるキミだけど、こと恋愛に関しては鈍感の極み」

「極めたつもりはないんだけど……」

妙に発音のいいネイティブな言い回しに圧倒されたのか光太郎の反論は弱々しい。

そこに丸山が畳みかける、やり手コンサルのように断言する。

「極みだよっ。加えて性根は優しく相手に気を使いがち……何か切っ掛けがない限り自発的に告白することはないでしょ、ね？」

光太郎本人も自覚があるのか否定できずに口の端をひきつらせるしかない。

「ま、まぁ確かに切っ掛けがないと……でも告白なんて……」

認めはするが未《いま》だ戸惑う光太郎にジロウは冷笑を向ける。

「そうやってウダウダしていたらいつの間にか年金受給できる年齢になるぜ」

「え？　僕、六十五まで告白できないの⁉」

「いんや、今の社会情勢は不安だから年金受給は八十過ぎになっているかもしれねぇな」

「それまでにはさすがに告白していると思いたいけどさぁ……」

自信なさげな光太郎にクラスメイトは正論を叩きつける。

「獲物を狙《ねら》うハブが如《ごと》くチャンスをうかがい続ける事を恋愛とはいえないぞ」

「長時間の場所取りは撮り鉄のマナー違反です」

「ま、まぁ国立君と仲村渠君の微妙な例えはともかく『受け身は良くない』のは一理あると思うけど……でもまだそこまで好きとは――」

気の進まない光太郎、煮え切らない彼を鼻息荒くしてジロウは煽《あお》ってみせた。

「とにかくここは一つドドンと告ってデッカい花火を打ち上げようぜ！　男だろ！」

「パッと散って玉砕するイメージしかないんだけど……」

続いて丸山が背中を押した。

「大丈夫大丈夫！　その花火、必ず祝砲になるから！　自分を変えるチャンスだと思って！」

「⁉　丸山さん……」

常々自分を変えたい、断れない性格を直したいと思っていた光太郎は丸山の一言に心が揺らいだ。

「自分を変えるチャンス……か」

ただ、ジロウらに後押しされ、告白の流れになってしまっている時点で断れない性格を変えるチャンスとは程遠いのだが……

「そっか、頑張ってみようかな。自分を変えたいしさ」

悲しいかな、当の本人は気が付かないのであった。

「じゃあ竜胆君、今日の放課後さっそく告白ね」

「え？　今日⁉」

いきなりの提案に光太郎はイスからずり落ちそうになった。

「善は急げと言ったじゃない」と丸山。

「お前のためにターゲットには屋上のドアを開けたすぐのところで待っていてもらうようにしてあげるぞ。屋上のドアを開けたらビビらず秒で告れ」とジロウ。

「各駅停車もいいものですが、のんびりしているうちにお相手に彼氏ができては光太郎君も浮かばれないでしょう？」と国立。

「告白、なんくるないさ～」と仲村渠。

クラスメイトたちの猛プッシュに「断れない男」光太郎は首を縦に振るしかないのであった。

「よし、じゃあ今日の放課後に向けて今からみんなで準備すっぞ」

「「「了解」」」

陣頭指揮を執り始めるジロウの声とクラスメイトの軽妙な返事が教室にこだました。

ノリよく活気のあるクラス……と言えば聞こえは良いが実際に告白する光太郎当人からしたらたまったものではない。

「丸山は相手の呼び出し頼むわ」

「オッケー！　まっかせて！」

可愛《かわい》らしくピースをする丸山、ノリノリである。

「ボブは屋上の場所取り。邪魔が入らないようにしてくれ」

「オデ、場所取り、頑張ル。気分は、千秋楽」

片言がチャームポイントの山本《やまもと》・ボブチャンチン・雅弘《まさひろ》（成績学年トップ）もヤル気満々だ。

「さ～て、他には……やることいっぱいだなぁオイ！」

テキパキと指示を出すジロウに光太郎はおずおずと尋ねた。

「あ、あのさ……盛り上がっているところ悪いんだけど」

「ん？　どうした光太郎？　初デートはどこがいいとか悩んでいるのか？」

もう成功前提で話が進んでいることはさておき、素朴な疑問を彼に投げかける。

「その、僕の気になる人ってわかるの？　ていうかみんな知っている感じだけど」

「「「あたりまえだろ」」」

秒で即答するクラスメイトらに懐疑的なまなざしを向ける光太郎。

「寝耳に水……いや寝耳に青天の霹靂《へきれき》なんだけど」

「それ寝耳に突っ込んじゃダメなやつだろ、耳鼻科を受診することになるぞ」

寝ている最中に雷鳴のような耳鳴り、それなんて拷問《ごうもん》だ？　と思わずツッコむジロウ。

彼はやれやれと嘆息し、光太郎の気になる人、その「想《おも》い人」の特徴を羅列《られつ》する。

「まず見ただけで上物の美形。スタイルもグンバツ」

「言い方オッサンだね……うん、まぁ美形かな」

「あと自立心があって何事にも一生懸命」

「うん、それは間違いないね」

「そして高嶺の花なのに誰にでも分け隔《へだ》てなく接する優しい心の持ち主」

「確かにその通り、うん当たっているよ」

「ハイハイ、もうあの人だろ！　知っていた知っていた！　お客さんもお目が高い！」

ここまで当てられたらぐうの音《ね》も出ない……光太郎は頬を掻いて照れるしかなかった。

「大船に乗ったつもりで告白しなって。大丈夫大丈夫、クラスの皆に愛されている光太郎君なら成功するからさ」

「アハハ、愛されているっていうか悪ノリっていうか……」

女子のリーダー丸山にそこまで言われ、恥ずかしそうに笑う光太郎は「告白相手」が誰なのか深く言及するのをやめたのだった。

（そっか、そんな顔に出ていたんだ、隣のクラスの桑島《くわしま》さんが好きだなんて……二回ぐらい話をしてちょっと気になるな～って思っただけなんだけど）

クラスの全員が「遠山花恋」と思う中、全くの別人のことを考えていた光太郎。

むしろ過剰《かじょう》なスキンシップをする「遠山花恋」を実はちょっぴり苦手と思っているなどクラスメイトらは知る由《よし》もなかったのであった。

そんなわけで光太郎はその日の放課後、愚直に告白へと挑戦したのだった。

向かうは屋上――

目的は告白――

思いを伝える相手は「桑島深雪《みゆき》」――

彼女に自分の気持ちを伝えるため、光太郎は西日差し込む放課後の廊下をひた進む。

吹っ切れたのか表情は戦地に赴《おもむ》く戦士のそれだった。

「断られる前提だけど！　背中を押してくれたクラスのみんなのためにも頑張らないと！」

今、仲間の協力で桑島深雪は何も知らず屋上で待っているはずだ。

桑島深雪。

深窓のお嬢様を彷彿とさせる物静かなたたずまいの同級生。

美化清掃の時、額の汗をハンカチで拭《ふ》いてくれたりとその気遣《きづか》いが嬉しく「いいなぁ」と光太郎が思い始めていた少女である。

何も知らないで待っていてくれる彼女に申し訳なさを覚える光太郎は跳《は》ねるよう屋上へ続く階段を駆《か》け上がっていた。

「こういうのは勢いが大事！　自分を変えるんだ竜胆光太郎！」

自分に言い聞かせ、薄暗い階段を一段飛ばしで駆け上がる光太郎。

屋上へ至る扉の隙間《すきま》からは陽光が漏《も》れ出し、まるで別世界への入り口にも思えた。

――このドアを開けたら僕は告白する！

――躊躇《ためら》うな光太郎、決断のできない自分とは今日でおさらばだ！

――断られるのが前提なんだ！　変えよう、自分を！

恋というより自分を変えたい気持ちを強く抱《いだ》きながらドアの前で息を整える。

面接前の就活生のように深い呼吸を二度三度。

そして意を決し、ドアノブに手をかけ、勢いそのままに彼は扉を開いた。


バンッ！


遮《さえぎ》るもののない屋上に降り注《そそ》ぐ日差し。

ほのかに立ちこめる土埃《つちぼこり》。

屋上で育てられているハーブの香りが溶け込んだ空気が胸いっぱいに満たされる。

耳に飛び込んでくるは放課後を楽しむ生徒たちの雑談と……

「え？」

急に現れた少年に驚く女子の声。

「あ、え～と……」

「何事か」とざわつきだす周囲に光太郎の羞恥心《しゅうちしん》は募り彼女を直視できずにいた。

（頑張れ光太郎、勢いだ！）

自分を奮《ふる》い立たせ、彼は下を向いたまま思いの丈《たけ》をぶつけるのだった。

「あなたのことが気になっています！　僕と！　僕と付き合ってくれませんか⁉」

「え？　ええ？」


目の前の女子の方を恐る恐る見やる光太郎。

果たして告白は成功か否《いな》か……

だが、それ以前の問題であることに彼は今になり気がつく。

逆光に少しずつ目が慣れ、彼の目にハッキリ飛び込んできたのは――

（え？　桑島さんじゃ……ない⁉）

制服を着崩したモデル体型、深窓のお嬢様とは真逆の出《い》で立ち。

光太郎の目の前にいたのは――なんと、あの遠山花恋だった。

「遠山……さん？」

驚き彼女の名をつぶやき、そして逡巡《しゅんじゅん》する光太郎――

花恋を目にして彼はこう考えるに至る。

（もしかして……ジロウの奴《やつ》、呼び出す相手を間違えた？）

多いときは日に二人から告白されたこともあるという逸話を有するモテ女「遠山花恋」。

悪友ジロウの早合点《はやがてん》……すぐに察した光太郎の表情はなんとも苦虫を噛《か》み潰《つぶ》したような顔だった。少なくとも告白直後の顔ではない。

「えーっと……」

所在なさげに周囲を見回す光太郎。

あたりには野次馬《やじうま》な生徒が恋の行く末を興味津々《しんしん》で見守っている。

「また身の程を知らない男子が告白している」とクスクス笑うものさえいた。

「あーっと、その……」

想定外の出来事に挙動不審になる光太郎。

しかも相手は自分を執拗《しつよう》にイジる遠山花恋、下手《へた》な言い訳をしたら彼女のウザ絡みがさらにエスカレートするだろうと気が気ではない。

(冷静に、落ち着いて対応しないと……)

そう自分に言い聞かせるが源泉の如くあふれ出る汗が彼の顔面を湿らせる。

暖かな風が彼の額を撫《な》でるが浮かぶ汗は乾《かわ》く気配すらない。

その割に喉《のど》はカラカラ、舌がひっつく現象に苛《さいな》まれ彼は言葉を紡げずにいた。

そんな気恥ずかしさと間違えた申し訳なさで胸がいっぱいの光太郎に対し――

「こ、こちらこそよろしくお願いします」

高嶺の花、数々の男子を返り討ちにしてきた遠山花恋は周囲の予想を覆《くつがえ》し、彼の告白を受け入れたのだった。

どう言い繕《つくろ》おうかと気が重くなっていたところにまさかのOK。

光太郎は思わず声を上擦《うわず》らせる。

「え？　なんで？」

「え？　何が？」

聞き返す光太郎に「何で聞き返すの」と驚く花恋。

状況を飲み込めない彼は逡巡《しゅんじゅん》する。

（え？　え？　何人も男子を返り討ちにしてきたと噂の遠山さんが何で？　ていうかあんだけ僕のこと下に見てイジってきていたのに）

誰が見ても気になっている男子にウザ絡みする女子なのだが……そうは微塵《みじん》も捉《とら》えていない光太郎は動揺するしかない。

何か企んでいるのではないか――そう困惑する光太郎の前で花恋は恥ずかしそうな表情で頬を掻いていた。

「ほ、ほんともぉ！　しょうがないなぁ光太郎君はッ！　あんまり気乗りしないけどさぁ！

「可哀想だから付き合ってあげるよっ！」

「あの、嫌だったら無理しなくていいんだけど……」

申し訳なさげな光太郎に対し花恋は食い気味に答える。

「嫌なわけないいじゃない！」

「え？　いや、でも、今……」

「こ、これは断ると君が可哀想だと思って断腸の思いでその想いを受け止めたのさ。くぅ断腸っ！　モツが出ちゃうよ今日はホルモンパーティだねっ！」

「あの、内蔵ぶちまけちゃうほど嫌なら無理しなくて良いよ、だって——」

「相手を間違えた」そう正直に言おうとした光太郎。

しかし、その言葉は周囲の野次馬たちの歓声と悲鳴に無惨《むざん》にもかき消されてしまう。

「まさかの成功⁉　嘘《うそ》だろ俺たちの花恋さんが……」

「一年の竜胆？　何者だ⁉」

「おめでとう光太郎！」

盛り上がる屋上の生徒たち。この状況では光太郎も否定はできない。

（うぇえ⁉　いまさら間違えましたなんて言えないよこの状況⁉）

そして、なぜ自分のことを下に見ていたであろう彼女が告白を受け入れたのか……その理由が有耶無耶《うやむや》のまま話は進んでいき——

「えっと、じゃあこれからよろしく、彼氏クン」

「あ……よろしく」

竜胆光太郎は学年一のモテ女子「遠山花恋」と付き合うことになったのだった。


「はぁ……はぁ……何でこんなことに⁉」

周囲の祝福と怨嗟《えんさ》の声、そして何かを期待する花恋の瞳に間が持たなくなり屋上から逃げるように去ってきた光太郎。

教室前まで戻った彼は肩で息しながら後悔に打ちひしがれた。

「ちゃんと前見とけよ僕ぅ……遠山さんが告白オッケーしたのも謎だしさぁ、何が何だか」

兎《と》にも角《かく》にも、間違ったあげく苦手な女の子と付き合うことになった……クラスメイトにこの顚末《てんまつ》をどう告げようか頭を抱《かか》えている、そんな時だった。

「竜胆君？　大丈夫ですか？」

「え？」

柔らかく穏やかな声がどこからともなくかけられる。

一瞬、天使が雲の上から話しかけたのかと錯覚するくらいだった。

光太郎が振り向くその先には柔らかな表情を携《たずさ》えた少女の姿が。

しっとりとした黒髪に宝石のような青みがかった瞳。

透き通った顔立ちは一流の工芸品を想像させる。

繊細さと美麗さを兼ね備えている可憐《かれん》な少女……

先ほど光太郎が告白しようとしていた「桑島深雪」だった。

予期せぬ人物の登場。光太郎の額に一瞬で玉のような汗が浮かび上がる。

それに気が付いた彼女はハンカチを取り出すとその汗を躊躇うことなく拭いてみせた。

「あっ」

「あの……具合悪いとか？　風邪《かぜ》でしょうか？　保健室に行った方がいいのでは……」

深雪の優しさを受け、「告白間違いした」という罪悪感が光太郎の胸を一瞬で埋め尽くす。

「あ、ありがとう桑島さん！　それじゃ！」

たまらなくなった彼はそれだけ言うと足早にこの場から離れるのだった。

「やっぱ優しいなぁ桑島さんは。凛《りん》としているけど温かくてどこか懐《なつ》かしい、お姉さんのような感じ……付き合ったらきっと楽しいんだろうなぁ」

屋上で一緒にお弁当を食べたり放課後デートを楽しんだり――

そんな素敵な人に自分が相応《ふさわ》しいとは到底思えないと光太郎は妄想を振り払う。

「いやいや、僕なんかより、もっといい人がいるはずだ！　少なくとも告白相手を間違えるような僕より……っていうか、本当に遠山さんと付き合ったことになったの？」

対して花恋との恋人関係、これはまったく、一切《いっさい》、まんじりともイメージが湧かない。

むしろ明日「いえーい、騙《だま》されてやんの」って馬鹿《ばか》にしてくる画《え》の方が浮かんでしまい気が重くなる。

「はぁ……ちょっと気になっていたから、その程度の気構えで桑島さんに告白しようとした罰なのかな」

人生において勢いは大事である。

ただし勢いだけに身を任せるとろくなことにならない、最低限の確認は必須……彼の辞書にそう注意書きが記されることになるのだった。


そして告白後の夜――

光太郎はたまらずジロウに事の顚末を連絡したのだった。

「勢いは大事だけどさ、もう少し考えて行動するべきだったと思うよ。うん」

「おい光太郎、のろけだったら切るぞ」

自宅のベッドに腰を掛けジロウに電話で結果報告をする光太郎。

いじる口調のジロウ、電話の向こうでニヤニヤしている様子が容易に想像できる。

「のろけじゃなくて、結構切実な話なんだけど」

光太郎の神妙な態度を「マリッジブルー」的な何かと考えるジロウ。

ため息が電話口に当たり耳元で「ボォウ」とくぐもる。

「いいのかよ？　初めてできた彼女に電話せず俺なんかと話をしていて」

暗に彼女と話せと言うジロウに対し光太郎は申し訳なさそうに真実を伝える。

「いやあの、言いたいことがありまして」

「ほう、彼女持ちが独り身になんざんしょ。まぁ今後一緒に遊びにくくなると言うのなら甘んじて受け入れるでゲスよ」

友人が彼女持ちになり卑屈《ひくつ》な演技をするジロウに光太郎は言いにくそうに「真実」を伝える。

「その……実は……僕が好きだった人は遠山花恋さんじゃないんだ」

「へいへい、何だそんなことですゲスか……なんでゲス⁉」

卑屈キャラのまま驚愕《きょうがく》するジロウに光太郎は申し訳なさそうに電話口に頭を下げる。

「セッティングしてくれたクラスのみんなには申し訳ないけど」

「いやいや、だって気になる人がいるって言ったじゃないか！　その可能性があるのは――」

遠山花恋しかいないだろ。そう言おうとするジロウの言葉を光太郎は遮るように真実を告げる。

「だから、いるにはいるけどそれは遠山さんじゃなくて桑島さんなの」

「くわし……桑島ってあの桑島深雪か⁉　大地主『桑島家』のご令嬢で、政治家や代議士を輩出しているあの!?　この町を牛耳っている企業『御園生《みそのお》グループ』と張り合っているあの!?」

はぁ!?　と素《す》っ頓狂《とんきょう》な声を上げるジロウ。よほど予想外だったのだろう逡巡しているのが電話口でもわかる。

一拍おいた後、彼はゆっくり問いただす。

「いやだって、高校入学して、出会って一ヶ月だぞ」

「うん、二回ぐらいお話しした仲かな」

「二回!?　二回で気になったのか!?」

「だから何度も言ったじゃない、強《し》いて言えば……って」

それをずっと「遠山花恋に対する照れ隠し」と捉えていたジロウは「マジかよ」とボソリつぶやく。

「じゃ、じゃあよぉ、その……遠山さんのことはお前どう思ってんだ?」

「正直言うと、ちょっと苦手なんだ」

「……マジか」

「うん、だってすっごいからかってくるしボディタッチ多いし、それもなんていうか荒々しいし」

好きだから多少ウザ絡みしてしまいボディタッチが増えてしまった。そしてボディタッチに慣れていないがゆえ少々荒々しくなってしまった……

不器用な愛情表現だとジロウは遠回しに伝えようとする。

「いや、その、なんていうか……ボディタッチはお前にしかしないのは知っているか？」

「うん、だから下に見られているのが余計伝わるというか……」

あちゃ〜、そうきたか……と、額に手を当てていそうな口ぶりのジロウ。

「この手の話に疎《うと》い疎いと思っちゃいたけどさ……」

なじるようジロウは電話口で呆れる。

「気になって意識したとかはこの際置いといてだ。まずなぜ桑島さんだと大事なことを教えてくれなかったんだよ？」

「いやさ、セッティングまでしてもらって大事なことを伝え忘れたのは悪いとは思っているよ……でも確かめずに駆け出したのはジロウじゃないか」

「そうだっけ？」とジロウは放課後のことを思い返し反論する。

「いやいや、スタイルが良いと言っていただろう！　遠山さんはモデル体型でかなりスタイルが良いぞ」

「桑島さんもスタイルいいよ……グラマラスって意味だけど」

「お前、巨乳派だったのか⁉」

「む、胸のサイズじゃないって！」

そこが決め手じゃないと光太郎は必死で反論した。

「あと自立しているかって聞いたらその通りと返事をしたろ⁉　モデル雑誌の表紙を飾り家計を支えていると噂の遠山花恋はまさに自立しているって言えるだろ⁉」

「桑島さんはあの年齢で会社経営とか社交界で桑島家の名前を背負っているし、僕よりすっごい自立しているよ」

光太郎同様そんな噂を小耳に挟んでいたジロウは失念していたと声を漏らす。

「あぁ、そうだったな。さすが大地主のご息女だ……じゃ、じゃあ誰にでも優しく分け隔てなく接するってのは」

「すっごいお嬢様なのに笑顔でみんなに接しているし、屋上のハーブガーデン、あそこの水やりしているのが桑島さんなんだよ。人にも草木にも優しい、まさに天使じゃない」

そんな彼に対してジロウの嘆息が電話口から聞こえる。

先ほどよりも長い長い……ロングブレスダイエットでもやっているかのような嘆息だった。

「つまり俺らの早合点。光太郎の好きな人は桑島さんで遠山さんのことは好きではない、むしろ苦手」

グサリ突き刺さるような言の葉に光太郎は嘆く「人聞き悪い言い方するなぁ……」と。

「だから間違いましたって言おうとしたけど……さすがにあの状況じゃ……」

祝福ムードと嫉妬《しっと》の嵐。

間違っても「あ、人違いでした」なんて言えるはずもないのである。

「ハァ……学園の人気者『遠山花恋』さんの心を弄《もてあそ》んだなんてことになったら総スカンだよ。向こうの方から『やっぱナシ』とか言ってくれないかな」

重苦しい心境を吐露する彼にジロウが真面目《まじめ》な声音で断言する。

「いや、それはないな。向こうから断ることは絶対にない」

「えぇ⁉　即否定⁉　なんでそう言い切れるのさ！」

この光太郎の問いにジロウは黙りこくる。

「即否定の次は黙りってどういうことさ！」

「…………まぁ、俺の口から言うことじゃない。とにかくOKされたなら前向きに捉えて、つべこべ言わずに楽しめよ！　恋ってそういうものだぜ」

電話口でもイメージできる親指立てたジロウの笑顔。

光太郎は正論を突きつける。

「ジロウ、女の子と付き合ったことあったっけ？」

「そこに気がついたか、さすがだな光太郎。だがしかし！　遠山さんと付き合うことは悪いことじゃない、俺が保証する。じゃあまた学校で」

「あ、こら！」

そう言って逃げるように電話を切るジロウだった。

呆然《ぼうぜん》する光太郎、悪いことじゃないと言われても……と、嘆息するしかない。

「にしても、何で遠山さん告白受けたんだろう……口じゃ嫌だって言っているのにさぁ」

電話を切った後、ベッドに横たわりそうつぶやいた光太郎は今日の出来事を思い返す。

「モツパーティ？　パーティって嬉しいって意味かな……いやまさか」

端《はた》から見てメチャメチャわかりやすい行動でも、意外に本人にだけは通じていないもの……今の光太郎はまさにソレ。

常日頃《つねひごろ》から行動の読めない花恋のこと、深く考えてもしょうがないと光太郎は毛布にうずくまりそのまま寝てしまったのだった。

「やっぱり『やっぱナシ、残念でした～』って笑ってイジられるのかな？　正直そっちの方が助かるんだけど、絶対ないってどういうことかなぁ……」

だが、そんな彼の願い空《むな》しく……ある意味もっと過酷な甘々恋人生活が訪れるなど知る由もなかったのである。

第1話 ❤ 告白相手を間違えましたなんていまさら言えません！

その翌朝。

いつものように着替え、いつものように登校する光太郎《こうたろう》。

しかし彼の表情はどことなく暗い。

告白間違いの件で全然眠れなかったのだろう、寝ぼけ眼《まなこ》をこすりながらおぼつかない足取りで電車に乗った。

そんな彼が学校の最寄り駅に降りた瞬間、襲いかかるは周囲からの視線。

思わず目が覚めてしまう光太郎は恐る恐るあたりを見回した。

「な、何？」

異様な空気。

まるで有名人になったような感覚に光太郎は戸惑いを隠せずにいた。

（いや違う……これは有名人とかそんないいもんじゃない、指名手配犯に向けられる視線の類《たぐい》だ！）

道行く学生らが発するはこちらを値踏みするような視線。

剣呑《けんのん》な雰囲気の連中は一人や二人ではない。

世が世なら尋常の果たし合いを申し込まれそうな、そんな雰囲気だった。

光太郎はすぐに理由を思いつく、アレしかないと。

（遠山花恋《とおやまかれん》さんの彼氏だから……か）

何でコイツがと値踏みするもの。

妬《ねた》み嫉《そね》みの視線。

興味津々《しんしん》で友人との世間話を切り上げて話題を変えるものなどなど。

その雰囲気に感化され事情をよく知らぬ通行人すらも「何者か？」と犯罪者を見るような目でこちらを見てくる始末である。

（なんでコイツがって、一番そう思っているのは僕なんだけどなぁ）

誰に言うでもないグチを胸中でつぶやきながら、好奇の視線の集中砲火の中、歩き出す光太郎。

とりあえず教室に入るまでの辛抱だ、いつもの教室にいつものクラスメイトが普通に出迎えてくれるはず。

そう自分に言い聞かせ早足で歩く彼だったが。

「「「告白成功おめでとう！」」」

パンッパンッ――

教室に入るやいなやクラッカーの音と祝福の言葉という名の別の集中砲火が光太郎を迎え入れた。どう言い繕《つくろ》っても普通とはほど遠い。

「え？　あ？　え？」

いきなりのことに心臓が飛び出すかと思った光太郎は腰が抜けそうな顔をする。

そんなことなどお構いなし、1-Aのクラスは総出で祝賀ムードのまっただ中。

「遠山さんとカップル成立、いやぁめでてぇさー」

指笛を鳴らしながら沖縄の踊り「カチャーシー」を披露する仲村渠《なかんだかり》。国立《くにたち》も「揺れますのでご注意ください」と駅員声音で言いながら見よう見まねで踊る始末である。

みな自分のことのように喜んでいる——

その状況を見た当の本人光太郎はというと……

「いったい何なの、なんでこんなお祝いムードなの⁉」

困惑のあまり滝汗全開、蛇口が壊れたかのように襟足《えりあし》あたりから汗が流れる。

その問いに女子のリーダーである丸山《まるやま》が満面の笑みで答えた。

「いやいや、いつかこんな日が来るとは思っていたけどさ」

「思っていた？」

光太郎のリアクションを「白々《しらじら》しい」や「ご冗談を」とクラスメイトははやし立てる。

「またまた～ものすっごく、わかりやすかったよ」

「わ、わかりやすかった……？」

　これまた動揺する光太郎。

「いやいや、シーサーのようにお似合いの二人さぁ」

「新幹線が開通した時のようにおめでたいことですなぁ」

「シーサーと新幹線ってわかりにくいよ二人とも！」

　仲村渠、国立の微妙な例えと追いつかない情報量に困惑しきりの光太郎。

　そこでジロウがこの盛り上がりの真相を答える。

「実はな、お似合いの二人だと思って結構長い間見守っていたんだ……その、中学から」

「えぇぇぇ⁉　中学からぁ⁉」

　つまりクラス全員が、あのウザ絡《がら》み時の困り顔を「嫌よ嫌よも好きのうち」と誤解し昨日の強行に出た……光太郎はその事実に引きつった表情を浮かべるしかない。

「なにボサッと突っ立ってんの竜胆《りんどう》君！」

　そして丸山に引っ張られ、彼は輪の中心に連れ出される。祝賀ムードだが罪悪感たっぷりの彼にとっては被告人席に引っ張り出された犯人のそれに等しい。

（うわぁマズイ！　言いにくいけど言わなきゃ、取り返しが付かなくなる前に）

　そんな光太郎はクラスメイトのまぶしい笑顔に愛想《あいそ》笑いしながら機を見て本当のことを言おうと試みる。

――が、

「いや、実はね――」

「うんうん嬉《うれ》しいね。いつかこうなると思っていたから」

「いや、本当は――」

「これをお似合いと言わずして何というのか」

「あの、本当はにが――」

「オデ、自分のコトのように、嬉シイ。今日ハ、赤飯」

本当のことを口にしようとしてもクラスメイトの祝福でかき消され言おうにも言えない始末。

そこまで端《はた》から見ると好き好きオーラ全開だった花恋をついに受け止めたという構図だったのかと光太郎は頭を抱《かか》えた。

（というか、もはや「苦手だった」と真実を口に出したとしても照れ隠しの一言で済まされてしまう空気じゃない？）

本当のことを告げて信じてもらえる可能性は、もはや皆無と察した光太郎。

「人の優しさって、時には刃物になるんだね」

と、哲学的なことを口にするまで追い込まれていたのだった。

「改めて、おめでとう光太郎！　ラブラブ学園生活楽しめよ！」

そんな彼の背中をバンバン叩《たた》く悪友ジロウ。

完全に開き直っているのかニヤけた笑顔で親指を立ててる彼にさすがの光太郎も露骨に嫌な顔をしてしまう。

「あのさジロウ……折を見て本当のことクラスのみんなに言いたいんだけど」

その要望をジロウはニヤケながらキッパリ断った。

「つべこべ言わずに楽しめよ。大丈夫、上手《うま》くいくって。そんなに俺が信用できないか」

「この状況を作り出した張本人がよく言うよ……あれ？」

その時である。祝福ムードに水を差す何者かが教室に訪れる。

ガラララッ！

強めに音を立てドアが開かれる音。

そして数名の険しい顔をした男がズカズカと入ってきた。

家宅捜索をしに来た警官のような剣呑な雰囲気にお祭りムードの教室内は一気に静まりかえった。

「ご機嫌だな竜胆」

開口一番そう言うとグループの頭と思わしき男子が光太郎の前に立ちはだかる。

「え？　いや、そんな……」

ご機嫌どころか罪悪感で胸がいっぱいの光太郎は身に覚えのないすごまれ方をして狼狽《うろた》えるしかない。

「あの、どなたですか？」

おずおずと尋ねると憮然《ぶぜん》とした態度で男子は答えた。

「二年の神林《かんばやし》だ、後ろにいるこっちが木村《きむら》で、こっちが大森《おおもり》だ」

二年生が一年の教室に何の用事か？　ますます謎が深まる中、彼の次の言葉でその理由は明らかになった。

「お前が自分のことを遠山さんの彼氏だと吹聴し回っている男だな」

その一言でクラス中の全員が察した、「男の嫉妬《しっと》だ」と。

一気に緊張感が白けた空気に早変わり。

だが、そんな雰囲気を意に介さず神林先輩は光太郎に詰め寄った。

「あの告白を断り続けていた遠山花恋さんがこんなとぼけた一年坊主と付き合うわけがない！　嘘《うそ》だってのはもうバレているんだよ！」

「えっと、それはですね……」

「そうだろ！　なぁ、そうだと言ってくれ！」

もう後半は、ただの願望だった。

「つまり先輩たちは、遠山さんに振られた方々ですか？」

「お察しするんじゃねぇ!!」

つい確認してしまう光太郎に全力で反応する神林先輩。壮大な自己紹介、ここに極まりである。

好きな人を奪われた、その現実を受け入れられず悪あがきをしに来たということだろう。

取り付く島のない神林に「告白間違い」をした罪悪感たっぷりの光太郎は、

「えっと、なんていうかその……ごめんなさい」

こんな感じで謝る。見方によっては「君の思い人奪っちゃってゴメンネ」の勝利宣言とも取れる返事に神林ら先輩諸氏は憤《いきどお》りに憤った。

「こ、この野郎！　いいか聞け！　お前、今は幸せの絶頂かもしれないがな『本当に付き合っている』と思っているのか⁉」

「ど、どういうことですか？」

神林の意味深な発言に首をひねる光太郎。

彼は腕を組み鼻息荒く持論を展開し始めた。

「なぜ告白が成功したのか？『恋愛未踏峰《みとうほう》』とまで言われた遠山さんがコイツの告白を受け入れる理由があったのか？　俺は寝ながら考えたんだ」

「寝ながら考えたって寝てますよね、普通『寝ないで』じゃあ……」

思わずツッコんでしまう光太郎に神林は目を腫《は》らして反論する。

「泣き疲れて意識を失った！　夢の中で答えが見つかったんだ！」

そこだけ切り取るとカッコいい台詞《せりふ》だが、要するに寝落ちしたようである。

「いいか、答えは一つだ！　竜胆は遠山さんの『虫除《よ》け彼氏』として受け入れられたんだよ」

「虫除け彼氏？」

問いただす光太郎に神林は「あぁそうだ」と頷《うなず》いた。

「虫除け彼氏、つまり他《ほか》の男から告白を遠ざけるための『仮の彼氏』ってことだ……巷《ちまた》では『コクハラ』なんて言葉も出回っている！　有象無象《うぞうむぞう》に告白されどうにかしたいと遠山さんは悩んでいたのだろう」

コクハラ——告白ハラスメントの略である。

何度も何度も脈のない人間から告白され、それを断る作業にうんざりした人間が言い出したであろう造語。

一世一代の告白をハラスメントと切って捨てる残酷極まりないパワーワードである。

クラスメイト全員が「先輩たちもその有象無象の一員ですよね」と目で訴えているのを意に介さず神林らは怒りの眼を光太郎に向けていた。

「つまり遠山さんは告白にウンザリしていたと？」

光太郎の問いに神林は「そうだ」と同意する。

「虫除け用のハッカ油、もしくは魔除けの鈴にお前は任命されたということだ竜胆光太郎！　貴様は中学時代から押しが弱く彼女にとってパシリのような存在だったと聞く、つまり都合がよかったというわけだ。見てくれもそれなりに可愛《かわい》い部類だしな」

「可愛いんですか僕？」

「自惚《うぬぼ》れるな竜胆光太郎！　俺だって言われたことあるぞ！　お母さんから！」

猛《たけ》る神林先輩。「お母さんから」と堂々と言いきる姿はある意味可愛かった。

そして神林先輩は少々悪い言い方で彼を責める。

「つまりお前は今後、形だけの恋人関係を続けることになる！　デートに誘っても一時間ほどお茶する程度、現地集合現地解散！　このくらいの扱いは覚悟しろ！」

一方的な言いがかり……しかしピュアな光太郎はこの言葉を額面通り受け取ってしまう。

自分が遠山花恋と釣り合うとは思わず「何でだろう」と悩んでいた矢先のアンサーだったため大いに納得してしまったのである。

「そっか、そうだったんだ。おかしいと思った……」

得心した彼はパシリのような塩恋人生活が始まるのかと思わずへこんでしまうのだった。

「おい、光太郎、アイツの言葉に耳を傾けるな」

少なくとも花恋の好意を中学時代からわかっていたジロウはそう光太郎に助言するが……

「きっとドラマの監督とか業界人に誘われてうんざりしているから、ちょうどいい僕が選ばれたんだ……納得だ」

神林先輩の言葉をすんなりと受け止めてしまった光太郎は悪い方に悪い方にと解釈していったのであった。

「というわけで貴様にはこれから塩対応恋人生活が待っているのだ！　仮とはいえ、うらやましい限りだが！　ひっじょーにうらやましい限りだが！」

「「「ダーッハッハッハ！」」」

勝利宣言（敗北宣言）を高らかに吠《ほ》える神林先輩たち。

その挑発的な態度に丸山らクラスメイトたちはむっとする。特に巨漢の仲村渠はハブに挑むマングースのような顔で彼らを睨《にら》んでいた。

「なんて性格の悪い連中だ、泡盛《あわもり》につけ込んで毒抜きしてやろうか」

そんな荒れ始めた教室にさらなる来訪者が――

「ちょ、か、神林！」

「どうした木村？」

そう「彼女」が満を持して登場したのである。

「とっ！　遠山……遠山花恋さんがこの場に――あぁっ！」

木村と呼ばれた先輩の指さす方。

クラスの入り口には先日告白した遠山花恋の姿があった。

渦中の人物の登場、教室の緊張感は一気に高まる。

「遠山さんが⁉　そうか『一応』彼氏がいるからか」

「とりあえず虫除け用の彼氏がいるとクラスに印象づける作戦とみた！」

好き放題言う神林先輩たち。

その口の端からは推理の裏付け……遠山花恋の塩対応ぶりに期待がにじみ出ていた。

が、彼らが期待する塩対応、その片鱗《へんりん》は一切《いっさい》なかった。

「ん～と……」

誰かを捜しているのだろうかキョロキョロせわしなくあたりを見回す様子は小動物を彷彿《ほうふつ》とさせ、実に可愛らしかった。

ずっと見ていられる犬猫の愛くるしい仕草《しぐさ》、それに近い。

そんな彼女は光太郎を見つけるや否《いな》や「パァァ」と表情が明るくなり小走りになって駆《か》け寄ってきた。

小さく手なんて振っちゃう姿は飼い主を見つけしっぽを振る姿を彷彿とさせる。

「光太郎君っ」

そして彼女は光太郎のそばへ……普通に話すより明らかに一歩近い、まさに「恋人の距離間」。

傍目《はため》から見ても「恋する少女」だった。

しかし恋と気づかぬ光太郎は普段と違う態度に戸惑い警戒する。

「や、やぁ遠山さん」

「やっほい光太郎く……って、どうしたのこの状況？」

彼女は先輩たちのいるこの状況を見て「何があったの？」と、ひどく驚いていた。

「いや、別に……」

いつもよりぎこちない感じで対応する光太郎。

そこが気になるのか花恋はいつも以上に近寄って問いただしてくる。

「別に？　怪しいなぁ、また何か企《くわだ》てているんじゃないの」

「何かって何さ、なんでもないって」

「なんでも？　今『なんでも』って言ったよね！　何を要求しようかなぁ」

「その言い回しは『なんでもする』って言った時に使ってよ！」

飼い主を見かけた子犬のような彼女のはしゃぎっぷり。いつも以上のハイテンションに加えてほんのり近い距離感。

現実を受け入れたくない神林ら先輩一同は自分に言い聞かせるがごとく、この距離感について こう解釈する。

「あえて密着することで、自分の身を守っているのだ！　懐《ふところ》に入れば襲われてもすぐさま腕を取れる！　まさに護身の極み！」

「「「なるほどっ！」」」

無理ある詭弁《きべん》にジロウは肩をすくめ先輩たちをイジりだす。

「その声量とハモリ具合、あんたら応援団にでもなった方がいいんじゃないすか？」

「何を言うか後輩、むしろ応援して欲しい側だぞ我々は。彼女いないし」

開き直る先輩に呆《あき》れるしかないジロウだった。

「何が護身の極みよ、自己都合の極みよね、ほんと男子っていっつもこう……」

呆れる丸山、そして1-Aのクラスメイトたち。

そんな彼らの思惑をよそに花恋はちょっぴり照れながら光太郎に向かって提案する。

「あのね、今日お昼ご飯一緒に食べない？」

想定の範囲外の行動に神林たちは動揺を隠せないでいた。

「なにっ⁉　ノルマの挨拶《あいさつ》だけかと思ったら……お昼のお誘いまでだと」

先輩たちの態度に「え？　なんで先輩たちが驚くの？」と当然の反応を見せる花恋だった。

光太郎も初めて花恋に誘われ身構えるしかない。

「お、お昼？」

気を取り直し光太郎に向き直る。

「ほら、すぐに購買とか行っちゃったら誘えないな～って思って、今のうちに約束しておこうと思ったんだ。で、どうかな？」

この様子を見た神林先輩は深呼吸を五回ほどした後「はは～ん」と唸《うな》った。

「カフェテリア……衆目の集まる場所で周りに彼氏がいるとアピールするため＆二人きりになるようなシチュエーションを作らないため。まさに策士……」

「かなり無理ありますよ先輩」

辛辣《しんらつ》にジロウがツッコむが聞く耳持たず神林はブツブツ「そうに違いない」と言っていた。心身共に限界なのだろう。

告白した側という立場上断るわけにはいかないと考えた光太郎はたどたどしくも返事をする。

「あ、うん、もちろん」

そう返事をした光太郎に花恋は満面の笑みを向ける。

「だよね！　彼氏だもんね！」

彼氏——遠山花恋がその単語を口にする、その意味は重い。

何人もの男子に登頂を断念させた「恋愛未踏峰」。

「うわぁぁん！」

その単語を直《じか》に耳にして神林先輩は膝《ひざ》から崩れ落ちた。さすがにここまではっきり聞いてしまったら現実逃避も不可能だったのだろう。

まるでワールドカップでＰＫを外したかのような落ち込みっぷりを見て「何だろこの人」と花恋は困惑するしかない。

「あの、花恋、覚えていないの？」

「え？　丸《まる》ちゃん何のこと？　この前の漫画は返したよね」

どうやら神林らに告白されたことすら覚えてはいないようだ……それがなおも彼らの不憫《ふびん》さを加速させる。

そのまま仲間に脇を抱えられ去りゆく神林先輩。彼らが出て行った後「ドア閉まりま～す」と呆れ口調で国立がドアを閉めた、彼なりに怒っているようである。

「えーっと」

「ほっといて大丈夫だよ、いないものと考えて……彼らはファンタジー、ＯＫ？」

友人の丸山にそう言われ花恋は気を取り直す。

「お、オーケー……。じゃあ、お昼休みカフェテリアに行こうね光太郎君！　首を洗って待っていろよ～」

口調はいつもどおりだが表情は照れながら遠慮がちに手を振る花恋。

つられて手を振る光太郎。

どこをどう見ても仲睦《なかむつ》まじい付き合いたての彼氏彼女な関係である。

だが光太郎は神林の言葉を信じ、そんな彼女の行動を「演技」と信じて疑わなかった。

「コクハラ防止の虫除け彼氏か……だとしたらやっぱり演技すごいな」

本当に自分のことを好きとは微塵《みじん》も思わない光太郎は花恋の「演技（笑）」に感服するだけだった。


一流タレントがスタジオ入りするときはこんな気持ちなんだろうか――

渡り廊下の先。

カフェテリアの扉を開くと突き刺さるまなざしを受け、光太郎はそんなことを考えた。

羨望《せんぼう》や嫉妬の雨霰《あめあられ》……

普通に生活していてはあり得ない光景を目《ま》の当たりにしてたじろぐ光太郎。

別世界の扉を開いた錯覚さえ感じるほどだ。

理由は単純明快――

「あ、席空いている。とっとくね」

彼の隣に立っている遠山花恋の存在である。

有名読モにして近々、ドラマの主演とも噂《うわさ》される誰からも一目置かれる存在。

そんな「学校の有名人」が彼氏を連れて現れたのだ。一瞬静まりかえるのも無理はない。

片や花恋は注目が集まることに慣れているのか、この雰囲気の中、普段通りに振る舞っていた。

「……～♪」

いや、厳密には普段通りではない。

鼻歌混じりで歩く様はどこをどう見ても上機嫌そのものである。

とまぁ何人もの告白を断ってきた「恋愛未踏峰」が恋人と現れたのだ、カフェテリアは経験したことのない緊張感に包まれているのだった。

もちろん光太郎は急に静まりかえったカフェテリアに居心地が悪い。そのうえ苦手な花恋と一緒なのだ、胃が汗を掻《か》いている感覚に襲われ思わず下腹部をさすりだす。

そんな光太郎に花恋が話しかける。

「お、どうした光太郎。お腹《なか》なんかさすって急にポンポン痛くなった？」

「あ、いや別に……ッ⁉」

そう言いながら花恋は光太郎のお腹をさする。

「え？　ちょ⁉　い、いや痛いわけじゃないから！　だ、大丈夫だよ！」

「ちょ、そんな照れないでよ、こっちまで照れるじゃん」

いつもと違う感じのボディタッチに不覚にもドキッとしてしまう光太郎。

（これが演技なんだからさすがだよなぁ……）

ドラマの主演も噂されるほどだ、このくらいの芝居ができてもおかしくはない。

でも、もしかしたら、実は本気……なんてことをちょっとは考えてしまう光太郎だが、すぐさま胸中で自戒《じかい》する。

（自意識過剰《かじょう》になるなっての、そんなわけないだろう）

実際はそんなわけあるのだが……ツンデレという概念を知らない光太郎はただただ彼女に都合よく利用されているとしか考えられないのであった。

中学時代から馴《な》れ馴れしくされてむしろ花恋を苦手な光太郎。端から見たらラブラブでも当人はモヤモヤである。

しばらくして昼食を受け取り横並びに座る二人。

光太郎はカレー。

一方、花恋のチョイスはパスタ、何の変哲もない学食のパスタだが彼女が持つと「今流行の」や「モデル御用達《ごようたし》」なんて枕詞《まくらことば》が見えてしまうくらい映《ば》えるものに変えてしまう。

花恋の魅力を再認識する光太郎はここでもまた気後《きおく》れしてしまうのだった。

そんな彼らを周囲は若干《じゃっかん》距離をとって眺めている……まるでテレビの撮影におけるタレントとスタッフの距離である。

「撮影カメラの見あたらない食レポ」と言われても違和感がないだろう。

ただでさえ異様な状況。

隣には学園一の美人と名高い遠山花恋。

そのうえ自分は相手のことを若干苦手……と、三重苦状態。

「え～と」

光太郎は常に周囲から観察されているような状況で何を話したら良いのか迷路状態になっていた。

そんな空気を察したのか花恋の方から話題を切り出す。

「どうしたどうした光太郎、いつものように軽快なラップを聴かせてくれよ」

「いろんな意味でフリースタイルなのはそっちじゃないか……」

「お、返しが上達したねぇ、エライエライ」

いつものようなイジり。だが花恋がどことなくぎこちないのを光太郎はなんとなく察する。

「……」

「……」

変な間が生じる。その空気感がたまらず花恋は会話を急いで切り出した。

「あ、あのさ！」

「な、なんだよ」

「………あーうー、えーっと。か、カレー好きなの⁉」

会話に困ったのか花恋は光太郎が食べているカレーの話をし始めた。

「ま、まぁね。僕、叔父さんの喫茶店に居候《いそうろう》しているんだけどカレーに結構こだわっていて美味《おい》しくて。それでついどこでもカレーを食べたくなっちゃうんだ」

「へぇ、そうなんだ」

「ここのカレーは学食だけど『めんつゆ』を上手く隠し味にして提供してくれるからすっごい味わい深いんだ。おそば屋さんのカレーうどんのように出汁《だし》が香ってさ。この配分結構難しいんだよ。あと具も大きくて特にこのジャガイモなんか――」

この饒舌《じょうぜつ》な返答に花恋は意外だったのかはにかんで笑う。

「へぇ、結構……ていうかだいぶ詳しいんだ」

「好きなものにはのめり込んで詳しくなっちゃうタイプかな？」

「へぇ、じゃあ私の事も詳しいんだ」

「げふっ！」

不意打ち。

予想外の角度から殴られたようにのけぞり咽《むせ》る光太郎。

花恋は意地悪な笑みを浮かべながら彼の慌《あわ》てる様子を眺めていた。

「あ、いや……その、なんて言うのか……」

言葉に詰まる光太郎、はにかむ花恋は照れ隠しにパスタを巻いている。

そうとう照れているのかパスタは巻かれ続け、ちょっとした鞠《まり》状態になっていた。

誰がどう見てもラブラブな恋人関係である。

「ガッハァ！」『おい、気をしっかり持て！』『目を覚ませオイッ！』

様子を見ていた男子の中には甘すぎて吐血するものもいる始末……しかし光太郎は「これも演技か」と戦慄《せんりつ》すら覚えていた。

（コクハラ防止のため普段見せないこんな仕草まで……遠山さん、なんて恐ろしい）

恐れおののく光太郎、対して頬《ほお》を染め笑っている花恋。

そんな中、食堂の空気がさらに一変する。

「え？」

「うん？」

静謐《せいひつ》な空気が漂いだし、ざわめきが波のように引いていく食堂内。

その原因はある人物が入り口付近でたたずんでいたからである。

「あ、あれは……桑島《くわしま》さん？」

思わず声の上擦《うわず》る光太郎。

視線の先にいるのは大地主のご令嬢、桑島深雪《みゆき》だった。

普段学食には現れない人物の登場に水を打ったかのように静かになる周囲。

厳格な先生が教室に入ったときの空気にも似ている。

そんな彼女は凜とした雰囲気を纏《まと》いながらカレーを受け取った。画《え》になるその様子は厳《おごそ》かな何かの儀式にも見て取れる。

「め、珍しいね。桑島さんが食堂に来るなんて。いつもは付き人さんと一緒にお弁当を食べていたはずなんだけど」

「……やけに詳しいじゃない」

「え？」

光太郎の反応に聞こえない程度の声でポツリとつぶやく花恋。

「……何でもないやい」

何が気に障《さわ》ったのか困惑する光太郎。「やっぱ遠山さんやりにくいなぁ」と頬を掻いた。

そうこうしているうちに桑島深雪はカレーを持って歩き出す。

どこに座るのか、衆目が集まる中——

「……え?」

「お隣、いいかしら?」

ふわり——と、静謐な空気を漂わせ、桑島深雪は定食のトレイを持って光太郎に尋ねてきた。

窓から射《さ》し込む光が天国への階段のように思え、目の前の女子は印象派の絵画と見間違うほどの神々《こうごう》しさだった。

(え? 桑島さんが? なんで?)

困惑し変なことを考えだす光太郎、不自然な間が生じてしまう。

数秒停止した後、彼はあわてて返事をした。

「お、も、もちろんさぁ」

「ちょ、他にも席空いているじゃない——」

深雪の申し出に抗議しようとする花恋。

「よかった」

聞く耳持たずスッと彼女は座った。その一つ一つが何か茶道か華道かの所作に見えるほどで、万人が見入ってしまう魅力がそこにあった。

周囲の人間も同じ気持ちなのだろう、様《さま》になる立ち居振る舞いと普段食堂に来ない人物がそこにいる物珍しさが同居した奇異の視線を向けていた。

そんな彼女に、花恋が不満を隠すことなく声をかける。

「桑島さんだっけ？」

「はい、桑島深雪です」

他人行儀な雰囲気。ほんの一瞬、温かな声音の中に小さな棘《とげ》がチラリと見えた気がする。

(な、何が起きたんだ？)

陽《ひ》だまりのような暖かさの隙間《すきま》から氷の刃が見え隠れして背筋の凍る光太郎。

彼の機微など意に介さず、花恋が深雪に問いただす。

「けっこう席空いていると思うんだけど、どうしてそこに座るのかな？」

実にストレートな疑問を投げつける花恋。

対して深雪は毅然《きぜん》として答えた。

「占いで今日はこの席が良いと言われましたので、陽の差し込む学食の窓際《まどぎわ》、カレーを食す少年の隣に座れと――」

「へぇ、ずいぶん具体的な占いですなぁ」

懐疑的な顔の花恋に対し――

「陽の光はもちろん香辛料のシナモンも邪気を払うと言われておりますので」

かなり強引《ごういん》な理由を述べ、深雪は光太郎と同じカレーを口に運んだ。

彼女が口にすると学食のカレーも、どこかこだわりのあるホテルのカレーに見えるから不思議だと光太郎は思ってしまう。

「あぁそういえば、今日は窓際パスタが大殺界ですのでご注意ください遠山さん。油断したら大変なことになりますよ。この席から移動をお勧めしますわ」

「やたら語呂《ごろ》の良い大殺界だな！　だったら表参道《おもてさんどう》のカフェは軒並《のきな》み大殺界になるケド⁉」

窓際パスタというパワーワードにツッコむ花恋。

美麗な所作でカレーを食しながら深雪は学食の隅《すみ》っこの方を指さした。

「大殺界が嫌ならば、あちらのゴミ箱の隣でパスタを巻いてください、もちろん壁に向かって正座でですよ」

「そんな不潔なところでパスタ巻けるか！」

「お食事中はお静かにと習いませんでしたか？」

このお嬢様らしからぬ鋭い返しに花恋は戸惑いを隠せない。

「ぐぬぬ、コンニャロめ」

突如として現れた深雪のせいで花恋の「圧」は増していく。

「……うふふ」

深雪もそれに呼応するように「圧」が増し、そして双方無言で食事を続けた……

今の花恋と深雪はバトル漫画だったらオーラやチャクラ、霊力などがシュンシュンという擬音と共に描写されているだろう。しかも戦闘能力を数値化する機械が爆発するレベルの上昇率で。

（な、なに？　この圧迫感は⁉）

この理由のわからないプレッシャーにたじたじの光太郎。「もしバトル漫画の世界に入ったらこんな状況でご飯食べるのかな？」なんて益体《やくたい》ないことを考えていたという。

そんな言葉を失いつつある光太郎に深雪が天使の微笑《ほほえ》みを向けた。

「ところで竜胆君はカレーが好きと小耳にはさみましたが」

「あ、はい」

どこで仕入れてきたんだと訝《いぶか》しげな眼を向ける花恋。

「どのようなカレーがお好みなのでしょう？　私気になりますので」

「あ、えっと、バターチキンカレーかな？」

「あら素敵ですよね。コクと香りが絶妙にマッチした逸品なんてスプーンが止まりません。ちなみに私はグリーンカレーでして、あの辛さが病みつきに……」

「辛いのが好きなんだ、意外だね」

対花恋とは違う柔和《にゅうわ》な語り口につい光太郎も会話が弾《はず》んでしまう。

隣にいる不満げな花恋、それを尻目《しりめ》に深雪は言葉を続けた。

「駅中の高級スーパーご存知ですか。あの『御園生《みそのお》グループ』系列のお店なのですが品揃《しなぞろ》えが非常に豊富でして。そこの輸入グリーンカレーが絶品なのですよ」

「あ、うん、僕は近所の商店街で済ませちゃうから高級スーパーは寄ったことないかな」

「そうなんですか？　竜胆君の近所、すごい気になりますね。もしよかったら――」

そこで花恋が強引に割り込む。ボクシングのレフェリーが如《ごと》く体全体を使って「会話終了」と促《うなが》した。

「はいストップ！　あっぶな、今相当危なかったよ！　もしよかったら何かな⁉　人の彼氏を誘惑するなんてどういう教育受けたのさっ！」

先ほどの「習いませんでしたか？」に対する意趣返しを含めた文句を言う花恋。

深雪はというと何事もなかったかのように微笑んでいた。

「何？　と、申されましても……私、皆様と親しくなるためにも、普通の生活や日常を知りたくて」

「ぐぬっ⁉」

「実は今日、食堂に来たのも皆様と同じ場所で食事することで少しでも壁みたいなのがなくなればと思って馳《は》せ参じたのです」

「ぐぬぬ⁉」

若干、綺麗事《きれいごと》がすぎる気配があるが、これ以上文句を言ったらこちらが悪者になるかのような反論に花恋は口をつぐむしかなかった。

（遠山さんが言い負かされているの初めて見たよ……）

いつも振り回される側の光太郎はこの「ぐぬぬ顔」の花恋を新鮮に思う。

（あと、桑島さんって結構言うんだね。やっぱ自立している人はすごいなぁ）

そして、意外にもディベート強者の深雪に感心する光太郎だった。

そんな感心する彼の表情に深雪は気がつく。

「どうかされましたか？」

「あ、いや、ゴメンネ。桑島さんって結構おしゃべりなんだなぁって」

その言葉に深雪は口元に手を当てて微笑んだ。

「ええ、『昔は』引っ込み思案でした」

「そうだったんだ、それって――」

少し遠いまなざしをする深雪に光太郎は興味を示す。

「…………ぐぬ！　そいっ！」

その空気に辛抱たまらなくなったのか、花恋は急に光太郎の口にパスタのブロッコリーを突っ込んだ。

「ほごっ！　きゅ、急に何するのさ⁉」

「何って、アレだよ！　あ～んだよ！　恋人同士がやるヤツ！」

そう言いながら光太郎の口に立て続けにパスタのブロッコリーを突っ込んでいく。端から見るとよくある恋人同士のやり取りというより、まるで嫌がる乳幼児の歯磨《はみが》き状態だった。

「それって『あ〜ん』って言いながら相手の了承を得た上でやるものじゃないの？　かけ声も『そいっ』だったし……」

とまぁ、かなり強引に「恋人関係」をアピールし深雪に当てつけようといたのだった。

「こんな感じで彼氏彼女の水入らずな状況なんですよ桑島深雪さん。そろそろ空気読んでいただけませんかねっ？」

対して深雪は表情一つ変えず微笑んだままだった。

「水入らずと申されましても、今、竜胆君ものすごくお水欲しそうな顔をしていますが」

立て続けにブロッコリーを口に突っ込まれた光太郎に空気を読んでお水を差し出す深雪。

「あ、ありがと桑島さん」

「いえ、空気の読める女ですから。あら、額《ひたい》も汗がすごいですよ」

それを光太郎は美味しそうに飲むのだから花恋はたまらない。さらには無理矢理突っ込まれた光太郎の額の汗をハンカチで拭《ぬぐ》ってあげる献身ぶりだ。

まるでこっちの方が彼女だと言わんばかりのアピール。

――バチバチ

何とも言えない雰囲気にテンパっている光太郎の頭上で見えない火花が散っているのだった。

「えっと……」

思わず身をすくめてしまう彼は気を遣《つか》って間を取り持とうと話を切り出す。

「あ、あの……お二人は、知り合い？」

「「知　り　合　い　⁉」」

めっちゃハモる二人に光太郎は即時謝罪する。

「ご、ごめんなさい」

二人は「ふぅ」とため息つくと「コイツなんか知らん」アピール合戦が始まった。

「知りませんわ、中学の頃《ころ》に読モで有名になったそうですがお芝居で苦戦している方なんて」

「知らない、大地主の長女で大学までエスカレーター式の女学院にいたのになんでこの高校に来たのかわからない人なんてさ」

（（めっちゃ知ってるじゃん……））

光太郎以下カフェテリアにいる全員の気持ちが一致した瞬間であった。

顔見知り……いや、それ以上の関係を匂《にお》わせる二人。

急に自分に接近してきた深雪の真意もわからず光太郎はさらに下腹部をさするのだった。

だがしばらくして、その深雪に異変が生じる。

「……っ」

急にそわそわしだす深雪。ついには光太郎の額を拭《ふ》いたハンカチをつまんだまま固まった。

「あの、どうしました桑島さん」

彼女は困った顔をしながらぎこちない笑顔を見せている。

「あ、いえ……すいません……私、失礼しますね」

急いで残ったカレーを食すとなぜか深雪は足早にこの場をあとにした。

あっという間に去って行った彼女にポカンとする光太郎。

「なんか、急に帰っちゃったね……でも桑島さんの印象少し変わったなぁ。結構お話上手なんだな――って、イタタ」

そんな彼の脇腹を花恋がつねる。

無言で「まだ、あの女のことを言うか？」と圧をかけているかのようだった。

「イタタ、え？　何で？」

「何でもないやい」

不貞腐《ふてくさ》れる花恋にワケのわからない光太郎は困り果てるしかない。

「な、何なの？　急に口にブロッコリー突っ込んでくるし、ブロッコリー嫌いなら別のパスタにすれば良かったじゃない」

「それ聞く？　お笑い芸人に『そのボケどこが面白いと思ったんですか』って聞くようなものだよ？」

「今の発言そんな致命的な質問なの⁉」

「自分で考えろ！　ていうか『あ〜ん』だっての！　んもう……」

　そこで光太郎は色々考え答えを出す。

「そうだよね、『告白防止の仮の彼氏』だもんね。しっかり彼氏っぽくしないと」

「——はい？」

「え、あ？　違った？　だから『しょうがないから付き合ってあげる』って言ったんじゃないの？　神林先輩たちもそう言っていたし、てっきり……」

「……」

　——ギュウ
　無言でまたつねりだす花恋。光太郎は苦悶《くもん》の表情だ。

「あイタタ！　何でまたつねるのぉ!?」

「だとしたらどうだってのさ。信じるの、その言葉」

「あ、いや……」

　花恋はこれ見よがしに嘆息《たんそく》してみせた。

「相変わらず鈍いうえに人の言うことを信じすぎる……人が良すぎるの範疇《はんちゅう》超えてるよ。投資詐欺《さぎ》とか騙《だま》されやしないか心配さ」

　そして光太郎の方に向き直る花恋は彼の胸のあたりを指でつついた。

「どちらにせよ、もっと彼氏らしく振る舞いなって。というわけで私に『あ〜ん』しなさい」

「え、ええ⁉」

何が気に食わなかったのか、それとも自分を恥ずかしい目に遭わせようとしているのか……とにかくやらなきゃ終わらないだろうなと察した光太郎は観念したかのように「あ～ん」を実行するのだった。

「わ、わかったよ……あ～ん」

花恋はほんのり頰を染めながら、目をつぶって口を開ける。

その口に光太郎はそろりとカレーを運ぶ——が、

「あ～……んごっ！　んあっつ！　熱いっ！」

想定外の熱さに悶絶《もんぜつ》する花恋。

「あ、ご、ゴメン」

「ふんぎゃ！　ちょ⁉　なんでジャガイモをチョイスしたのさ！　まだ中がホクホクしていて熱いったらありゃしないよぉ！」

食べ盛りの生徒のために丹精《たんせい》込めて作った「具の大きいカレー」がこのような被害を与えるとは学食のおばちゃんも思わなかっただろう。

もんどり打つ花恋。それを見て光太郎は、

「……ふ、フフフ」

堪えきれずついつい笑ってしまう。

「な、何笑っているのさ」

「ゴメンゴメン。はい、お水」

「んぐんぐんぐ……舌火傷《やけど》しちゃったよう。見るかい？　ほら」

「見てどうにもならないって……あれ？」

その時である、光太郎は花恋と接する自分に変化が生じたことに気がつきだした。

（なんだろう、苦手だったのに……）

この変化の理由を光太郎はアゴに手を当て考え出す。

「おーい、人が舌出しているのに見ないなんて失礼だぞ〜……結構ハズインんだぞ」

ツッコみ待ちの花恋をよそに光太郎はある答えを導き出していた。

（あぁそっか、遠山さんがなぜか空回りしているからだ）

いつも振り回されていた光太郎は「次に何をされるのか」と精神的に余裕がなかった。

しかし、人間慌てていても自分より慌てている人を見ると冷静になるという……

深雪が絡んできたせいでやたら空回りしている彼女を見て心安らいだところがあったのだろうと光太郎は自己解決した。

「なるほど、納得した」

「え？　この流れで何に納得したの？」

「あぁいや……アハハ、こっちの話だよ」

「笑っているよ、彼氏と笑いのツボが違うと苦労するって聞くけど、そこだけ要注意だなぁ」

このようにいつも強引に絡んでいく花恋が空回りすることによって光太郎は少し余裕を持って彼女と接することができるようになり……少しだけ、苦手意識が薄らいだのだった。


変則的な修羅場《しゅらば》を終え、カフェテリアには一種の祭りが終わったかのような解散ムードが漂っていた。

生徒たちが次の授業に向かう中、その修羅場の中心にいた深雪はクラスに戻らず、人目を避けるように離れの踊り場でたたずんでいた。

傍《かたわ》らには付き人の女性。

まるで密談でも交わすかのような雰囲気が彼女らを包み込んでいる中、深雪は指でつまみ続けていた何かを差し出す。

「青木《あおき》さん、これを」

指先でつまんでいるのは先ほど光太郎の額を拭いたハンカチだった。

青木と呼ばれた女性は短く「はっ」と応《こた》えると用意したビニール袋を広げる。

なるべく触れないようにすぐさまハンカチを袋の中に放る深雪。

「……ふぅ」

そんな彼女の表情は先ほどまでの天使の顔はどこへやら、能面《のうめん》のように感情を押し殺した代物《しろもの》であった。

この雰囲気の落差に慣れているのか、青木はさほど気にした様子もなく淡々とビニール袋の端をキツく縛って懐にしまい込んだ。

「遅いですわよ、つまみ続けて指の色が変わってしまいました」

「はっ、申し訳ございません」

カフェテリアでの柔らかい声音とはまるで違う毅然とした口調。キャリアを積み上げた取締役、もしくは叩き上げ政治家のような圧のある一言だった。深窓のお嬢様のような儚《はかな》さはどこにもない。

「それで、どうでしたか？」

青木は一礼すると彼女の問いに答える。

「ようやく関係各所から裏を取ることができました。ほぼ、間違いないかと」

「ほぼですか？」

断定できないことに片眉《かたまゆ》を上げて問い詰める深雪。妥協許すまじといった雰囲気である。

なじるような上司にも見える彼女の言葉に青木は萎縮することなく答えた。

「やはりガードは堅く、なかなか情報を摑《つか》めませんでした。高校入学からしばらく経《た》ってようやく資料が漏《も》れ出しまして……断片的な情報しか集められませんでした」

「ふむ、続けて」

「しかし桑島家でも探れない、あまりにも強固な情報統制は裏付けになると判断しましてご報告させていただきました」

「なるほど、逆に間違いない……と」

青木は小さく頷いた。

「お嬢様も確信があって彼に接近したり、我々に身辺調査を依頼したかと存じ上げますが」

「そうね、貴女《あなた》の言うとおりだわ」

「彼は……竜胆光太郎は——で間違いないでしょう」

盗み聞きされぬよう小声で語る青木の結論に深雪は目を見開き、口元を大きく歪《ゆが》めた。

「…………………っしゃオラ」

それは天使とは真逆、例えるならば魂を前にした悪魔のような喜悦《きえつ》の笑みであった。

第2話　初デートは大変でしたなんて言えません！

「お腹《なか》の調子がいまいちだ……」

そう言って下腹部をさすりながら午後の授業を終えて帰路につく光太郎《こうたろう》。花恋《かれん》と深雪《みゆき》、二人の「圧」にさらされ胃腸をやられてしまった模様である。

「う〜ん、あの二人の間に何かあるんだろうか……丸山《まるやま》さんかジロウにでも聞いてみようかなー――」

そんな彼に本日最後のイベント……花恋が校門で待っていた。

「え？」

花恋が待っているなんて思ってもいなかった光太郎は驚きの声を上げてしまう。

その声に気が付き、門に背もたれかけ少し恥ずかしそうに待っていた彼女は光太郎の顔を見るや満面の笑みを浮かべた。

「あー、ひどい彼氏発見」

言葉は不満だが顔から嬉《うれ》しさがにじみ出ている花恋。

彼女は光太郎の胸元《むなもと》をツンと指でつつき、グリグリとなじる仕草《しぐさ》を見せながら問いただす。

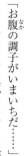

「彼女に一言もなく帰ろうなんて何を企《くわだ》てているのかなぁ？　まさか放課後にこっそりと悪の組織と戦う正義のヒーローだったとか？　異能力者、どんな能力使いなの？」

「そんな漫画みたいな設定僕にはないから！」

戸惑う光太郎を花恋は笑いながらなじってくる。

「それはともかく、女子にヒドい彼氏って嫌われたくなかったら一緒に帰ろ、ね」

コレじゃどっちが告白したのかわからないと光太郎。

告白ハラスメント——コクハラ予防の虫除《よ》け彼氏のお仕事かと嘆息《たんそく》した。

「ふぅ、わかったよ。でも遠山《とおやま》さんどっち方面？　駅一緒だっけ？」

その質問をした光太郎の顔を花恋は下から覗《のぞ》き込んでいじる。

「あ、好きなことには興味あるってお昼言っていたのに知らないんだ？　実は私を好きじゃないとか？　告白されたのにそれはショックだな〜、ＨＰ１だったら死んでるよ私」

「うっぐ」

冗談のつもりなのだろう「実は好きじゃないとか？」と言ってくる花恋。

しかし当たらずとも遠からずなので光太郎の心にグサグサと刺さる刺さる——

ちょっと意地悪しちゃったかなと花恋は舌を出しておどけてみせた。

「アハハ、ゴメンゴメン。光太郎君に忍者の素質があるわけないし知らなくても無理ないよね」

「急に忍者ってどういうこと⁉」

「知らないのかね？　リアル忍者は諜報《ちょうほう》活動が主だったんだよ、今で言うならほぼほぼストーカーさ」

「言い方っ！」

「まぁつまり、現代ではコンプライアンスに引っかかる素質と覚えておきたまへ。たしか駅まで一緒だったかな、そっからは逆方面だったはず」

動揺を悟られぬよう光太郎は少し意地悪で返す。

「へぇ、よく知っているね遠山さん。あなたこそ忍者の素質をお持ちなのでは？」

意地悪な光太郎の顔を見て花恋はニンマリ笑って言い返す。

「人は誰でも心の中に忍者を宿しているものさ」

「なにその『人の心には闇《やみ》が巣くっている』的なニュアンスは⁉」

困った顔でツッコむ光太郎の顔を見てご満悦で花恋は微笑《ほほえ》んだ。

「まぁ忍者の素質はさておいて、光太郎君が喫茶店に居候《いそうろう》しているのは中学生の頃《ころ》すでに丸《まる》ちゃんに聞いているのだよ」

「あ、そうなんだ。でもなんで中学校の時に丸山さんに聞いたの」

素朴な疑問を投げかける光太郎。

そう問われた花恋はビクッと体を震わせわかりやすく動揺した。

「あ、いや、それはそのぉ……って、そんなことはどうでも良いでしょ！　帰るよ！　………

ほら」

おずおずと、少し恥ずかしそうに手を差し出す花恋。

何のことかわからず光太郎はキョトンとするしかない。

「え？　何？」

「何って……鈍いなぁ、激ニブだよ。て……手をつなごうと誘っているのだよ」

その、うつむき加減で手つなぎを要求する花恋。

おっかなびっくりな挙動の彼女に、光太郎は戸惑いと同時に怪しむ表情を見せた。

「あの……」

「な、なんだい？　もったいぶってさぁ。まさか『焦《じ》らす』っていう小賢《こざか》しいテクニックを覚えたのかい⁉」

「そんなテクニックは覚えた記憶ないけど……いや、いつもだったら有無《うむ》を言わさず腕が取れる勢いで引っ張るからさ」

いつもならば風のように現れて颯爽《さっそう》とウザ絡《がら》みして去って行く花恋。

わざわざ宣言することに何か裏があるのでは？　と邪推しているのだ。

「あ、いや……彼氏彼女になってから初めてだし、やっぱその意識するとさぁ」

モゴモゴゴニョゴニョと口ごもる花恋。

「何言っているかよく聞こえないけど……時間ないから行こうよ」

そう言いながらスッと手を取る光太郎。

いきなり手を握られた花恋は。

「き、君はアレか⁉　実は気にしないのかい⁉」

「？　気にしないも何も……いつも手を引っ張るじゃない」

光太郎からしたら急に引っ張られて痛い思いをしないよう、ある種の「予防」として自ら手を握ったのだが……変に意識をしだした花恋は、

「……くぅ、忘れるなよ！　君は告白した側で私は告白された側だということをなぁ！」

「お、大きい声で言うこと⁉　んもぅ……」

傍《かたわ》らから見たらただのバカップルのようなやり取りに光太郎は苦笑するしかない。

笑われた花恋は少し不本意な顔で光太郎をなじる。

「あ、馬鹿《ばか》にしたな今！　謝罪だ謝罪っ！」

「していないっての……ゴメンて」

困り顔の光太郎を見て少し調子を取り戻してきた花恋はいつものお調子者の口調に戻る。

「い～や、許さぬ。反抗的な君には罰が必要だな罰として……ってなわけで、ちょっとだけ駅前で遊んでいかない？」

「それって罰なの？　遠山さんが遊びたいだけじゃ」

「返答はいかに？　ほら秒で首を縦に振りなよ。世が世なら素首叩《たた》き落とされるぞ、伊賀《いが》だろ

うと甲賀《こうが》だろうと佐賀《さが》だろうと」

「まだ忍者引っ張るの？　……まぁ、いいけどさ」

上手《うま》く丸め込まれた気がして困り顔の光太郎。

その顔を見て完全に調子を取り戻した花恋は満面の笑みを浮かべていた。

「うんうん、いい顔だねぇ。よ〜し、じゃあ時間がもったいないからさっそくいこいこ」

まるで恋人というより古くから気心の知れた友人のような振る舞いの彼女。

「……ふ〜む」

「ん？　どしたの光太郎君？　兵は神速を尊《たつと》ぶべし、でしょ。さぁいこっ」

「もう忍者でもないじゃない……今、行くよ」

歩き出す花恋を追いかけながら光太郎は唸《うな》り考える。

(告白したのは僕の方……だよね？)

その事実を忘れかけてしまうほど、恋人関係に積極的な遠山花恋。

彼女のノリノリさは普通なら告白した側がとるべき行動なのだろうが……

(遠山さん、実は恋愛したかったとか？　いや、だったら他《ほか》の男子の告白を受けているはずだよな)

本当に好かれているなど微塵《みじん》にも考えない光太郎。堂々巡りに首を傾《かし》げながら花恋と共に駅前へと向かうのだった。

桐郷《きりごう》学園前駅――

桐郷高校や桐郷大学の学生、そして他の線への乗り換えで往来の多いこの駅前は非常に発展しており一通りの施設が揃《そろ》っている。

少し離れたところに神社や外国人が訪れる観光名所があるためシーズン中はさらなるにぎわいでごった返す。

新しめの繁華街も近くにあり、夜は見回りのボランティアが往来を歩いている姿も。

古くからこの土地の顔役である大地主の「桑島家《くわしま》」、そして旧財閥系の「御園生《みそのお》グループ」、両家の力で町はここ十数年ほどで大いに発展していったそうだ。

桑島家と御園生家、このどちらかに睨《にら》まれたらこの土地では生きていけない……そこまで言われている。

両家は今、テレビ局開局周年ドラマのスポンサーをやっているようで街灯や店舗《てんぽ》のそこかしこに宣伝のポスターが張られていた。

そのドラマの主演と噂《うわさ》される花恋と一緒に肩を並べて光太郎は目的地にたどり着く。

駅前のゲームセンター「ゲームソルジャー桐郷駅前店」。

ジロウや国立《くにたち》、仲村渠《なかんだかり》とは中学時代からちょくちょく通ったゲーセン。

いわば彼にとっての「ホーム」に違いないのだが……今日の雰囲気はまるで違っていた。

(ちょっとちょっと、ホームなのにアウェーになっている⁉)

ヒシヒシと伝わる好奇の視線。

昨今、ゲームセンターも明るくなり女子も気軽に入れる場所になっていてカップルが来た程度でこんなジロジロ見られるなんてことは本来ない。

原因はシンプル……非常にシンプルである。

「おー、ここのゲーセン可愛《かわい》い景品たくさんあるね～……あぁ、でも取れるかなぁ」

UFOキャッチャーのプライズを眺め楽しそうにしている花恋の存在だ。

(わかっていたけど、ここでもこんな感じかぁ)

通い慣れた場所すら新鮮な気持ちにしてしまう遠山花恋の魅力に脱帽する光太郎だった。

「カフェテリアが『食レポ』ならここはもう『町ぶら』ロケだよなぁ」

一定の距離を保ちギャラリーがこっちを見て囁《ささや》くさまはタレント気分を味わえる。

その視線に耐えながらゲームセンターで遊べるかなと嘆《なげ》く光太郎だった。

「ん？　どしたの？　……はは～んさては『その景品より君の方が可愛いよ』と言うタイミングを計っていたな」

「ち、違うって」

「え？　じゃあ『その景品より僕の方が可愛いよ』と言おうとした？　自意識過剰《かじょう》にもほどが

あるなぁ、インスタ女子かな？」

「僕とインスタ女子に恨《うら》みでもあるの？」

「ないよ~光太郎君には~」

ちょっぴり不穏な空気を醸《かも》し出してとぼけながら、花恋はクレーンゲームの景品を見やっていた。

「ふーむ、気になるのぉ」

彼女がじっくり見やるは大人しそうな猫の人形。テレビでも目にする今大人気のキャラクターである。

身につけるものが個性的な花恋には似合わない印象の人形だと光太郎は率直に思った。

「意外だね、遠山さんはこういうのじゃなくてもっと流行から外れたものを欲しいかと思っていたよ」

「人を何だと思っているんだい光太郎君、誠に遺憾である」

政治家的な文句を言われ光太郎は慌《あわ》てて謝罪する。

「ご、ゴメン。ほら遠山さんって可愛い系よりちょっぴり時代を感じさせるファッションで受けているじゃない。雑誌とかでさ」

「ほうほう、予習はしているようだね。しかし意外だなファッションに興味のある雰囲気じゃないのに」

と花恋。自分の仕事を知ってくれているようで実に嬉しそうに顔をほころばせていた。

「光太郎君、読モに興味があるのかな？　だったらウチの事務所に来ないかい？　可愛い系女装読モとして界隈《かいわい》に人気が出ると思うよ」

「何その界隈⁉　違うよ、読モに興味があるんじゃなくて」

「ふむ、読モじゃなくて私に興味があるんだねぇ、そっかそっか」

実にリアクションに困る言葉選びに光太郎は苦笑しスルーし続ける。

「えーっと……喫茶店で揃えている雑誌は僕が担当で色々買っているんだけど、それでよく雑誌コーナーで表紙飾っているのを見かけるからさ。時代を感じる着こなしコーデ！　とか煽《あお》り文句を目にしていてね」

週刊誌などを購入しているときにちょくちょく見かけて覚えたと光太郎は答えた。

「なるほどねぇ、最初は立ち読み、それで段々と好きになっていったと」

「あ、いや……まぁ、うん」

告白間違いしたとは言えない彼はその設定を曖昧《あいまい》に肯定するしかない。

「だからさ、『読モのカリスマ』とか最新ファッションと一昔前の服を映えさせる抜群のセンスって言われていることくらいは知っているかな」

最新アイテムを身に着けながらも一昔前のファッションコーデも織り交ぜアレンジ満載で自在な組み合わせを楽しんでおり個性を際立《きわだ》たせた「遠山花恋」という一つのジャンルを確立し

たとの呼び声が高い。

読モのカリスマと言われた彼女は思わず吹き出すしぐさを見せた。

「褒《ほ》めすぎ。実はそれ、事務所社長のお下がりを組み合わせただけ」

「え？　お下がり？」

花恋は少し恥ずかしそうに頰《ほお》を掻《か》いてカリスマ（笑）に至った内情を打ち明ける。

「私の家、けっこー貧乏でさ、ご飯とかはお母さんがやり繰りしてくれてたけど服が大変でね」

成長期の子供の服というのはどんどん着られなくなっていくもの。ある意味食事より大変だと耳にしたことのある光太郎は頷《うなず》いた。

「それを何とかしてくれたのが事務所の社長さんなんだ。社長さんも読モ出身でね」

「なるほど、そういうことか」

光太郎は何となく察し納得の表情を見せる。

最新アイテムと一昔前のファッションを組み合わせたコーディネートに長《た》けている花恋。

その流行と廃《すた》りを組み合わせた個性が、その実ただのお下がりという事に目からウロコだった。

「安くて古いものから選べる楽しみがあるとか、お金をかけられない人から結構評判良いんだ。元々社長さんのセンスもいいしね」

古着屋で発掘する楽しみも加わると花恋は付け加える。

「服もらって、それでモデルをやっていたら気がついたら今に至るってわけなのさ。お金ももらえるし服ももらえるから家計の助けになってホントありがたいのよね」

「そういう経緯だったんだ」

「で、事務所に恩返しという意味でもうちょっと活躍の幅を広げたいなって思って色々役者業もやらせてもらっているというわけですよ」

一息ついて花恋はこう付け加える。

「どう？　私の事詳しくなったかい？　好きなものには興味あるんだろぅ？　ウリウリ」

肘《ひじ》で突っついてくる花恋に光太郎は
「うん、恩返しのために頑張るのって、いいと思うよ」

素直に自分の気持ちを伝え、そして花恋のことを少し見直すのだった。

光太郎の言葉に上機嫌になったのか花恋はちょっぴり愚痴《ぐち》をこぼす。

「でもさぁ、私だってたまにはゴリゴリの可愛い系を着たいんだよ。でも事務所と世間が求めているからしょうがないとは思うんだけど」

世間が求めているという発言に哀愁《あいしゅう》を漂わせる花恋。

気持ちを察した光太郎は共感し頷いた。

「なんか、本格漫才をしたいのに裸芸で売れてしまった一発屋芸人みたいな悩みだね」

「女の子にその例えは何事かね！　ウチの事務所はヌードをやっておりません！」

頬を膨らませむくれる花恋に光太郎は「ごめんごめん」と笑ってみせた。

「お詫《わ》びと言っちゃなんだけどさ、この人形取ってみるね」

「え、いや無理しないで良いよ」

「いいのいいの、実はこの子のクレーンやったことないから、やってみたかっただけ」

硬貨を投入する光太郎は花恋に「大丈夫」と微笑んだ。彼の優しさもあるが、実は周囲の視線や苦手な花恋を前に何かしていなければ間が持たないという本音もあった。

とまぁ間が待たないゆえの行動だったのだが……

「……そういうところが、ズルいんだよなぁ」

花恋はそれを優しさと捉《とら》え恥ずかしそうに俯《うつむ》いたのだった。恋愛ゲームなら好感度アップの効果音が鳴っているだろう。

「あ、うん」

一方、さり気ない好意に光太郎は不覚にもドキッとしてしまう。

顔を赤らめ伏し目がちになる花恋……誰がどう見ても恋する乙女《おとめ》である……が、

（いやいや、これはコクハラ予防の演技だから、落ち着け光太郎！）

頭の固い光太郎。こんな感じで彼は「本気の好意だったら」とは微塵も考えないのだった。

しかし、傍《はた》から見ると純粋に付き合いたてのラブラブに見えるのだろう、羨望《せんぼう》や嫉妬《しっと》の眼差《まなざ》しが彼を突き刺していた。

誤魔化すように光太郎は小さいプライズ系キーホルダー人形が敷き詰められたクレーンゲーム

に挑む。

「んーと」

おぼつかない手つきで右へ奥へとクレーンを動かし、ッターンとボタンを押す光太郎。

案外力物欲が無いと上手くいくもので……クレーンの爪その端っこにギリギリ引っ掛かりそのままポスリと落とすことに成功した――

「おぉ？」

が、それは花恋の望んだ景品ではない不機嫌ジト目な犬のプライズだった。

光太郎は頭を掻いて笑う。

「あはは、全然違うのが取れちゃった。もう一回挑戦するね」

そう言って光太郎は再度硬貨を投入しようとした。

が、そんな彼の手を花恋はスッと止める。

「大丈夫、これで十分だよ」

「いやでも、全然違うよ」

「いいのいいの、よくよく考えたら犬も猫も一緒じゃない？」

そう言われ一瞬よく考えてみる光太郎だがさすがにそれは違うと反論した。

「いやいや、同列に語っちゃダメじゃない？　犬好きと猫好きの両方から総攻撃を食らうよ」

「光太郎君が私のために取ってくれたのが嬉しいから。これで……いや、これがいいの。ほらあ

るでしょ、本命じゃなくても、何かの切っ掛けで好きになっちゃうってこと」

「いや、うん、それは……」

花恋に対し苦手意識が薄れてきたところにこの言葉……自分のことを遠回しに言われた気がした光太郎はもどかしく思う。

「まぁ、何かの切っ掛けで好きになるって……うん、可能性はゼロじゃない、かな?」

一方、花恋は憂いある彼の表情より別に気になることがあるようだ。

「ねぇ光太郎君、気がついた?」

「いや別に変な意図があるわけじゃなくて――え? 気がついた!?」

「うん、ほら、アレ……」

花恋の指さす方。

そこには軍人のように後ろ手を組んで整列している男子高校生たちの姿が。

血涙を流さんとする勢いの血走った目……

光太郎は血を飛ばして相手をひるませるトカゲ「ツノトカゲ」を思い出したという。

「そういえば目から血を飛ばしすぎると死んじゃうんだってね、ツノトカゲ」

「いきなりどうしたのってツッコみたくなるけど……あの目を見たら飛ばしてきそうね、涙と血液」

ゲームセンターで遊興を楽しみにきた少年とは到底思えない決死の覚悟をはらんだ形相。

なんらかのイデオロギーに突き動かされた運動家を彷彿《ほうふつ》とさせるオーラすら纏《まと》っている。

「あれは……神林《かんばやし》先輩だったかな？」

つい朝方ほど、光太郎に物申しに教室に乗り込んだ連中であると気がついた光太郎。

向こうもこちらに気がついたのか殺気を漏《も》らしたまま三人は近寄ってきた。

「よぉ竜胆《りんどう》光太郎」

「あの、何かご用でしょうか？　用がなければジロジロ見るのをやめてほしいのですが」

刺激しないよう、それとなく「こっちを見ないで」と申し出る光太郎。

が、神林先輩たちは声を荒らげ反論する。

「ジロジロ見てはいない、睨みつけているだけだ！」

反論というより屁《へ》理屈だった。今朝に続いての迷惑行為にさすがの光太郎も呆《あき》れ果てる。

花恋もたまらず光太郎をかばうよう割って入って先輩らに物申した。

「ちょっと先輩、何しているんですか。噂じゃこのゲームセンター『御園生グループ』の息がかかっているみたいですよ。揉《も》め事を起こしてあの企業に睨まれたらこの街じゃ生きていけませんよ」

御園生の名前を出され先輩たちは大いに動揺する。一介の学生に通じるほど御園生の名前は絶大のようである。

「大地主の桑島家と並ぶあの御園生グループっ⁉」

「確かにあの御園生家に睨まれたらこの町で就職は不可能と言っても過言じゃない」

「し、しかし、ここで尻尾《しっぽ》を巻くのは最高にダサいぞ……」

一気にボルテージの下がる先輩たち。

あと一息だと光太郎も先輩たちをなだめようとした。

「こんな殺気込めていたら遠山さんも他のお客さんも迷惑するかと思います。もっと普通にしてください……」

この一言が良くなかった、神林先輩たちは先ほど以上に声を荒らげる。

「これが普通にしていられるか、竜胆光太郎！　誰のせいだと思っているんだ！」

「先輩であり人生の負け犬である俺たちになんて言い草だ！」

「だれが人生の負け犬だ！　御園生グループが何ぼのもんじゃ！」

モテなさすぎてこじらせたのか、空気も読めなくなった先輩方。

光太郎は呆れて額《ひたい》を押さえるしかなかった。

「とにかくゲームセンターでゲームしないのは不自然ですよ」

「それはお前とて同じではないか竜胆光太郎！　神聖なるゲーセンで放課後デートなど！」

「あいや、ゲームしてデートしているのですが……デート……」

放課後デートと自分で口にして恥ずかしくなった光太郎は頬を掻く。

その様子を見てさらに神林先輩らは激高するのだった。

「てめぇ！　勝ち誇ったようにしやがって！　あぁいいぜ！　ゲームセンターでゲームしようじゃないか！　俺らの勝負、受けるよなぁ竜胆！」

「え、あの……」

「嫌とは言わせないぜ、彼女の前で負け恥じ掻きたくありませんって素直に言うなら許してやるけどよ」

そこまで言われ光太郎はようやく先輩方の意図が理解できた。

つまりは彼女の前で盛大に恥を掻いてもらおう。神林先輩らの瞳《ひとみ》にはそういう魂胆がありありに見えた。

一方的かつ露骨な因縁。

しかし光太郎には後ろめたいことがある。

（本当なら僕じゃなくて先輩の誰かだったのかもしれないし）

コクハラ防止の虫除け彼氏ならば自分でなくても良かったはず、むしろ花恋を苦手な自分なんかが付き合ってしまって申し訳ない――とまぁ自分が好かれているなどこれっぽっちも考えない光太郎だった。

というわけで負い目のある彼は神林らの挑戦を二つ返事で受ける。

「いいですよ」

これに困惑するは花恋である。

「え？　ちょっと」

いくら断れない男だからってデートの真っ最中に何でそんな勝負を受けるのか……

そんな表情を浮かべる彼女に光太郎は真剣なまなざしを向ける。

（ごめん、さすがに罪悪感たっぷりだから受けさせて）

もはや悲壮《ひそう》じみた彼の顔を見て花恋は——こう好意的に解釈した。

「そ、そっか〜。彼女の前で良いところ見せようって魂胆だね！」

「うぇぇ⁉」

火に油を注《そそ》ぐとはまさにこのこと。

「「「なんだと⁉」」」

いや、燃焼具合から察するに油どころかガソリンをガロン単位でぶちまけた模様である。彼らの瞳には嫉妬の炎がメラメラと燃えさかっていた。

それと同じくらい、彼氏が格好いいところを見せようとする行為に花恋のテンションはぶち上がる。

「ちょっとちょっと、いつからそんな策士になったの⁉　君は諸葛亮《しょかつりょう》の生まれ変わりかい？　惚《ほ》れ直しちゃうよ……あ、いや、元々惚れていたわけではないけどっ！」

「いや、そんなつもりはないんだけど……それに惚れ直したなんて冗談やめてよぉ」

この間でこの言葉はイチャラブ照れ隠しにしか思えない。めでたく追加燃料が投入され——

「「「やってやる！　やってやるぞ！」」」

先輩らの闘争心を引き出すことになってしまったのだった。

剝《む》き出しの牙、剝き出しの闘志、そのうち興奮のあまり衣服を脱いで剝き出しのボディで喧嘩《けんか》を挑みかねない勢いの神林らに光太郎は気圧《けお》されるしかない。

「ちょ、落ち着いてください先輩」

そんなことは露知らず、愛《いと》しの光太郎が「かっこいいところを見せたいと思ってくれた」と勘違いしている花恋はウキウキのノリノリだ。

「いや～いつからこんな盛り上げ上手になったのさっ。構成作家でもついているのかいっ⁉　実はカメラ回している？　動画投稿して収益化を目論《もくろ》んでいるとか⁉　貪欲！　お腹を空かせたウシガエル並みに貪欲！　君が本気を出せば十万人登録の銀の盾《たて》なんてすぐかもねっ！」

愛しの花恋の長尺興奮コメントによる誤解で神林先輩らの怒りは頂点に達した。

「竜胆！　お前俺たちをダシに再生数を稼ぐつもりか！」

「恋愛底辺の俺たちをさらし者にして食いものにするだと！」

「って誰が恋愛底辺だ！」

もう自分たちの台詞《せりふ》で勝手に怒り心頭な「火に油のセルフサービス悪循環」状態に光太郎の頬はこけ始めていたのだった。

「やっかいな人たちに絡まれたなぁ、僕」

もちろんそれは神林先輩らだけでなく興奮し煽る花恋も含まれているのだが……自分の困り顔を見て楽しんでいるんだろうなと光太郎は肩を落とした。

「よ～し、頑張れ光太郎君！　彼女の前だぞ光太郎君！」

ワクワクが止まらない花恋、彼の心がさらに離れたとは微塵にも思わないだろう。

「あの、じゃあ何で勝負しましょうか？」

刺激しないよう気を遣《つか》って尋ねる光太郎。

神林先輩はニィィと口元を吊《つ》り上げると即座に一つの筐体《きょうたい》を指さした。

「あれなんてどうだ」

格闘ゲームやシューティングゲーム、クイズゲームに麻雀ゲームなど様々な筐体が連ねる中、神林先輩が指さしたのは――体を使ったゲームの一つだった。

「ボクササイズ……ゲーム？」

フィットネス系体感ボクシングゲーム。

グローブをはめて出てくるアイコンを音楽に合わせて殴って得点を競い合う、いわゆるリズムゲームの一種だ。

そのゲームを指定され光太郎は戸惑う。

「ぼ、ボクシングですか」

「オイオイ、まさか自信がないとか言わないよな、彼女の前で」

「あ、いえ、確かにあまり自信はありませんが」

弱気な光太郎の肩を花恋はバシバシ叩いた。

「いいじゃん！　ユーやっちゃいなYO！」

「嫌なラッパーだなぁ……わかりました、やります」

神林先輩は下卑《げび》た笑いを漏らすと制服の上着を脱ぎだした。

鍛えているのであろう、ワイシャツの上からでもわかる筋肉の盛り上がりだった。

対して光太郎は、細い。

制服も成長期に合わせて少し大きめのサイズを選んでいるからだろうか、七五三の子供が着させられているブレザー姿を彷彿とさせる。

不安げにグローブをはめる姿と細い腕にはめられるソレを見て先輩らは失笑、そして確信する。「この勝負、勝ったな……」と。

ゲームではなく男としても勝てる、人を殴ったこともない一年坊主が出てくるアイコンにあたふたしてへっぴり腰で腕を振り回す……そんな姿を花恋に見せたら幻滅されてしまうだろう。

「ふふん、対して俺はこのゲームをやりこんでいる。万に一つも勝ち目はないぞ……」

嫉妬のあまり自分の得意ゲームを躊躇《ためら》うことなく選択する——

この事実を知られたらへっぴり腰以上に幻滅されること請け合いなのだが、今の神林にそんなことを考える余裕はなかった。

「さぁ、まずは俺からだ。難易度は……これでいいだろう」

恥ずかしげもなくハードモードを選択する神林先輩。初心者光太郎に絶対勝つという執念の難易度選択をしゲームを始めた。

「フンヌッハ！　ッシッシッシ！」

ポップな音楽に合わせて拳《こぶし》を突き出す神林。やりこんでいるだろう機敏《きびん》な動きを披露した。

「ハァハァ……ちょっとミスしてしまったがこんなものだろう」

花恋の前だからであろう、いくつか凡ミスを重ねたが神林先輩は高得点を叩き出す。

「ふぅ、どうですか遠山さんっ」

自分の勇姿、いかがでしたかと花恋にアピールする先輩だが彼女の目は光太郎の方に向けられていた。

「どう、光太郎君。いける？」

花恋の問い。

「自信はなかったけどさ、どういうゲームか見せてもらったし……」

細い腕にグローブをはめた光太郎は、

「多分勝てるよ」

短くこう答えた。

「「「え？」」」

ゲームが始まりポップな音と共に身構える光太郎。

彼の堂に入った出《い》で立ちに先輩らは息をのんだ。

「シュ！　……シッ！」

息を吐き軽《かろ》やかなステップと共に腕を出す。まるでダンスゲームかと見まごう足さばきだった。

そして、無駄のないハンドスピード。的《まと》を絞らせないように頭も揺らしている。

明らかに素人ではない動きに先輩らもゲームセンターにいるお客さんも、そして花恋も見とれるほどだった。

やがてゲームは終わり結果が発表される。

神林先輩が4ミス。

対して光太郎が3ミスという結果だった。

辛勝ではあるが初心者とやりこんだ人間、華麗で魅了する足さばき……誰が見ても光太郎の完勝である。

「久しぶりだったから自信なかったけど、まぁまぁかな？」

「久しぶり……だと？　お前、やりこんでいたのかこのゲーム――なに⁉」

聞き捨てならないと詰め寄ろうとした神林。

しかし、袖《そで》をまくった彼の腕を見て思わず驚きの声をあげる。

筋肉が詰まったかのような引き締まり方……細いのではなく運動をやりこんで絞った人間の

腕だった。

神林の疑問を自分のことのように花恋は説明しだした。

「うっふっふ〜ん。あのね、光太郎はね、中学の時アマチュアボクシング部だったんだよ」

「あ、アマチュアボクシングだって⁉」

人を殴ったこともないような顔をしてボクシング⁉　まさかの来歴に「マジかよ」と目で訴える先輩たち。

その視線を受けて光太郎は恥ずかしそうに頬を掻いた。

「あの、廃部寸前だったので数あわせに頼まれて……試合はしたことないんですけど入部しているからにはトレーニングを一通りこなしていました。ほんと、グローブはめるの久しぶりだったので自信はなかったのですが……」

意外な事実に先輩たちは驚愕《きょうがく》。

「さすが『キリチューの断れない男』だね。人も殴れないのにボクシングなんてさぁ」

「正直、パンチより断る力を身につけたいよ」

まさかの特技、かっこ悪いところを見せて幻滅させるどころかちゃっかり相手にポイントを与えてしまった……聞こえるほどの音で歯ぎしりする先輩たち。板金工場のような異音があたりに響いた。

が、神林らも諦《あきら》めが悪い。体格が軽そうな光太郎を見て悪い考えを巡らせた。

「たしかにフットワークはそれなりだが威力はどうだ？」

「い、威力ですか」

「そうだ、パンチングマシーンがあったはず！　あれで勝負だ！」

体格差を鑑《かんが》みるにボクシング経験者と言っても神林に分があることは明白。もう一つでも勝ちたいという彼の意地であった。

が、そのパンチングマシーンにはとある先客が。

「フン!!!!」

ブバン！

豪快な音と共に190キロ台の威力を叩き出す巨漢がそこにいた。

「…………なんくるないさ」

光太郎のクラスメイト、沖縄出身の仲村渠だった。

「な、仲村渠君？」

「え～仲村渠君は最強ですのでご注意ください」

「国立君も」

埼京線《さいきょうせん》のアナウンスがごとく「さいきょう」を鼻声で口ずさむは鉄道マニアの国立。

「やっほい、来ちゃった花恋」

「丸ちゃん……」

ひょっこり現れるは同じくクラスメイトの女子のリーダー丸山。

見回せばほとんどのクラスメイトがゲームセンターにいるではないか。

「みんながいる……ってことは、アイツの仕業《しわざ》か」

険しいまなざしの光太郎彼の前に現れたのは……

「よぉ」

ジロウである。軽く手を上げニヤニヤしながら光太郎の後ろから声をかけてくる姿はまさに黒幕そのものだった。

「いや～『たまたま』クラスでゲームセンターに行こうぜってことになってさ。いや本当に『たまたま』なんだよ」

彼の「たまたま」の連呼に疑惑が確信に変わる光太郎は単刀直入に聞いてみせた。

「……尾行したな」

「うん（はぁと）」

「はぁとっ！　じゃないよ！」

さすがに怒る光太郎、不機嫌さをあらわにする彼にジロウは開き直っている。

「だってよぉ、初めての放課後デートだろ、気になるに決まっているじゃないか。まぁまさかこんな面白……おっと、大変なイベントがあるなんて思ってもいなかったけどよ」

「今『面白い』って言おうとしたよね！」

「まぁまぁ、でもおかげでしつこい先輩を追い返すことに成功したろ」

仲村渠の圧に負けたのか、先輩たちはいつの間にかすごすごとこの場を去っていた。

「つい心の中のシーサーが暴れ出してしまったぜ」

「守り神が荒ぶっちゃだめだよ仲村渠君」

一方、花恋は丸山にポコポコ怒っていた。

「ちょっと丸ちゃん！　盗み見はダメでしょ！」

「ごめん花恋、今度は前もって申告してから堂々と眺めるよ」

「申告すればいいってもんでもないっ！」

「ほら怒らない、こうなったらみんなでゲームセンター楽しもうよ、ね。ほら竜胆君、あんた花恋とプリクラ撮りなさい、これは学級委員命令よ」

「え、なんで？」

急に言われて狼狽《うろた》える光太郎に丸山は「当たり前でしょ」と片眉《かたまゆ》上げて憤《いきどお》る。

「彼氏彼女になっての初デートに思い出を残すのは当然でしょうに！　そもそも神林先輩らの勝負、普通は受けないってのもう……」

今日のデートに対して評価を下しながら無理矢理プリクラの筐体に押し込まれる光太郎。

写真に写る彼の顔はやはりどこかぎこちない表情だったのは言うまでもないだろう。

一方、敗走の兵が如《ごと》く無言でゲームセンターをあとにした神林先輩らは悔《くや》しさをにじませていた。

自分の得意なゲームを指定しておいての完敗。

さらにはクラスメイトが助けに来てくれ花恋は惚れ直したような表情……

勝負、人望、恋愛、いずれにも完敗した彼らは敗北感に打ちひしがれる。

「ちくしょう、こんなはずでは」

誰に言うでもなくそうつぶやく神林。

光太郎に圧勝し花恋の関心をこちらに向けようとした思惑は見事失敗――まぁ圧勝したところで花恋が自分たちの方を向いてくれる訳がないのだが……それすらわからないほど彼らは迷走していた。

「「「この失敗は痛い」」」

心のわだかまりや憤りは募るばかり……

しかしどうしたらいいのかわからない、いっそのこと全てを忘れた方がいいのではと途方に暮れている彼らの前に一人の女性が立ち塞《ふさ》がった。

「どうも」

「「「……はい？」」」

スーツに身を包んだ二十代半《なか》ばの女性。スラリとした姿勢、目にかかる前髪の隙間《すきま》からしっとりと三人を見やっていた。

その雰囲気に見覚えがあるのか神林らは「あっ」と小さく声を上げる。

「あんた、見たことあるぞ」

そこまで言われ彼女は恭《うやうや》しく一礼した。

「はい、桑島深雪様の付き人で青木《あおき》と申します。桐郷高校二年生の神林君、木村《きむら》君、大森《おおもり》君ですね」

淡々とした態度で頭を下げる青木。

いきなり名前を呼ばれさすがの彼らも警戒する。このご時世、個人情報を摑《つか》んでいる人間は信用してはならない、詐欺《さぎ》の勧誘か何かかと疑いの目を向けた。

が、そんな警戒など気にも留めていないのか青木はサラリと用件を述べだした。

「ある人からお三方に協力して欲しいと要望がありまして、それをお伝えに来ました。あなたたちにも悪い話じゃないと思います」

「協力ですか？」

「ええ、竜胆光太郎氏と遠山花恋氏、この二人に関する情報収集、そして可能であれば恋仲を邪魔して欲しいという要望です」

「「「な、なんだって⁉」」」

怪しすぎる提案に動揺を隠せない三人はしばし絶句した。

その反応を見越してか、青木は間を置かずに言葉を続けた。

「もちろんタダでとは言いません。それなりの報酬をご用意しております」

そう言いながら彼女はスッと指を二本立てる。

「に、二万ですか？」

高校生にとってはそこそこの大金、生々しい金額に少々ビビる三人。

断った方がいいんじゃないか……そんな空気が漂い出す中、青木は首を横に振った。

「いえ違います。二月の十四日、バレンタインデーにチョコを差し上げることを確約します」

「「「な、なにぃぃぃぃぃぃ！」」」

チョコ確約という報酬に神林先輩らは電流が走ったような反応を見せた。

バレンタインデーで毎年毎年「今年こそは」と意気込んで撃沈してきた彼らにとって「チョコ確約」はかなり大きいと言えよう。

とうとう母親以外からチョコがもらえる。女子からチョコをもらったことのある人間とない人間の隔《へだ》たりは――分厚い。

「「「よろしくお願いしまっす!!!!」」」

断る理由などない、だってチョコがもらえるのだから。

それは深い深い、最敬礼に近いお辞儀だったという。

場面変わって、光太郎がゲームセンターから帰宅したその日の夜のこと。

「そういうところが好き……か」

彼はベッドに横たわり、花恋と一緒に撮ったプリクラをボーッと眺めていた。

演技とは思えない自然な笑顔の花恋。

そして少々ぎこちないがはにかんだ笑顔の自分がそこにいた。

「……苦手だったんだけどなぁ」

彼女のペースに巻き込まれ疲れるが不思議と嫌じゃなくなってきた自分がいる。運動で汗を掻いたあとの心地良い疲労感に似たものを感じていた。

「でも、演技なんだよなぁ、たぶん」

学園一の人気者、遠山花恋が自分を好きになる要素があるわけない。でもこの笑顔が演技とは思えないのであった。

「コクハラ予防以外にいったい何があるんだろう……うーん、わからない」

答えは出ずグッタリしている彼に階下からのんきな声が聞こえてくる。

「お〜ぅい」

「っと、仕込みを手伝って欲しいとかかな？」

そう言いながら光太郎は身を起こす。

階下に降りキッチンへ続く扉を開けると彼の鼻腔《びくう》は香《こう》ばしい焙煎《ばいせん》の香りで満たされた。

使い込まれたサイフォンや産地ごとに分けられた瓶詰《びんづめ》のコーヒー豆。

戸棚には磨《みが》き上げられた銅のカップが照明を反射し鈍い光を放っている。

そんな厨房《ちゆうぼう》にて短髪の男が一人疲れた顔をしながらコーヒー豆を煎《い》っていた。

ワイシャツにジーパン、つっかけのサンダルとどこぞのチンピラみたいな風体だが不思議とエプロン姿の似合う、そんな男であった。

男は振り返り、半目で光太郎の方を向くとニヤリと笑う。

「なーんぞ帰りが遅かったけど『コレ』か?」

なまった口調で下品に小指を立てる男に光太郎は呆れ顔で返す。

「そういうのやめなって譲二《じようじ》叔父さん」

「ったく、相変わらず真面目《まじめ》でつまらんのぉ」

譲二と呼ばれた男は口をとがらせるとまた焙煎器具とにらめっこを始めた。

どこかの地方の訛《なまり》なのか木訥《ぼくとつ》な口調と日に焼けた浅黒い肌。

海の男のような精悍《せいかん》さを漂わせる短髪の中年だった。

竜胆譲二。

光太郎の叔父にあたる人物で保護者的な立場の男性。

そして、ここ喫茶「マリポーサ」のマスターである。

「取り込み中じゃなかったら野菜の仕込みやってくれんか？　最近健康志向なのか野菜サンドがよく売れてのぉ」

「もちろん手伝わせてもらうよ。ここに住まわせてもらう条件だからね」

「ワハハ、そういうところは真面目じゃのう。兄貴……お父さんに似たのかの」

笑う譲二の隣に立ち手際《てぎわ》よく野菜をカットしていく光太郎。

中学からここに住まわせてもらっている彼はちょくちょく店の手伝いをしてすっかりキッチン作業は一人前。この程度はお手のもののようだ。

この二人から漂う雰囲気だけでも関係が良好なのが見て取る。

まるで年の離れた兄弟、祝日に肩を並べて釣りなどするのが似合うような二人だった。

そんな弟分の光太郎を譲二は優しく気遣《きづか》う。

「その様子じゃまた色々抱《かか》えとるようじゃが、無理はするなよ。お前の親も心配しとる」

「アハハ、大丈夫だって」

図星を突かれ苦笑いを浮かべる光太郎。

「本当かのぉ、頼まれたら断れない……自他共に認める断れない男じゃからな」

いじるように甥《おい》っ子のことを「断れない男」と表現する譲二。

意地悪な笑みと口調で光太郎は言葉を返す。

「それを直すために叔父さんのところに転がり込んだんだよ」

「そうそう、ワシのチャランポランな部分を見て適度ないい加減さを身につけるため——って、誰がチャランポランじゃ！」

軽妙なノリツッコミに二人は大爆笑した。

「ハハハ、まぁ色々学ばせてもらっているから感謝しているよ、叔父さん」

「おう学べ学べ、学ぶのは学生の本分じゃ。それはともかく……たまには実家に顔出せよ」

「断る力をしっかり身につけるまでまだ帰れないよ……このままじゃ『ウチ』に迷惑かかるしさ。叔父さんもわかるでしょ、この性格は致命的だって」

含みのある言葉に譲二は「確かにのぉ」と頷いた。

「まぁ、あんまり堅く考えすぎるなよ。人生も恋愛も気楽にいけ、な」

「ワシを見習って」と、おどける譲二に光太郎は苦笑いだ。

「叔父さんの恋愛は参考にしたくはないなぁ、惚れっぽすぎて相手のことよく知らずにアプローチしちゃうんだもの……あ、そうだ、今も狙っている人いるんだっけ？　大丈夫なの？」

心配そうな顔の光太郎に譲二は口をとがらせる。

「安心せい！　今回の相手はちゃんと独身じゃ」

「普通はそうでしょうが、とにかく問題は起こさないでよ」

「ふふん、ワシがデートの時は光太郎が店番してくれよ。コーヒーの淹《い》れ方も店に出してもいいレベルじゃからな」

素直に褒められ光太郎は照れた。

お互い間が持たないのか譲二が照れ隠しで文句を言い出す。

「ともかくじゃ、大人の心配せんで自分の心配でもせい」

「そうだった、大変だったんだ……」

譲二に言われて目下自分が「告白間違い」で学年一の人気者と付き合っている事を思い出す。

トマトを切るスピードが鈍る光太郎を見て譲二は片眉を上げた。

「なんじゃ、やっぱ何かあったんか。フラれたんか？　おお？」

心配半分好奇心半分で聞いてくるちょいワル叔父に光太郎は苦笑を返した。

「その逆なんだよなぁ」

「なんじゃそりゃ、新手のナゾナゾか？」

遠山花恋はなぜ自分なんかの告白をオッケーしたのか。

実は本当に好きだったのか、いやそんなわけはない、だってあの絡み方は……

なぞなぞとは言いえて妙、ミステリに片足突っ込んでいるなぁと今後どうなるか不安になる光太郎。

「ま、話したい時に話しゃええ。そろそろ終わったろ、煎りたての豆で一杯やろうや」

気を使ってくれたのか手際よくミルで引き、サイフォンでコーヒーを淹れてくれる叔父。

だが、叔父の淹れてくれたこだわりコーヒーを口にしても光太郎の顔は冴《さ》えない。

(もし仮に僕への思いが本物だったとしても……だとしたらなおさら、告白間違いをしたなんて……うぅ)

浅煎りの爽《さわ》やかでフルーティな口当たりのコーヒーだがやけに苦みが感じられる、まるで自分の心情を表しているようであった。


「楽しかったなぁ」

光太郎が自室でプリクラを眺めている同時刻。

遠山花恋はシャワーを浴びながら今日起きた出来事を思い返していた。

人形を取ってくれたりからんできた先輩の鼻を明かす光太郎の姿を脳内で反芻《はんすう》し、ニヤケが止まらない様子である。

「バタバタしてプリクラ撮るのを諦めかけていたけど……丸ちゃんに感謝だね」

とまぁ機嫌良く鼻歌交じりで髪の毛を洗う彼女、ニヤけた口元に泡が入り込んできて思わず「苦っ」と悶絶《もんぜつ》したりと、実にわかりやすく浮かれていた。

「しっかし、プリクラ撮るときの光太郎君……でっへっへ」

シャンプーを流しながら、花恋はその時のことを思い返していた。

「ちょっと丸ちゃん⁉」

丸山に背を押され、光太郎と共にプリクラの筐体に押し込まれた花恋。

中はそれなりの広さだが二人きりの空間という事もあり、妙に意識してしまい緊張で目はバッキバキ、顔が火照《ほて》っているのに指先は冷たいありさま。まるで初めてゴールデンタイムのバラエティに出演した若手芸人が如くであった。

この緊張感を誤魔化《ごまか》すべく、花恋はまくし立てる。

「これはアレだね、プリクラ撮らないと出られそうにもないね！　撮らないと絶対に！」

「そだね、このまま出たら丸山さんに怒られそうだし……初めてなんだけどどうやるのかな？」

戸惑う光太郎の言葉を捉えていつものノリで会話を続ける、お調子者キャラを維持させないと緊張で喋《しゃべ》れなくなってしまうからだ。

「はじめて……ほうほう、まさか光太郎君の初めてを奪うことになるなんてねぇ」

「な、なにその言い回し」

光太郎の反応がカワイイと思った花恋は「よいではないか」と悪代官ムーブでにじり寄った。

「口ではそう言ってはおるが、ここはもうこんなに大っきくなっているではないか」

「ちょっと、何で目をこんな大きくするのさ⁉」

場を和《なご》ませるためかなり過剰な加工を施すが……あまりにもクッキリしたキラキラ目の光太

郎に彼女はたまらず吹き出していた。

「この程度で驚かない驚かない。このくらいフツーだって……フフッ」

「笑ってるじゃないか。もう宇宙人レベルの目の大きさだよコレ」

「ブッフォ！」

宇宙人と言われてリトルグレイなイメージを想像してしまいさらに笑いが止まらない花恋は目の端に涙を溜《た》めながら腹を抱える。

「いやぁ、楽しいなぁ——こういう関係がずっと続けば良いのになぁ」

パネル操作に熱中していたのか花恋の独白は光太郎の耳には届かなかったようだ。

「普通に戻して……これでいいかな、ほら、撮ろうよ遠山さん」

花恋にそう促《うなが》しプリクラのカメラの方を見やる光太郎。

しかし、その姿はまるで証明写真に挑む人のように直立不動で緊張の面持《おもも》ち。

本当に慣れていない光太郎が愛おしくてたまらない。

「えい」

緊張をほぐそうと彼女はつい勢いで腕を組んだ。

「え、ちょ!? 急にどうしたの？」

「こ、こういうのはさ！ 恋人同士は密着しないとダメなんだよ光太郎君」

「そ、そうなの」

「そうなの、法律で決まっているの！　ほらほら、ちゃんと顔向けて」

「カメラの方を向いて」と言う意味で言ったのだが……しかし慌てたのか光太郎は花恋の方へ振り向いた。

「こ、こう？」

「え⁉　違くて！　正面正面、カメラの方――」

密着した状態で向かい合わせの二人。

それはお互いの顔に吐息が掛かるほどの至近距離だった。

――パシャリ
そんな赤面する二人が向かい合う光景をプリクラはバッチリと撮影。筐体から吐き出された写真はまるで映画のワンシーン……それもラブロマンス一歩手前な代物《しろもの》だった。

「うわ、これって……」

数秒後キスしているような写真。

この出来映えに花恋は火が出そうなくらい赤面した。

「と、撮り直そっか光太郎君」

「そ、そうだね……それは処分しよう、色々と誤解されちゃう」

頬を掻きながらゴミ箱に捨てようとする光太郎。

だが、その手を花恋が摑む、ものすごい握力で。

「ま、待った、誰かに拾われると大変だから私が責任もって処分するね」

そう言って花恋はキス一歩手前のプリクラを光太郎の手から奪った。

「あ、うん……」

もちろん処分なんてする気はさらさらない。

家に帰って堪能《たんのう》する気満々の花恋は大事に大事にカバンの奥へとしまったのだった。

風呂場《ふろば》から出てニヤケながら頭を拭《ふ》いている花恋。

自室に戻り小さなコルクボードに貼り付けた戦利品――プリクラを眺め、さらにそのニヤつきは加速する。

「でっへっへ……」

コルクボードには撮り直した初々《ういうい》しい感じで腕を組む二人……そして例のキス一歩手前なプリクラの二枚が貼り付けられていた。

「処分するわけないじゃない、こんな妄想の捗《はかど》るヤツをさ」

コルクボードを手に取りベッドの上に寝っ転がる花恋は愛しの光太郎に思いをはせる。

「私のこと好きって言ってくれたんだし、今頃同じように家でプリクラ眺めてニヤけているかなぁ。ムッツリだもんアイツ」

キスシーン一歩手前のプリクラを眺めながら、「いずれはこの先も――」なんて想像し枕《まくら》に顔を埋《うず》め足をバタバタさせる花恋だった。

第3話 ♥ 桑島さんが何故か積極的なんですけど!?

次の日の朝。

色々考えすぎて眠れなかった光太郎《こうたろう》はフラフラモードで起床、朝飯を食べながら光太郎は眉間《みけん》にシワを寄せ悩むありさまだった。

（演技なのか、それとも本当なのだろうか……）

納豆を混ぜすぎて手元は泡まみれ、叔父の譲二《じょうじ》に「ワシの酒を勝手に飲んだのか？」とイジられるほどボーッとしていた。

そしておぼつかない足取りで登校中、妙に駅前が騒がしいことに気がついた。

「…………ん？」

何事かと様子を見やる光太郎、その視線の先には――

待ちぼうけを食らっているかのようにたたずんでいる遠山花恋《とおやまかれん》の姿があった。

奇《く》しくも昨日と似たシチュエーションに「もしや」と思う光太郎。

予感は的中した、彼の顔を見つけるや否《いな》や花恋はふくれっ面になりながらこちらへと歩み寄ってくる。

そしてジト目のまま「おはよう」と光太郎に声をかけてきた。

「やぁおはよう光太郎君」

「お、おはよう」

言葉選びこそ爽《さわ》やかだが表情は失態をなじる上司のそれに近い。

彼女は「んく～」とため息を一ついて光太郎のポケットを指さした。

「メッセージ、ちゃんと見た？」

「え？」

花恋は「あぁ～あ」とこれ見よがしに首を横に振る。

「既読が付いていないからきっと見ていないんだろうなと思ったら案の定だよ」

考え事ばかりしていて一度もスマホを見ていなかった光太郎は慌《あわ》ててスマホを取り出した。

開いた画面からは絵文字たっぷりの文章で「駅で待っているから一緒に登校しよう」のメッセージが。

その後、既読が付かないことに焦《あせ》ったのか「起きている？」とか「風邪《かぜ》？」とか心配するメッセージがいくつも……

光太郎は慌てて謝罪と共に弁解する。

「ご、ごめん、考え事をしていてさ」

考え事と聞いた花恋は表情を曇らせにじり寄る。

「ほう、考え事とは何事かねりんどー君」

「えっとそれは……」

即答できない彼に花恋は追撃を試みる。

「私のことで頭がいっぱいだって言ってくれたら許してあげたんだけどなぁ」

「そうそれ！　そう言いたかったんだよ遠山さん！」

「嘘《うそ》つけ、だったらメッセージくらい見てるでしょ。彼女のメッセージだぞ」

彼女を強調する時、若干《じゃっかん》照れた感じではあるが、そんな機微は光太郎にはわからない。

「えっと、それはさておき。今目下の悩み事は遅刻するかもしれないってことかな？　さぁぁ行こうよ」

「答弁から逃げたな光太郎君、そんなんじゃ立派な国会議員になれないぞ」

「立派はさておき、答弁から逃げるのは国会議員にとっての必須スキルじゃないかな？」

「おっと、真理をつく発言だね」

もうすでに花恋の表情から不機嫌は消え去り柔らかいものへと変わっており、いつもの調子に戻っていた。

周囲の人間も好奇や奇異の視線から「お似合いのカップルだなぁ」という柔らかい視線に変わっていた……その分、嫉妬《しっと》の眼差《まなざ》しはちょっぴり増えたが。

そんな嫉妬のまなざしの中から見知った人物が近寄ってきた。

「よぉ」

「あ、あなたは……神林先輩《かんばやし》」

何かと因縁をつけてきた男、神林である。

「何の御用ですか」

明るさが売りの花恋も一連の彼らの振る舞いに眉根《まゆね》を寄せて警戒していた。

「いえ！　遠山さんその節は！」

腰を90度……いや１２０度曲げ深々と頭を下げる神林、ほぼ前屈である。

ガバッと上半身を上げると彼は花恋に用件を伝える。

「先ほど学年主任の鈴木《すずき》先生が遠山さんの単位が足りないとか色々言っていたのを小耳に挟みまして……念のため確認しにいった方がよろしいかと」

神林が耳にした噂話《うわさばなし》に花恋は訝《いぶか》しげな顔を見せた。

「確かにモデルの仕事とかで休んでいるけど、スズセンそんなこと言ってなかったような」

「別に竜胆《りんどう》と遠山さんを離したいわけでは決してありませんぞ！　で、では自分はこれで！」

調子に乗るなよ竜胆！」

捨て台詞《ぜりふ》を吐いて神林は逃げるように去っていった。

「行った方が良いんじゃないかな遠山さん、取り返しの付かないことになったら大変だし」

「そうだね、光太郎君が私と一緒に卒業できなかったら寂《さび》しくて死んじゃうという気持ちは伝わったよ」

「そんなウサギ的な事は言っていないけど」

「私も君の後輩になって『焼きそばパン買ってこい、紅《べに》ショウガ抜きな』なんてパシリされたくないし。焼きそばパンと紅ショウガは切っても切れない縁なんだよ、私と君みたいに」

どっちが紅ショウガか聞きたくなった光太郎だが鈴木先生の元へ行くよう促《うなが》した。

「変なこと言っていないでさ、早く確認しに行った方が良いよ」

「わかったわかった、私がそんなに大事だなんてさ……じゃ、ちょっと行ってくるから寂しさで泣くんじゃないぞ」

去りゆく花恋の背中を見送り光太郎は苦笑した。

「泣かないって……うん？」

そして、タイミングを見計らったかのように、花恋と入れ違いで光太郎の隣に黒塗りの車が停車した。

「え？」

「良い仕事しましたね神林なにがし君――っと、おはようございます竜胆君」

颯爽《さっそう》と車から降りるは桑島深雪《くわしまみゆき》だった。

「ど、どうしたの桑島さん」

いきなり登場するお嬢様に面食らう光太郎。

「深雪で構いませんわ、私も光太郎君と呼びますから」

「あ、はい……」

断れない男光太郎、いきなり下の名前で呼んでと言われ深く考えず首を縦に振る。

「うふふ、ありがとうございます。実は光太郎君にちょっと頼みごとがありますの」

自分に頼み事……そして妙に親し気な彼女に何事かと光太郎は目を丸くした。

朝日に照らされた彼女はどこか静謐《せいひつ》なオーラを纏《まと》っているように見える。

通勤、通学時間の忙《せわ》しない空気が和《やわ》らいだ……光太郎はそう感じた。

不思議な間が空いた後、桑島深雪は用件を伝える。

「あの、光太郎君、美化委員って知っていますか？」

「あ、うん知ってるよ。くわし……深雪さん」

深雪はモジモジしながら用件を伝えた。

「実はですね、屋上の花壇の整備とかやってくれていた男子が病欠してしまいまして」

「そうなの？　どんな病気？」

「……」

想定外の質問だったのか急に深雪は黙りだした。

「え？　ごめん、聞いちゃ駄目なヤツだったの⁉」

「……ちゃんと考えておけば良かった……情けないケアレスミスですわ」

小声でボソボソと後悔を口にする深雪。表情こそ笑顔だが不穏なオーラが体のそこかしこからにじみ出ていた。

彼女は「おっといけません」と自戒《じかい》し、再び清らかなオーラで上書きし光太郎に話しかける。

「というわけで光太郎君、美化委員を手伝ってもらえませんか？」

「僕が？」

急な提案に自分に指さし驚く光太郎。

深雪はゆっくりと頷《うなず》くと彼に対する美辞麗句を並べだす。

「少しの間でかまいません、光太郎君は中学時代アマチュアボクシングに陸上部など数々の部活に引っ張りだこ、そんな才能あふれるあなたを引き留め続けるわけにはいきませんもの」

「あ、はい……あの、く、詳しいですね」

「……」

また無言、微笑《ほほえ》みこそ携《たずさ》えているがその表情筋は微動だにしていなかった。

「あ、あのぉ!?」

「……リサーチしていたのがバレるとマズい――っと!?　なんでもありませんわ！　屋上のハーブのお手入れなんですけど器用な光太郎君ならこなしてくれると思いますので」

どこか申し訳なさそうだったのはそれが原因かと得心する光太郎。

「ごめんなさい、『色々』忙しいのでしょうけど」

色々――

遠山花恋と付き合っている一件の事だろう。

自分が告白間違いをしたせいで気を使わせてしまっているという申し訳なさ、そして断れない男である光太郎は。

「あ、うん、そのくらいなら全然大丈夫だよ」

あっさり了承したのだった。

「ありがとうございます、本当に光太郎君は優しいのですね」

「い、いや、そんなことないよ……そのせいで色々あるし」

「うふふ、じゃあ今日の放課後、少し付き合ってくださいね。屋上の花壇のお手入れくらいですのでお時間は取らせません」

「あ、はい」

「では、楽しみにしておりますわ…………っしゃオラ」

そう言い残し去っていく深雪。

彼女の背を光太郎はボーっと見やっていた。

「……………………っしゃオラ？」

数秒遅れたのち、深雪らしからぬ小さな雄叫《おたけ》びを脳が理解したのか目を丸くして驚く光太郎。

が、すぐさま冷静になる。

「………聞き間違いか。お嬢様の深雪さんがそんな言葉使わないものね」

きっとくしゃみか何かだろう。

彼女の本性を探ろうともせず、この一言で片づけてしまう。

そして、そんな疑問よりも彼の脳裏に浮かぶのは遠山花恋の顔だった。

「別にやましいことがあるわけじゃないんだけどさ……」

ただの美化委員の仕事。

それだけのはずなのにちょっぴりいじける花恋の顔がしばらくの間光太郎の頭から離れないのであった。


高校の屋上にあるガーデニングスペースは充実した数々の植物が栽培されており実に見応《みごた》え抜群。

文化祭の折には多くの一般人がこの場所見たさに訪れるほどである。

普段学校生活を送っている生徒にとっては憩《いこ》いの場……まぁ光太郎にとっては告白間違いをしたという若干苦い思い出の場所ではあるが。

その一角にあるハーブを栽培している場所。

そこが光太郎と深雪の担当箇所である。

「すごいね、色んな植物でいっぱいだ」

「ふふ、学校の花壇美化には園芸花育活動として地域の学校同士や、ＰＴＡが管理して他校のＰＴＡとコンテストしたり意外と地域で競技性があるんですよ」

「へぇそうなんだ、土いじりは初めてだからちょっと緊張するなぁ」

「ふふふ、よろしければ簡単にお教えしましょうか？」

柔らかい微笑みを向ける彼女の表情は保育園の保母さんを彷彿《ほうふつ》とさせるほど。そのご教授を断る理由など光太郎にはなかった。

「よろしくお願いしますっ」

まるで野球部員のような反応の光太郎。

それを受け「ん、よろしい」と教授風に答える深雪、まんざらでもない感じである。

美化委員の仕事は単純作業、そんな会話をしているうちにやることは終わってしまった。

「これで大丈夫ですか？　他《ほか》にやる事は……」

「美化委員ってこんな感じですよ。他のクラスも持ち回りで放課後ちょっとお手入れするくらいで。大変な作業は校長先生がやっているみたいです」

「はぁ、噂通りアクティブな人なんだね」

光太郎は入学以来まだ一度もお目にかかっていない。何かと多忙で学校にいることは滅多にないそうだ。

「アクティブというよりフリーダムですわ。この前『桑島さん何か植えたいものある？　○麻以外で』と聞かれましたし、最近は大型二輪の免許を取るため仕事をさぼっているとか」

○麻とか言うキラーワードをぶっ込めるところに校長のフリーダムさを垣間見《かいまみ》る光太郎だった。

そんな雑談を交えまったりムードが流れる中、深雪が仕掛ける。

「さて、一段落しましたし少し休憩しませんか？」

深雪はそう促すと屋上の一角へと光太郎を案内した。

「あ、休憩ですか、いいですよ……え？」

そこに広がる光景に光太郎は目を疑った。

深雪が促した先、そこに先ほどまでなかった白いクロスの敷かれたサイドテーブルとしっかりとした椅子《いす》、そしてお茶やお茶菓子などが用意されていたからだ。

「青木《あおき》さん、準備のほどは？」

「全て整っております、はい」

自分たちがハーブの手入れをしている間に一式用意したのだろうか。飲み頃《ごろ》と言わんばかりに透明なティーポット内の茶葉は躍りカップは温められ食されるのを待ちわびているかのようにフルーツケーキが切って並べられている。

極めつけは謎のアロマポット。

もうもうと立ちこめる甘い香りが光太郎の鼻腔《びくう》をくすぐった。

美化委員の仕事をしにきたのにいつの間にか外国のお茶会に誘われた気持ちにさせられた光太郎は緊張をにじませる。

「えっと」

その緊張をほぐすかのようににっこりと深雪は微笑む。

まさに天使、些末《さまつ》なことなど気にならなくなる魔法の微笑みであった。

「緊張なさらず光太郎君」

「あ、アハハ……いや、いきなり結構本格的なお茶が用意されていたから、ちょっとね」

準備をしたであろう青木さんが真顔で謙遜《けんそん》する。

「このくらいできませんと桑島家の執事は務まりませんゆえに」

「あ、そうなんですか」

椅子やらテーブルやら肩に乗せ運ぶ姿は執事というよりガテン系を彷彿とさせる立ち振る舞いだった。

青木の傍《かたわ》らで深雪が恭《うやうや》しく一礼する、

「それは気を遣《つか》わせてしまい申し訳ございません。光太郎君はこういうお茶会に慣れているかと思いましたが……違いますか？」

何かそれとなく探りを入れるかのような問い。

しかし光太郎は後頭部に手をやりながら素直に受け答える。

「確かに叔父の喫茶店に住んでいるのでケーキセットとかは見慣れていますけど、アハハ」

「……なるほど、そう簡単に口を滑らせませんよね」

期待した返答を得られずといった顔の深雪は微笑みを携えたままアゴに手を当てる。表情だけ貼り付けたかのような違和感が一瞬だけ生まれたが、彼女はすぐさま話題を切り替える。

「さあ、ともかく自慢のハーブティをどうぞ。屋上のハーブに囲まれてのハーブティ、また味わい深いものですよ」

「あ、はい。ではいただきます……うん、美味《おい》しいです」

口の中に紅茶の風味とハーブの鮮烈さが広まり光太郎は顔をほころばせる。

「それはよかった、では続いてアロマの香りも堪能《たんのう》してくださいませ」

この流れでアロマの香りを直《じか》に嗅《か》がせようとする深雪。

やや強引《ごういん》な行動に光太郎はさすがにツッコんだ。

「え？　嗅ぐんですか？」

「はい、決して、決して怪しいものではありません」

決してを連呼する深雪。怪しさが増してゆくが彼女は微笑みを崩さぬまま続ける。

「実は、真の英国式ティータイムはアロマが欠かせないと学会の発表でわかったのです」

「え？　そうなんですか？」

「紅茶の香りと同時にアロマの香りも堪能する。真のリラックスは香りから……どうでしょう、まったりとしてきませんか」

「確かに、でもなんかまったりを通り越してちょっと眠くなってきちゃいました。あと、なんか僕の方にだけアロマが直接向かうようにしている気がするのですが」

先ほどから青木さんがうちわを扇《あお》いでパタパタと香りを送り込んでいた。炭に風を送る焼き鳥職人のような機敏《きびん》な動きである。

目をこする光太郎は青木の奇行に言及するが――

「英国式サービスです。サウナで言うところのロウリュみたいなものですよ。このくらいできませんと桑島家の執事は務まりませんので」

務まりませんの一言で押し切ったのだった。

「あ、なるほど、これが整うというやつですね」

英国式という枕詞《まくらことば》をあっさり受け入れる素直な光太郎。

「青木さん……ナイスですわ、催眠状態まであと一歩ですわ」

「え？　さい……なんでしょう？」

お嬢様らしからぬサムズアップを見せる深雪は少し前のめりになって光太郎にさらに何かを施そうとしだした。

「青木さん、アレを」

「はっ、かしこまりました」

恭しく一礼して青木が取り出すは五円玉。それも穴にヒモが通された……いわゆる催眠術のシンボル的アレである。

それを受け取った深雪はヒモの端を指でつまみ、光太郎の顔の前で揺らしだす。

もう言い逃れ不可能レベルの催眠術が敢行されようとしていた。

さすがの光太郎もコレにはツッコむ。

「あ、あの、深雪さん？　それってもしかして催眠じゅ――」

「いいえ、違います。これは英国式のおまじないなのです」

かなり食い気味で否定され、光太郎は二の句を継げなくなる。

「五穀豊穣《ごこくほうじょう》、子孫繁栄を願って一定のリズムでお祈りするニューウェーブティータイムなのですよ」

「え、でも先端についているの日本の五円玉ですよね？」

「実は英国では日本の五円玉がブームなのです。なんかこう、金色で縁起良さげですし」

「ありがたや～」

深雪の言い分に追随するかのごとく両手を合わせて拝む青木。英国式らしさは欠片《かけら》もなく普通に仏教であった。

「と、いうわけで光太郎君、この先端をじっと見てください……これは英国式のおまじない、そして、あなたはだんだん眠くなる……」

　完全に催眠術の口調だが素直な心の持ち主である光太郎は英国式おまじないを受け入れ五円玉をじっくりと見つめていた。

「英国式……おまじない……」

「そうですアロマも嗅いでください。ビバ、英国。アモーレ、ユニオンジャック」

　余談だがビバもアモーレもイタリア語である。

　そもそもティータイムなのに五穀豊穣を願う必要性など皆無なのだが光太郎は疑う余地なく全てを受け入れ、そして――

「……んく」

　意識朦朧《もうろう》としコクリコクリと船をこぎだした。

　頃合いと見計らったのか深雪と青木は顔を見合わせアイコンタクトをすると、彼に質問を始める。

「光太郎君、包み隠さず教えてください」

「つつみ……かくさ、ず？」

「まずはあなたの本当の正体、それをあなたの口から教えていただけませんか」

「僕の正体……隠していること……僕は……」

「僕は？」

「……竜胆は叔父の名前で、本名は、御園生《みそのお》光太郎です……御園生グループの御曹司《おんぞうし》で、みんなに気を遣われたり、利用されるのが嫌だから……隠していました……」

「――――イエスっ」


深雪の口元が歪《ゆが》み、勝利を確信したかのように彼女は拳《こぶし》を握りしめた。お嬢様にはほど遠い、殴り合いの喧嘩《けんか》に勝ったあとのような、そんなガッツポーズだった。

「聞きましたわね青木さん。彼が御園生家のご長男だと」

「はい、確かに」

深呼吸する深雪、自分に話しかけるように両手を広げ天を仰《あお》いでいた。

「やはり『あのお方』ご本人でしたか。神よ、巡り合わせに感謝します」

「御園生家と桑島家、両家の力を手にすることができたら、この地域の支配者は深雪お嬢様になりますね。おめでとうございます」

青木の祝辞に対し、深雪は片眉を上げ口を吊《つ》り上げる。

「支配者？　青木さん、私の夢はそんな些末なことを目指しているのではありませんわ。結果的にそうなるかもしれませんがね――さて」

一拍置いてから深雪は空に向けた視線を光太郎へと戻す。

その瞳孔《どうこう》は超が付くほど全開……いわゆる「ガンギマリ」状態であった。

「絶対に隠したい素性を話してしまうほどの深〜い催眠状態。あの女から引き離すための既成事実を造る絶好の機会ですわね、クハッ」

天使とはかけ離れた悪い笑みを浮かべ、深雪は光太郎のあごに手を伸ばした。

「理由は存じませんが、私を受け入れれば御園生の御曹司であることを隠す必要がなくなりますよ。恐縮ですが、これはいわば開放、もしくは救済なのですよ光太郎君。いえ、我が――」

が、そんな彼女に青木が進言する。

「お楽しみのところ申し訳ありませんお嬢様、残念ながらお時間のようです」

「時間？」

怪訝《けげん》そうな深雪に青木さんは淡々と答えた。

「来ました、『彼女』が」

ババンと威勢良く屋上の扉が開く。

「……」

そして現れたのは遠山花恋だった。

いつものお調子者とはほど遠い剣呑《けんのん》な空気を纏っている。

「――ッ⁉　光太郎君に何したの⁉」

鋭い語気。

しかし深雪は悪びれることなくお茶をすする余裕を見せた。

「何って……英国式のティータイムですが？」

怪しいアロマポット――

ヒモを通した五円玉――

意識朦朧の光太郎――

「明らかに英国とはかけ離れた何かにしか見えないんだけど。ていうか犯罪臭が酷《ひど》くない？」

「そんなことはありませんわ、マーマイトを食べたら大体みんなこんな感じですわ」

「イギリスとイギリスの伝統料理にも失礼じゃない⁉」

ちなみにマーマイトとは「好き嫌いが極端に分かれる！」というキャッチコピーがあったほど味、匂《にお》い、共に独特と言われているイギリス発祥の発酵《はっこう》食品である。

「とにかく！　英国の風評と他人の彼氏になんてことしてくれるのよ！　なんで邪魔してくるのよ！」

その言葉に深雪がピクリと反応した。

「今のあなたには関係のない話ですが？」

「何よそれ……とにかく、私への嫌がらせだったら彼を巻き込まないで」

深雪はズズッとお茶に口をつけ花恋に問う。

「あなたこそ彼に固執する理由が全くわからないのですけど？　学年一の人気者『遠山花恋』

さんが、ね」

「それこそあなたには関係ない話よ、『桑島深雪』さん」

「そうですか、失礼しました」

お互いの名前を粒立てながら言い合う二人。

深雪は目を閉じ紅茶に口を付ける。

「とにかくご安心ください、彼は今、英国式おもてなしの副作用として何でも自白しやすい状態にあるだけです」

「自白効果の副作用があるおもてなしなんか存在するかっ！　あきらかに催眠術でしょうよ！　いくよ光太郎君！」

「う、う〜ん……」

花恋は激怒し、朦朧とした光太郎を抱《かか》えるとこの場をあとにした。

残された深雪は少し寂しそうにお茶を飲み干すと後ろにたたずむ青木に確認する。

「ところで、何度も聞きたくはありませんが光太郎君から遠山花恋に告白した……それは本当なのでしょうか？」

青木は少し口ごもり答えた。

「残念ながら。しかし――」

「続けて」

「……遠山氏のアプローチは中学からあったようで、それを周囲が焚《た》きつけて無理矢理くっつけたのでは？　という噂もありました」

神林らから取材したメモを読む青木。

「つまり不本意の可能性もあると」

「私見ですが光太郎氏はどこかぎこちない雰囲気がありますし、十二分に考えられるかと」

「……イェア」パチン
そこまで聞いた深雪は指を鳴らし口元に笑みを溜《た》める。

「ご本人の口からも御園生の御曹司であることは確認が取れました。邪魔なのは『遠山花恋』ただ一人。手はず通りプランBを発動しましょう」

「ハッ」

かしこまる青木。

「桑島家と御園生グループ……この街の顔役二つが手を取る、これは桑島家にとって、そしてこの地域にとって非常に有意義な事ですわ。いえ、そんなことすら些末なこと……」

妄想に浸っているのか深雪は目をつぶり上機嫌にほくそ笑んでみせた。

「光太郎君の本意ではないのなら別れる大義名分を作るプランBは彼にとって救いになるでしょうね。これは善行なのです。クハハッ」

彼女の言葉に青木は肯定することなく沈黙するのであった。

紅茶に一服盛られていたのか、それとも暗示がかけられたのか……

花恋は英国式（笑）のＯＭＯＴＥＮＡＳＨＩをたっぷり受けた光太郎を抱え保健室へ運ぶ。

「……うーん、うーん」

「こ、光太郎君！　大丈夫⁉　何されたの⁉」

「え、英国式……」

「イギリスに何されたの⁉」

国際問題的な何かをされた疑惑の光太郎を心配しながらも絶妙な密着にドキドキする花恋。

ちょっぴり牛歩戦術でゆっくり歩いて堪能しながら保健室に辿り着いた。

「先生、急患です！」

「じゃあ救急車を呼びなさい」

開口一番、身もふたもない正論をかますは養護教諭の飯田瑠偉《いいだるい》先生。口では文句を言いながら生徒の面倒を見てくれるメガネの似合う妙齢美人女教師である。

「そんな冗談言っている場合じゃないんですって！」

「だったらなおさら……って遠山花恋じゃないか。何だ？　振った男が心肺停止にでもなったのか？」

「違います！　早く診《み》てあげてください！」

飯田は「やれやれ冗談が通じんな」と嘆息《たんそく》しながら花恋が抱える光太郎を椅子に座らせた。

「ほう、光太郎君か。人が良すぎるから安請け合いしすぎで疲労困憊《こんぱい》かね？　どれ……」

真顔で飯田は光太郎の目にペンライトを当て瞳孔を見たり脈を確認する。

「あぁ、命に別状はなさそうだね」

「そうですか！　良かったぁ……」

ホッと胸を撫《な》で下ろす花恋。

「だが深い催眠にかかっているな。自白剤を投与されている状態をイメージしてくれればわかりやすいか？」

「良くなかった！」

胸を撫で下ろしたのも束《つか》の間《ま》、ある意味もっと最悪の状態だったことを告げられ花恋のあごが外れる。

自白剤投与並みの催眠状態……エロ同人よろしくあんなことやこんなことされたのではないかと妄想は止まらなくなる。

飯田は驚きのあまりその場をぐるぐる回りだす花恋を見て笑った。

「ハハハ、ちょっと暗示にかかりやすい状態なだけだ。君の思うようなことはないと思う。気になるならズボンでも下ろして触診してみると良い」

「し、触診って何ですか！」

飯田はにやけながら席を立つ。

「ま、一時間程度休んだら落ち着くだろう。私は所用で席を外すが……羽目を外して光太郎君のベルトを外して調べたりしたらいかんぞ」

「うぇ⁉　す、するわけないでしょ！」

慌てふためく花恋を見て満足そうに笑うと飯田は保健室を後にした。

「う〜ん」

騒がしい保健室が静かになり光太郎の小さなうめき声だけが聞こえる。

「まったく、やれやれだよ。美人の女医だから許されるキャラだね、胸毛の生えた男性養護教諭だったら胸毛を毟《むし》られて懲戒《ちょうかい》処分だよもう」

ボケても誰もツッコまない空間、間が持たないのか花恋は光太郎の前に座るとじっと顔を見つめていた。

「う、う〜ん……」

「…………バーカ」

まんまと深雪に引っかかってこの体たらく。自分という彼女がいるのにもかかわらず……優しいとはいえさすがにこれはどうよとご立腹の様子である。

「私の事を好きって言ったくせにこの体たらく、それじゃ詐欺師《さぎし》撲滅ポスターのオファーなんて夢のまた夢だぞ」

花恋の毒づきは止まらない。自分の知らないところで深雪に何かされたのかと思うと不安や疑心が胸を満たす。

「うーん、英国式……」

「だから英国式が何だっての、んもう」

呆《あき》れて光太郎の顔をさらに覗《のぞ》き込む花恋。

「あー、そういえば催眠状態なんだっけ」

ならばと思い切ってさらに顔を近づけてみる。

光太郎は微動だにしない、鼻息がかかる距離。

「ふ、ふ〜ん、いいのかなぁこーんなに近づいているけど。もうちょっとで大変なことになっちゃうぞ」

ちょっぴりわざとらしく、むしろ起きて欲しくない風に顔を近づけた花恋。光太郎は変わらず目を閉ざしたまま。

「ほ、ほほう、そうくるかね。実は目をつむっているだけとか期待しちゃっているとかそういうオチかね。んん？　…………チキンレースなら受けて立つぞ〜」

なおも光太郎は目をつぶったままである。

「えっと、本当にやれって事かな？」

独《ひと》り言《ご》ち自分に言い聞かせた後、花恋は更に顔を近づける。

光太郎は子猫のように口をモゴモゴさせながら眠ったままだった。

「………君が悪いんだぞ。彼女に黙って他の女にホイホイ誘われるから……しかも相手があの人なんてさ……」

「う〜ん……う〜ん……」

返事をするようにうめき声を返す光太郎。

花恋は苦笑いをしながら、なおも顔を――いや、唇を近づけた。

「何されたか気になるじゃないか、女の嫉妬は怖いんだぞ光太郎君」

わずか数センチ、吐息がかかる近さ。

生唾《なまつば》を飲み込む音が聞こえる肉薄した状態で花恋は意を決し。

「というわけでさ、私にも『おもてなし』をさせてよ――」

おもてなし……その単語に本能から恐怖を感じていた光太郎は意識朦朧状態から覚醒《かくせい》しベッドから飛び起きた。

「――もうおもてなしは大丈夫ですから！」

「うぇえ⁉」

ゴチンッ！　――ふにゃ
放課後の保健室にやけに乾《かわ》いた衝突音が響き渡った。

「イタタ……う～ん、う…………あれ？」

額《ひたい》の痛みで目を覚ました光太郎。

目の前には清潔感あふれるレースのカーテンに白いシーツの敷かれた簡素なベッド。そして微《かす》かに香る薬品臭……

意識朦朧としながら今自分は保健室にいると確認した光太郎は、いつの間にか別の場所に移動してたことに少々戸惑っていた。

「あ、保健室か……どうしてここに？」

まだ微かに痛む額を押さえながらあたりを見回すと——

「……」

同じように額を押さえながら、こちらをジッと見つめる花恋を発見し驚きのあまり体がベッドから数センチ浮いた。

「うわぁ！」

「…………」

なおも無言の花恋、しかもほんのり頬《ほお》を染めている。

光太郎は何が起こったのか、そしていつもと違う反応の彼女に慌てるしかない。

「と、遠山さん⁉　何で⁉」

花恋は慌てている光太郎をイジる余裕もないのかずっと額を押さえたままだった。

その様子を見て光太郎は何かを察する。

「も、もしかして、僕が急に起きちゃって頭ぶつけちゃった⁉　ご、ゴメン⁉」

必死に謝る光太郎。

花恋はバツの悪そうな顔でそっぽを向いた。

「まぁ、そんなところというか……私が悪いというか、因果応報というか」

どことなくぎこちない花恋。

「でもなんでそんな距離……あ、もしかして」

「え、な、何⁉　ち、違うよ、別にキスしようとしていたわけではなくて――」

「顔に落書き――え？　違った？　今なんて？」

「だぁあっ！　そ、そう！　顔に落書きしようとしていたのさ！　しまったなぁ白地に目の周りを真っ黒にしてパンダ顔にして愛《め》でてやろうとしたのになぁ」

「あ、そうなんだ……そんな風に愛でられても困るよ」

「そう言うなよリンリン……おっと、コウコウの方がいいかな？」

「パンダ風のあだ名付けなくて良いから」

そんなやり取りをしたのち、少し落ち着きを取り戻した光太郎は自分の状況について花恋に尋ねた。

「あの、どうして僕ここにいるの？　何があったの？」

「それはこっちの台詞なんだよ光太郎君」

「それに、『深雪』さんは？」

「あぁん⁉　深雪さん⁉」

「ヒィ！　ちょ、どうしたのさ！」

今一番、彼氏の口から聞きたくない名前が飛び出し花恋はメンチを切った、めっちゃ切った。

「わからんかね光太郎君！　何自然にあの女の下の名前を言っちゃっているのさ！　私も花恋って呼びなさい！」

「え、あ、うん……花恋、さん」

とりあえず下の名前で呼ばれ満足したのか花恋は満足気に頷いた。

「まぁよい……よくないけどさ色々と。とりあえず大丈夫かい？　起き上がれるかい？」

気を遣う花恋に光太郎は目を丸くして驚いた。

「え？」

「え？」

驚く光太郎に花恋も驚き、その理由を彼女は訝しげな顔で尋ねる。

「何で驚くんだい光太郎君、実は大丈夫じゃなかったとか？　……ズボン下ろして確認しておくかい？」

「なぜズボンを⁉」

「あ、ゴメン、こっちの話」

「そっちの話だろうとズボンの下が話題になっていた事実に気になるけどさ……いや、大したことじゃないいんだ、こんな風に気を遣われたことなかったなぁってだけ」

その指摘に対し、花恋は頬を染めそっぽを向いた。

「あ、え、あ……そうだっけ？」

そしてあからさまに動揺。光太郎はその挙動を訝しげに見やる。

「う～ん、怪しいなぁ――」

何か企《たくら》んでいるのだろうか……と、ベッドから起き上がりそっぽを向く花恋の顔を覗き込む光太郎。

「ひゃい⁉」

光太郎と急に目が合った花恋はビックリするあまり尻《しり》が椅子から数センチほど浮いた。

ますます怪しむ光太郎はベッドに腰をかけたまま率直に尋ねてみる。

「さっきから挙動がおかしいけど、僕が寝ている間に何かあった？」

「しょ、しょんなことないよ」

「……めっちゃ噛《か》んだね」

露骨に嚙む花恋。わかりやすすぎる動揺。

気になる光太郎はちょっぴり慌てて花恋に尋ねる。

「う～ん、気になるなぁ。本当に何もない？」

「そう言われるとその……返答に困りますなぁ旦那」

いつもの小ボケでお茶を濁《にご》す花恋。

気にはなるが別に怒っていない、むしろ照れている、楽しそうな気配すらあった。

（う～む、嬉《うれ》しそうだから逆に怖いんだけどね）

イジリのネタでも仕入れてご満悦だとしたらやっかいだと疑う光太郎。

一方、動揺を悟られまいとしているのか花恋は深呼吸を一つしていつものキャラを全うしようとする。

「とにかくホレ、そのままじゃお尻とベッドがくっついてしまうよ。長く放置した定規と消しゴムみたいに」

「そんな文房具あるあるみたいにならないよ……」

「ハッハッハ、その元気があるのならもう心配ないな。ホレ、つかまれ」

笑って誤魔化《ごまか》しながら自然に肩を貸す花恋。

光太郎はその優しさを素直に受け止める。

「ゴメンね、ありがとう」

「ん、よきにはからえ」

花恋の赤く染まった頬は傾き始めた夕日に照らされ光太郎には気がつかない。

なんとなく妙な雰囲気が二人の間に漂いだした。

（え、何この空気？　僕やっぱりなんか変なことした⁉　ズボンとか言っていたし……まさか寝ぼけて脱ごうとしたんじゃ⁉）

どうしよう、聞いた方が良いかな？　でも下半身見せたなんて事実だったら立ち直れないし……なんて考えているその時だった。

「で、もういいのかいお二人さん」

「「わぁ！」」

声のする方を振り向く光太郎と花恋。

そこには缶コーヒーを片手にニヤニヤしている飯田先生の姿があった。

「せ、先生」

「もう大丈夫そうだね光太郎君、そして『お大事に』花恋ちゃん」

含みのある言葉を放つ飯田。

「み、見ていたんですか？　いつから⁉」

動揺する花恋に飯田は口の端にほんのり笑みをためている。

「今来たところ……ということにしておいてくれ」

言葉を濁す飯田に対し露骨に花恋が動揺しだす。

「やっぱ見ていたんじゃないですか⁉」

と、問い詰める花恋に飯田は意地の悪い顔をし、わざとらしく首を横に振る。

「いやいや、本当に知らないさ。どんな甘酸っぱいことが起きたのか良ければ教えて欲しいものだが……口惜《くちお》しいがそろそろ店じまいだ」

指で保健室の鍵をいじっている飯田に光太郎は頭を下げた。

「すいません、ベッドを貸していただきありがとうございました今出て行きます」

「礼には及ばん、それが仕事だ。あぁそうだ、額が痛かったら薬を出そうか？　……っと、余計なお節介かな？」

「だ、大丈夫です、失礼しますっ！」

イジりだす飯田にたまらなくなったのか、花恋は光太郎の腕を引っ張り足早に保健室をあとにしたのだった。


「お大事にって花恋さんも体調悪かったの？　飯田先生なんか笑っていたけどどうして？」

「うぐ！　の、ノーコメンッ！」

帰りの道中、光太郎に質問され明らかに動揺する花恋。

彼女は話をはぐらかすべく光太郎に屋上で何があったのかを聞いてきた。

「それよりっ！　屋上で何があったのか仔細《しさい》を教えたまえ光太郎君っ」

「え、いや、よく覚えていないんだって、本当に」

嘘偽《うそいつわ》りなく本当に知らないと言う光太郎に花恋は懐疑のまなざしを向ける……メンチを切っていると言っても過言ではない形相だった。

「へぇ、よく覚えていないほどの何かをしたんだねぇ……エロ同人系⁉」

「何を疑っているのさ、んもう……ん？」

そんな会話を交えながら肩を並べて歩いていると光太郎はふとした視線に気が付いた。

また奇異や好奇の眼差しかと一瞬疑ったが、それらとは違いどことなく温かい。

ゆっくりと視線をたどると、そこには見知らぬ女性がいた。

両手に買い物袋を提げている温厚そうな妙齢の女性。

彼女はゆっくりとこちらに近づくと親しげに声をかけてきた。

「あら、花恋ちゃん」

やんわりとした口調で話しかけられ花恋は振り向き、そして驚く。

「⁉　お母さん⁉」

「え？　お母さん⁉」

まさかのお母さん登場に光太郎は驚き一気に背筋が伸びる。

「あらあら」

やんわりとした口調と柔らかい視線で光太郎と花恋を見やり、色々と察したのか微笑みを浮かべる。

「娘がお世話になっています」

わざわざ手にした買い物袋を床に置き、手を前にしての一礼。

丁寧《ていねい》でどことなく育ちの良さをうかがわせる雰囲気に光太郎はさらに畏《かしこ》まった。

「娘からお話はたくさん伺っていますよ。花恋の母、菜摘《なつみ》と申します」

「あ、どうも自分は竜胆光太郎と言います」

背筋を伸ばし一礼する光太郎に好感を覚えたのか菜摘は嬉しそうに微笑んだ。

「あら、ご丁寧にどうも。この子ったらね家に帰るといつもあなたの事を楽しそうに話すのよ。家族の会話が増えて嬉しいわ。今度うちにいらっしゃい、金物屋さんの裏手にあるアパートで狭いけど――」

ゆっくりと、だが途切れなく喋《しゃべ》り出す菜摘。

そのやり取りにたまらなくなったのか、花恋は母親の腕を引っ張る。

「ちょっとお母さん！　なんて事をいうの⁉」

「あらあら、うふふ」

強めに腕を引っ張られぐらぐらしながらも笑みを携えたままの菜摘。

「物腰はやわらかいけど芯《しん》の強そうなお母さんだ……花恋さんに似ているね」

光太郎はそう評した。

恥ずかしいのか花恋は地面に置いた荷物を持つと退散するよう母に促す。

「んもう、このままずっと足止めさせる気？ 明日も学校あるんだからね！」

「あらあら、じゃあ娘をよろしくね、光太郎君」

やんわり手を振る菜摘に振り返す光太郎の顔を花恋が覗き込む。

「……もう体調大丈夫かな光太郎君？」

「あ、うん、大丈夫」

「よろしいまた明日ね！ お母さんほら！」

微笑む母の背をグイグイと押して花恋は手を振り帰っていった。

肩を並べて去り行く親子を見送りながら光太郎はつぶやく。

「花恋さんのお母さん、なんていうかすっごいおっとりとしていたなぁ……あれ？ 花恋さん以外の誰かにも似ているような……何だろ？」

少しだけ違和感を覚えた光太郎だが「まぁいいか」と流し帰路に就いたのだった。

光太郎が喫茶マリポーサに帰ると叔父の譲二はタバコをふかしながら競馬新聞とにらめっこをしていた。

「おう、遅かったのぉ」

「ごめん、ちょっと美化委員の仕事があってさ。あれ？　今日、ヒマ？」

「まぁの、今日は常連ばかりで、のらりくらりやっとるよ……土いじってきたんならしっかり手を洗ってこい、飲食は清潔が第一じゃしな」

見た目はチンピラだがこういうところはしっかりとしているのが店を長く経営できる秘訣《ひけつ》なのだろう。

まだ本調子でない光太郎はお言葉に甘えることにする。

「そっか、手伝い大丈夫なら部屋で休んでいるよ」

「おう休め休め……あぁそうじゃ、今すぐじゃなくてもいいが物置代わりにしている部屋、今度片付けといてくれんか？」

「いいけどどうしたの？」

譲二は競馬新聞を畳むと少々恥ずかしそうな顔をする。

「いやな、前話していた人と良い感じになったんでな、もしかしたらと考えると部屋を開けた方がいいかと」

こういうやり取りは何度もあったようで光太郎は「またか」と半眼を向ける。

「例によって早とちりじゃないの、もうちょっと時間を置いた方が……」

「ぬかせ、なんかあってからじゃ遅いんじゃ」

この気の早さで何度しくじったことか……常連さんも一連の様式美を知っているのかクスクスと笑っていた。

「はいはい、しかし叔父さんもとうとう結婚かぁ。お父さん腰抜かすかもね」

光太郎はそんな冗談めかしたことを言う……が、譲二は何かを思い出したのか頭を掻《か》いて真面目《まじめ》な面持《おもも》ちになる。

「……結婚で思い出したわい、お前に後で話がある」

「え？　部屋の片づけとは別件？」

無言を返す譲二を見やり、光太郎は微妙に嫌な予感が脳裏をよぎったのだった。


そして喫茶店を閉めて夕食の時間。

明日は定休日ということで早々に酒を飲みだす譲二。あまった茹《ゆ》で置きパスタでナポリタンを軽く作りそれを二人でつまみながら夕食を始めた。

「まぁ固くなるな。ぶっちゃけ軽い話じゃ、リラックスせい」

食後、正座する光太郎に譲二は足を崩すよう伝える。

つい身構え背筋を伸ばしていた光太郎は言われるがまま足を崩した。

「軽い話なの？」

日本酒をチビチビやったあと譲二は「まぁの」と、言いにくそうに首元を掻いていた。

「本当についさっきじゃ……光太郎、お前にお見合いの話がきとったぞ」

「ぜんぜん軽い話じゃないじゃないかっ⁉」

思ったより重い話をサラリと言われた光太郎、びっくりして足どころか全身崩してしまう。

「ほ、本当なの⁉　僕にお見合いぃぃ⁉」

未《いま》だ動揺隠せない光太郎、唐突すぎて声が上ずり続ける。

「マジやて、嘘言ってどうする」

譲二は困惑する彼を肴《さかな》に酒を一口飲むと意地悪な笑みを浮かべた。

「ワシの頃と比べりゃ遅いくらいじゃ。お前の父親なんて小学生の頃に申し込まれたとか聞いたわい」

「そんな前時代的な……」

手酌《てじやく》でコップに酒を注《つ》ぎながら譲二は嘆息交じりで語りだす。

「お見合いというより政略結婚の類《たぐい》じゃからな、露骨な腹芸が当たり前の時代じゃった……まぁ今回はお前の親が心配しとるのもあるだろうがな」

「心配しすぎだっての」

「心配もするじゃろ、だってお前は御園生の長男やろがい」

譲二はタバコに火をつけ窓を開けると外に向かって煙をふかした。

「そうそう、お前の両親いつでも帰ってこい言うとったわ。寂しいんじゃろな」

温かい言づてに光太郎は困ったように髪をくしゃりと握った。

「まだ帰れないよ、うん。まだ断れない性格、直っていないからね」

光太郎が御園生の家を出て叔父の家に転がり込んでいる理由。

それは断れない性格を直すためだった。

政治家にまで顔の利《き》く大会社「御園生グループ」の御曹司。

いずれその権力財力コネもろもろを手にする約束がされているといっても過言ではない。

行動力や判断力、人間性も優れている光太郎なら申し分なしと現会長の祖父や父親も思っているそうだ。

しかし、一点。たった一点だけ彼は大きな問題を抱えていた。

それは優しすぎること、すなわち「断れない男」であるということだった。

並の家庭ならば好人物の一言で済むだろうが権力者である御園生家の跡取りとなるとそうはいかない。その人の良さは致命的になりかねないのだ。

変な人間に情で訴えられたら光太郎は断れない。

それでもし御園生家が傾いたら、この地域も傾いてしまう。

そういうわけで、自身の性格を危惧《きぐ》した光太郎は自ら申し出て叔父の喫茶店「マリポーサ」に転がり込んでいい加減さを学びにきたのだった。「逆帝王学」といったところか。

これが、御園生光太郎が竜胆光太郎と名前を偽っている所以《ゆえん》である。

譲二は酒臭い吐息を漏《も》らすとニカッと笑ってみせた。

「安心せい、お前が断れん性格なのを知っとるから、ワシが代わりに断っちゃる。一応聞いておくが受ける気あるか？　なら話は別じゃが」

「あ、ありがとう……正直、今は無理かな」

花恋と付き合っているのに、さらにお見合いなんて頭がパンクする。

断ってくれると聞いて光太郎はホッと胸を撫で下ろした。

「まぁ見合いの件は忘れてええぞ、急な話じゃったし。断れない男の代わりに、ワシがちゃんと相手の顔を立てて断っておくわい」

「大丈夫？」

譲二は心配する光太郎をよそに手酌で日本酒を注ぎ直すとお見合いの見解を語り出す。

「おおかた相手の家が御園生とつながりたくて申し込んできたんじゃろうて。ちゃんと断りゃ諦《あきら》めるじゃろ。言い訳のため今度の日曜日は適当に予定入れとけ、な」

「そっちじゃなくて、叔父さん忘れっぽいから、それの心配」

「相手もそれなりの家柄じゃ、忘れたら大変じゃし忘れんよ」

念押しする光太郎に譲二は手をヒラヒラさせる。

そんな叔父に対し光太郎は意地悪な顔をした。

「ちなみに相手の家の名前、覚えてる？」

「……」

譲二は口をへの字に曲げて無言を返した。

「ほーら、忘れっぽいじゃない」

「いや！　これはアレじゃ！　酒が足りんからじゃて！　もっと飲めば思い出すわい！」

「逆でしょ、何かと理由を付けてお酒を飲もうとする、まったく」

ガハハと譲二は豪快に笑った。

「というわけで、この話は終《しま》いじゃ。そろそろ生姜《しょうが》たっぷりの味噌汁《みそしる》作ってくれ、二日酔い防止のアレな」

「体が資本なんだからほどほどにしてよ……生姜かぁ、どこにしまったかな？」

リクエストを受け冷蔵庫を開けて生姜を探す光太郎。

その間、譲二は顔を真っ赤《まか》にして天井《てんじょう》を見てつぶやいていた。

「まぁどうせ断るからと思ってしっかり聞かなかったワシもワシじゃけどな。名前のぉ……」

日本酒をクィっと飲み干すと今度はビールの缶に手を伸ばす譲二。

プシュと気持ちいい音、吹き出す泡をこぼすまいとすぐさま口づける。

「ング、ング……ぷひゃあ！　しっかし名前何じゃったかな？　梨？　稗《ひえ》？　粟《あわ》？」

そこでようやく譲二は名前を思い出す。

「そうじゃ桑！　桑島じゃった！　この辺の大地主の……ま、今頃思い出しても関係ないか、断るし」

この言葉を光太郎が聞いていたら果たしてどうなっていたのか。

そんな事が裏で起こっていたとは知らず、光太郎は「あったあった」と言って冷蔵庫から生姜を引っ張り出したのだった。

第4話　お見合いするなんて言えません！

翌日。いつものように登校する光太郎《こうたろう》。

ここ最近、花恋《かれん》の事であまり眠れなかった彼だが今日は実にスッキリした表情だった。

「う～ん、ぐっすり眠れた。昨日の英国式アロマが効いたのかな」

実際は謎のアロマや五円玉により深い催眠状態に落ちていたからなのだが……

「僕が眠れていないことを見越して、さすが深雪《みゆき》さん」

とまぁ彼女の腹の底に眠るどす黒い野望などまったく気がつかず「やっぱり僕なんかとは違うなぁ」を連呼し教室へと入る光太郎。

「おはよ……え？　何？」

が、入るや否《いな》やクラスメイトが何やら話し合いをしている様子が目に飛び込んできた。

何か事件でも起こったのか？　そのくらい真剣な表情で語らっている仲間たち。

光太郎が何事かと教室に入ると全員の視線が自分に集中する。少々ニヤけ顔のジロウを見て「あ、事件じゃないなコレ」と彼は悟ったのだった。

「あのー……何か悪巧《わるだく》みの最中かな？」

「おいおい朝っぱらから人聞き悪いな光太郎。まずは『おはよう』だろ?」

「はいはい、おはよう。で、何しているのかな?」

「あぁ、お前と遠山《とおやま》さんとのデート予定を練っていたところだ」

「悪巧みじゃないかっ!」

自分のあずかり知らぬところでデートプランが練られていることに、さすがの光太郎も憤慨である。

そんな彼に対し丸山《まるやま》は「女心がわかっていないなぁ」と足を組んで説教を始めだした。

「竜胆《りんどう》君さぁ、君、花恋とデート何回行ったのかね?」

「えっと、一回だけど」

思い返せば放課後のゲームセンターデートくらいかなと光太郎は正直に話す。

「毎日学校で会っているから逆にこのくらいのペースが良いのかなと……」

持論を展開する光太郎に丸山は女子代表として意見を述べた……というか呆《あき》れた。

「言い訳無用、これだから男子は」

「おいおい男子で一括《ひとくく》りするなよ」

ジロウの反論に耳を貸さず丸山は嘆息《たんそく》、他《ほか》の女子も「ダメだよね～」なんて顔を見合わせる。

「つまり君は自分からデートに誘ったことはない……これは一大事だよ竜胆君」

なじるように詰め寄る丸山を国立《くにたち》君が「白線の内側でお待ちください」と鉄道ジョークで和《なご》

ませてくれた。

「そういうわけでだ、クラスで次のデートはどこへ行くべきか議論していたわけだ」

「ジロウさぁ、そういうのは最低限本人のいる前でやるもんだよね」

スッキリした表情から一変、眉間《みけん》にしわを寄せ嘆息する光太郎。

そして当人が来たことでさらに会議は加速しだす……調子に乗りだしたと言っても過言ではない。やれ動物園だウィンドウショッピングだ、果ては鉄道博物館……これはどう考えても国立の発案だろうが喧々囂々《けんけんごうごう》といったありさまだった。

そんな中、花恋と親しい丸山が提案したのは「水族館」だった。

「花恋が水族館に行ってみたいって、けっこう口にしていたわ。ほら駅ビルのあそこ」

「ふむ、あそこか。美ら海《ちゅうみ》水族館ほどではないけど良いところだと俺の親も言っていた。料金も割安だしおすすめだ」

海に一家言ある男、仲村渠《なかんだかり》の一言もあり次回のデートは水族館という決が出た。

「というわけで水族館に決定だ、おめでとう光太郎」

「おめでとうじゃないよ！　本人の意向をもっと……あっ」

憤《いきどお》る光太郎だったが、昨夜ふと叔父に言われたことを思い出す。

（そういえば「日曜日に用事を入れておけ」って言われていた……ちょうど良いのかな？）

お見合いを断る口実に、それが彼女とのデートならもう申し込んでこないだろう。

（虫除《よ》け彼氏としてのノルマを消化できて一石二鳥かも？）

光太郎は怒りを引っ込めそんなことを考え出していた。

そんな折りである、噂《うわさ》をすれば影、遠山花恋が教室に現れる。

「あ、あの、光太郎君いるかな？」

ちょっぴり恥ずかしそうに現れた花恋に丸山が気がついた。

「おはよう花恋。あれ、いつもと雰囲気違くない？」

「え、エヘへ、なんでもねッス」

寝ているところをキスしようとして妙に意識してしまっているなど言えない花恋は笑って誤魔化《ごまか》した。

一方、ジロウらはどうデートに話題を持っていこうか考え出していた。

「さぁどうせ光太郎はデートを申し込まないだろう、さてさて」

決めつけていた彼らだが、その予想は裏切られることになる。

「――あのさ、花恋さん。今度の日曜日デートしない？」

「え？」

あっけにとられる花恋。急に積極的になる光太郎に啞然《あぜん》とするクラスメイト一同。

もちろん光太郎には光太郎の思惑があっての積極的なのだが……周囲の反応を意に介さず彼は続ける。

「水族館、行ってみたいって聞いたから、ダメかな?」

「――――ッ!?」

いつもゆるゆるの変化球を投げる選手が急に直球を投げると異常なスピードに感じることがあるという。

何気ない光太郎のストレートな誘いは花恋の胸にズドンときたようである。物理的にズドンときたようによろめく花恋……狙撃されたかのようにふらついた。

「も、もちろんさ……グッハ」

感無量なのかキャパオーバーなのかはたまた両方か、それだけを言い残し花恋は教室を後にした。

もちろん光太郎はお見合いを断るため予定を入れたいだけに過ぎないのだが……かくして今度の日曜に水族館デートが行われることになったのだった。


水族館「アトらんてぃす」。

桐郷《きりごう》高校前駅から乗り換えて十数分、有数の繁華街が立ち並ぶ駅前にて「鉄板」と呼ばれるデートスポットの一つである。

ビルの建物内にあるアーティスティックな水族館は展示会や催事場、美術館のような感覚で見て回れるので家族連れからも人気が高い。

そんなファミリー集いカップル寄り添う魅惑のサンクチュアリに果敢にも挑まんとする光太郎。

駅前でたたずんでいる彼の表情からは緊張感が漂っていた。

いや緊張感というよりも罪悪感の表情だろう、「お見合いを断る言い訳」という自分の都合でデートに誘ったのだ。申し訳なさが顔からにじみ出ていた。

その申し訳なさは服装にも表れており、普段ならばパーカーにジーンズとラフな出《い》で立ちだが今日はパリッとしたジャケットを引っ張り出しスラックスを履きこなすカジュアルフォーマルなコーデで決めている。

十分「イケメン」の部類であろう……ただ柔和《にゅうわ》で幼い印象の彼が着ているのでちょっぴり「七五三」感は否めないのは内緒である。

そんな彼の元に本日のヒロインが現れる。

走って現れた花恋を目にした光太郎は背筋を伸ばし手招きをした。

「ここだよっ」

彼の姿を見て花恋は急ぎ駆《か》け寄り満面の笑みを向ける。

「ごめん、待った？」

「いや、さっき来たところ」

お互いの口から発せられる実にベタなやりとりに思わず笑ってしまう二人。

笑いながら汗ばんだ胸元《むなもと》を手で扇《あお》ぐ花恋。その仕草《しぐさ》、そして服装に光太郎はドギマギしている。

実にスポーティな服装。

ブランドのロゴが入った黒いキャップにノースリーブ。

上にうっすら一枚ラフなシャツを羽織《はお》っている。

ボトムはホットパンツにカラフルな靴下。足下はアメカジ系のゴツイ赤スニーカー……普通の人が着こなすのは難しいゴテッとした服装を着こなしている。さすがモデルと光太郎は感嘆《かんたん》の息を漏《も》らした。

「さすがカリスマ読者モデル、着こなし抜群なのが素人目でもわかるよ」

花恋の服装を素直に褒《ほ》める光太郎。

「あ、ありがと」

「オシャレには疎《うと》いけどさ、その服すごく似合っているね」

花恋ははにかみながら光太郎の褒め言葉を笑って謙遜《けんそん》した。

「言ったじゃない、身もふたもない言い方をしたらお下がりコーデだっての」

「いいと思うよ、自分の強みを生かしてカリスマなんて僕も呼ばれてみたいよ」

「こらこら、カリスマは連呼するものじゃないよ……あれ？　ひょっとしていじっているのか光太郎君。なら私もいじってやろうかな～、ほれほれ」

背中付近をくすぐりだす花恋、端《はた》から見ると完全にバカップルだろう。

「ちょっと待って、肉体的いじりはダメだよ」

「ふふ～ん、それなりに長い付き合いだからね、君の弱点は知り尽くしているのさ。止《や》めて欲しければ『花恋さんのお顔も綺麗《きれい》だよ』とか具体的に褒めて言ってくれてもいいのだよ」

「んもう……はいはい、キレイキレイ。さ、中に入るよ」

「ぬぅ、手洗い石鹸《せっけん》みたいに軽く流されてしまった……もっと色っぽく言えと暗にねだっておるのかな？」

「ご家族連れと海洋生物が驚いちゃうからやめようね」

そう冗談を言い合いながら光太郎は目的地のビルを見上げた。

（まさか自分が仮とはいえ彼女とここに来るとは思わなかったなぁ）

色恋沙汰《ざた》に疎い光太郎ですら知っている「学生の憧《あこが》れデートスポット」。

そんな場所に苦手だった花恋と「恋人」という立場で並んでいる……それが不思議と嫌じゃない自分に苦笑していた。

「どしたの光太郎君、急に泣き笑いの顔をして……あ、まさか！　このタイミングでロバートデ〇ーロの顔真似《まね》を⁉　新ネタぶっ込んできたね～」

「わけわからないこと言わないでほら、行こう」

「ゴッドファー○ーがわからんとは浅学じゃな光太郎君は。まったくしょうがない」

さりげなく密着し共に中に入る花恋。その瞬間光太郎は水族館とは違ったひんやりとした空気を背後から感じたとか感じなかったとか……

そのひんやりとした空気は柱の陰で歯ぎしりしている人間から発せられていた。

「「「ちぃ……」」」

非モテの権化と言っても過言ではない神林《かんばやし》先輩らである。

青木《あおき》と「二人の恋路を邪魔をする」契約をした三名はデートの情報を聞きつけ変装して水族館へ訪れていたのだった。

そんな彼らは目の前でイチャつかれ怒りとやるせなさで苦悶《くもん》の表情を浮かべていた。

「邪魔目的とはいえ、やはりデートの様子を見せつけられるのはキツいな」

「あぁ、しかし、逃げるわけにはいかない。花恋さんの解放と……」

「何よりバレンタインにチョコが確約されているからな」

チョコ確約――

それは非モテ男子にとって一年間優越に浸れる、「勝利」が約束されるようなもの。

特に一年間が363日……クリスマスとバレンタインデーが存在しない彼らにとって今までの人生を取り戻せると言っても過言ではないからだ。

そんな話をしているうちに光太郎と花恋は水族館の中へと向かっていく。

「ターゲットが動いたぞっ」

「追うぞ神林っ」

猛《たけ》る大森《おおもり》と木村《きむら》。その二人を神林は制する。

「まぁ慌《あわ》てるな、お前ら。作戦は覚えているか？」

「「もちろんだ」」

声を揃《そろ》える大森と木村は自身らが身につけているものを指さした。

彼らが身につけているのはダボついた衣服。ラッパーやBボーイ、いわゆる不良っぽい系統である。

「忘れるものか、この格好で竜胆に絡《から》んで邪魔してやろうってことだろ」

「竜胆は元アマチュアボクシング部、格闘技を習った人間は一般人に手を出せない……そこを狙う作戦だよな」

その通りと神林は頷《うなず》いた。

彼らの作戦、それは「デートで良い感じになっているところに変装した二人が現れ雰囲気を台なしにする」……ただ、それだけである。

実にベタでひねりのない作戦だが光太郎がアマチュアボクシングをかじったことがある以上、素人に手を出せないのを逆手にとって延々とウザ絡みをするといった内容だ。

神林ら往来の真ん中で拳《こぶし》を突き上げ意気込んだ。

「覚悟しろ竜胆光太郎……デートに良い思い出のないカップルは長続きしないということを身をもって味わえ！　デートできるだけでも羨《うらや》ましいが！」

最後本音を吐露する神林、彼女いない歴＝年齢の彼らの目にはうっすら涙が溜《た》まっていたのだった。


一方、光太郎たちのデートに絡もうとしているのは神林先輩たちだけではなかった。

「みんなチケットは買ったか？」

「お手持ちの切符《きっぷ》はなくさないようご注意くださ い～」

ジロウや丸山らといった光太郎のクラスメイトたちである。

「しかしジロウよ、何で付いていくんだ？」

仲村渠の素朴な疑問にジロウは悪い笑みを浮かべた。

「どーせ光太郎のことだ、ここまで俺たちがお膳《ぜん》立《だ》てしても結局手もつなげないで終わるだろうよ。それを俺たちが少し背中を押して進展させてやろうって寸法さ」

「よく言うよ、あとで茶化したいだけじゃない」

「バレたか、へへへ」

丸山に図星を突かれジロウはニンマリと笑い返す。

「はいはい、それで二人を急接近させるアイディアはあるの？」

「もちろんだとも、ちゃんと用意してきたぜ」

続けて丸山の問いにジロウはパンパンに膨らんだカバンを取り出す。

中には衣料品がぎっしり、それもダボシャツにサングラスといった「いかにも」な感じのBボーイ系ファッションだった。

「とりあえず仲村渠とボブはこれに着替えてくれ」

「あぁいいさ〜」

「オデ、コデに、キガエル」

ガタイの良い仲村渠と長身の山本《やまもと》・ボブチャンチン・雅弘《まさひろ》は素直に着替えた。

そして二人はフリースタイルを仕掛けてきそうな厳《いか》ついラッパー系Bボーイ姿に姿を変える。

「すっご、似合ってる」

感嘆する丸山に仲村渠は太い指で頰《ほお》を搔《か》く。

「ダハハ！　んで、この不良風の服装で何をするんだ？」

「まるで令和《れいわ》の傾奇者《かぶきもの》、気分は前田《まえだ》サン」

前田慶次《けいじ》を前田さんと言うボブに苦笑いしながらジロウは作戦を伝える。

「まぁベタなんだが……二人はこの格好で絡んでくれ、皆も知っての通り光太郎は意外に肝《きも》が据わっている。おそらく遠山さんを守ろうとするだろう。で、『僕の彼女に触るな』とか格好いい台詞《せりふ》なり態度なりを引き出してくれ」

「なるほどな」

「引き出しタラ、即退散。出前迅速《じんそく》、長居は無用」

――神林らとジロウらが奇《く》しくも似たようなアイディアで絡んでこようとしているなど知らず光太郎と花恋は水族館の中へと進んでいくのだった。


そんな二人の前に広がるはあたり一面、青く魅惑的な光景だった。

深海を模した淡く青いＬＥＤの光。

お出迎えするはガラス越しに悠然と泳ぐクラゲの群れ――それを光が透過し幻想的な光景を彩っているのだ。

生命の息吹《いぶき》を感じる海の光景を目《ま》の当たりにし二人は感嘆の息を漏らした。

「うわぁ……」

言葉にならない光景に感動する花恋。

それは光太郎も同じだった。

木漏《こも》れ日のような煌《きら》めきに照らされた彼はふと隣にいる花恋の方を見やる。

青く淡い光に照らされた彼女の横顔は実に幻想的で……不覚にも光太郎はドキッとしてし

まう。

さすがは鉄板デートスポット、その底力というべきか。

続いてサンゴ礁《しょう》に身を隠すクマノミ、うねり出迎えるチンアナゴ。

巨大な水槽《すいそう》ではイワシの群れによるベイトボール（魚類などが作る球形群）が見るものを圧倒する。

まるでナショナルジ〇グラフィックの映像世界に迷い込んだかのような光景。詳細な解説も至るところに散見され知識欲を刺激してくる。

この至れり尽くせりな配慮に光太郎はデートであることをすっかり忘れ没頭していた。

「色つきのクラゲかぁ……なんか洗面台の汚れに見えるなぁ。こっちは赤ちゃんクラゲか。え、スポイトで餌《えさ》をあげるんだ」

クラゲに没頭するあまり窓に張り付く光太郎。

その横顔をジーっと花恋が眺めていた。

「……」

「クラゲすごいなぁ……って、あ」

童心に帰っていたところをガッツリ見られていると気が付いた光太郎は少し恥ずかしそうにうつむく。

「やっと気が付いた、全然こっちを見ないんだもの、その頬《ほ》っぺた突いてやろうかと思っていたところだよ」

そう言いながら光太郎の頬を突く花恋、不意を突かれた光太郎は顔を赤らめるしかない。

「っ！　やろうかって言いながら突っついてるじゃん」

恥ずかしいから止めてよと光太郎。

花恋は悪どい顔でゲハハと笑った。

「よいではないか、よいではないか」

「また悪代官⁉」

その時である。タイミングを見計らったかのように二人の「輩《やから》」っぽい人間が人混みから飛び出してきた。

「よぉ、そこのお兄ちゃん」

「ずいぶん楽しそうじゃねぇか」

ベタな台詞と共に現れたのは大森・木村ペアだった。

ダボついたシャツを着込んだいかにもなラッパーファッション……だが水族館には少々場違いなのは否めない、アシカとフリースタイル勝負を繰り広げる気なのかとツッコみどころ満載な風貌《ふうぼう》である。

怖さより奇妙さが上回る二人に光太郎はキョトンとしていた。

「ねぇ、私たちに絡んできているんじゃない？」

と、花恋。しかし光太郎はのほほんとしている。

「そうかな？　ラップの練習じゃない？」

あくまで絡まれているとは思わない光太郎。

「こいつ、良い度胸じゃないか……まとわりついて嫌な思いをさせてやる」

「水族館の思い出をラッパー風の男につきまとわれる景色に塗り替えてやる」

意気込む大森・木村ペア。

しかし光太郎の視線は彼らとは違う別の方向へ向いていた。

「あ、僕らじゃないみたいだよ。あっち」

「え？」

花恋の視線を誘導する光太郎、絡んだ大森たちもつられて振り向く。

その方向には――

「ヨォよォ、兄サんヨ」

「楽しそうさ～……っと、楽しそうじゃねぇか」

クラスのお節介で訪れた仲村渠&山本・ボブチャンチン・雅弘ペアである。

光太郎にちょっかいを出し格好いいところを引き出そうという作戦できた二人だが……

「「え？」」

「「え？」」

あろうことか同じタイミングで似たような服装同士で光太郎に絡んでしまったのである。

この状況に陥り四人は――

(((本物の不良が来ちゃった⁉⁉)))

胸中で同じことを絶叫するのだった。

この状況どう見ても不良同士が因縁をつけ合っているようにしか見えない。あ、自分はやっぱり関係なかったと思った光太郎は――

「やっぱり僕たちじゃなかったんだ、行こう花恋さん」

「あ、うん。なんか見たような体格だけど……」

花恋を連れてこの場をあとにしたのだった。

さて、取り残された四人はというと……

(((どうしよう、変なこと言ったら喧嘩《けんか》になっちゃう)))

見た目はラッパーだが心の中は合唱団のようにシンクロしていた。周囲の人間も「お？ラップバトルでも始まるのか？」なんて変な期待が高まっている。

結局、警備員さんが現れて「館内でのラップバトルはご遠慮ください」と促《うなが》されその場をすごすごと立ち去った。

「すまん、まさか本物の不良に出くわすなんて想定外だった……」

水族館のレストスペースで神林に謝る大森と木村。

「気にするな、まさかこんなファミリー向け水族館に不良が来るとはな。暇なのか？」

神林は「切り替えよう」と次なる策を提案する。

「二人は休んでいてくれ、次は俺が行く」

「作戦はあるのか？」と大森。

神林はゆっくりと頷いた。

「あぁ、おそらくヤツらはこの水族館の目玉の一つである『ペンギンの餌やり体験』に必ず参加するはずだ」

パンフレットを取り出す神林。付箋《ふせん》が貼られ入念に赤ペンで書き込まれていることから今回の作戦……いや、バレンタインのチョコレートに関して並々ならぬ決意が感じられる。

「そこで嫌な想《おも》いをしてもらう……ペンギンには申し訳ないがストレスを与えないよう最大限に配慮した嫌がらせを実行するッ」

「神林……」

邪魔への確固たる決意とペンギンへの配慮にみなぎる神林。事情を知るものがいたら誰もがこう思うだろう——「努力の方向を間違えている」と。

一方で、こちらでも似たような反省会が行われていた。

「みんなごめんさ」

「ゴメん、オデ、しくじッタ。月末、切腹スル」

巨軀《きょく》をしぼませ落ち込む仲村渠と片言で切腹宣言する山本・ボブチャンチン・雅弘。

ジロウは落ち込む彼らに励ましの言葉をかける。

「しょうがないぜ、こんなファミリー向けの水族館で不良に出くわすなんざ……しっかし何しに来ていたんだ不良なのに、よっぽど暇だったのか？」

「不良の考えなんて理解するだけ無駄ですよ、暇なら一日中山手線に乗り続ける方が有意義だというのに……」

「……あぁ、そうだな」

全く共感できない鉄道マニアの国立の言葉に苦笑いを返した後、ジロウは次なる作戦を提案。

「次は俺と丸山で行こうと思う」

「え？　私？　どんな作戦？」と丸山。

ジロウは「まぁ簡単な作戦だ」と説明を始める。

「とりあえず変装し接近。混んでいるところで光太郎たちを両サイドから押して無理矢理くっつける作戦だ。密着すれば嫌でも意識するだろうよ」

「なるほどジロウが竜胆君を、私が花恋を押すんだね」

実にわかりやすい作戦に丸山はパチンと指を鳴らしてみせた。

その作戦を聞いた国立は「良い作戦ですね」と唸《うな》る。

「名付けて『できるだけ中に詰めてご乗車ください作戦』ですな」

「うん、さっきよりは共感できるぜクニ……とりあえず皆は遠くで光太郎たちの様子をチェックしていてくれ。もちろん、写真も動画も取り放題だ。あとでイジるように……な」

悪い笑みを浮かべるジロウに1-Aのクラスメイトたちもつられて口角を上げる。

だが彼らは知らなかった、邪魔するもの、進展させるものが奇しくもまた同じタイミングで動いたことなど。

そして、それとは別の人物が暗躍していることなど……


そんな話が進んでいるなど知る由《よし》もない光太郎と花恋はのんびりカワウソのコーナーを眺めていた。

水で濡れた岩場と小川を再現したプール。おやつ代わりなのか氷の欠片《かけら》が盛られていてさらには上から毛布のかぶさったハンモックまで用意されている。

「ハンモックみたいな寝床でもぞもぞしているね」

「ふっふっふ、ベッドの中でモゾモゾと何しているのかなぁ？　お母さんに隠し事かなぁ？」

カワウソの挙動に対しよからぬ笑みを浮かべる花恋。

その言動に男の子として光太郎はついカワウソに同情してしまう。

「思春期の男子がトラウマになるような台詞はやめなって」

「ほう、カワウソに自分を重ねてしまったのかね。光太郎君もベッドでモゾモゾしているのかなぁ？　……おっと光太郎君、あれ見て」

袖《そで》を引っ張る花恋。

指さす先には「ペンギンの餌やり体験」と記載されている看板が。

「光太郎君、ペンギンだよペンギン。知っているかいペンギン」

「そりゃ知っているよ」

「海の安全を確認するため仲間を突き落とすあのペンギンをっ」

「特筆すべき点はそこなの？」

花恋はアデリーペンギンの習性について指しているようだ。目の周りが白くつぶらな瞳《ひとみ》で可愛《かわい》いのだが魚を探しに飛び込む際、シャチなどの外敵に全滅しないよう生《い》け贄《にえ》として先頭の一匹を突き落として安全を確認するという――

そんな豆知識などを興奮気味に語る花恋。どうやら餌やり体験をしたくてたまらないのかウズウズしているようだ。

子供のような彼女に光太郎は表情をほどいて微笑《ほほえ》んだ。

「そうだね、ちょっと餌やり体験してみようか」

光太郎の言葉にパァッと明るくなる花恋は彼の腕をグイグイと引っ張る。

「そうかそうか、光太郎君も仲間を一匹突き落として海の安全を確認する様子を見たいんだねっ。シャチがいたら一匹だけパックンチョされる生命の神秘、自然界の生きる知恵をっ」

「正直それは見たくないし、そんな豆知識知りたくなかったよ」

「私たち気が合うねっ、ねっ」

「はいはい、並ばなきゃいけないし、とにかく行こうか」

前ならこの強引《ごういん》さを苦手に思っていたはずなのに今では悪くないと思う自分がいる……

「不思議なものだなぁ」

と、腕を引っ張られながら光太郎は自嘲《じちょう》気味に笑っていた。

彼の心境の変化など気がつかず、中々できない体験に心躍る花恋は「早くやろう」と光太郎に目でせかす。

「ねぇねぇ、小魚をあんな距離からあげられるんだって！」

「楽しそうだね、行こう」

「うん」

このやりとり、実に気心の知れた恋人みたいだなと感じながら一緒に餌やりの列に並んだ……その時である。

――スッ

機を見計らったかのように彼らのあとにつける人影――

変装した神林である。彼は光太郎たちに気づかれぬように顔を伏せ、一緒の列に並ぶ。

そんな彼に続いて一組のカップルらしき二人が後を追う。

こちらも皆さんお察し、変装したジロウと丸山である。

彼らも光太郎たちの行動を遠目で見て餌やりのイベントに並んだ瞬間「今だっ」と後ろにつけたのである。

――コツン……

急ぐあまり、前に並んでいた神林とちょっぴり肘《ひじ》が当たってしまうジロウ。

「おっと、すいません」

「いえ、大丈夫です」

変装しているからであろう、双方気がつかず神林とジロウは会釈《えしやく》する。

そして三名は光太郎たちの方を見やった。

「なんか視線を感じるんだけど、それも複数……」

「気のせいじゃない？　もしくはペンギンの視線とか、見ようによっては光太郎君青魚っぽいもんね」

「青魚要素が僕にあるの⁉」

「うん、なんか脂汗《あぶらあせ》がさらっとしていそうだし。知っている？　青魚の油はＥＰＡっていって健康に良い油なんだよ。今日で学べよ～」

「はいはい、勉強不足でした」

とまぁ自分が狙われているなど考えない光太郎は「気のせい」と流すのだった。

そして光太郎は気になっていたこと……ドラマの進捗《しんちょく》状況を聞いてみる。

「ところでさ、ドラマオーディションの件どうなったの？　ヒロインってもっぱらの噂だよ、地元テレビ局の開局周年ドラマ」

学校中で噂になっている花恋がドラマのヒロインに抜擢《ばってき》されると言う話。一緒にいてもあまりそのことに触れないので光太郎はつい興味本位で聞いてしまう。

「あ～アレかぁ」

何かあるのか、疲れた感じで花恋は答えた。

「実はさオーディションからテレビで放送するみたいで……」

「テレビ放送？　すごいじゃない！」

「冗談、受ける側としては今から緊張だよ。テレビ局が気合い入っているのは嬉《うれ》しいけどオーディションで下手《へた》なことして、それが流されたらと思うと」

どうやらネット配信もするらしく、同じ事務所の仲間も「失敗したらデジタルタトゥーだよ」なんて困っているとのこと。

「もちろん他にも経験者の人がわんさかだし今から気が重いよ。まったく私が『ヒロイン確定』って噂、本当にやめて欲しい。率先して言いふらしている人謝って欲しいよ」

「……ゴメンナサイ」

その会話を盗み聞きしていた神林は帽子を目深《まぶか》にかぶり小声で謝った。どうやら良かれと思い率先して言いふらしていたのは彼のようである。

悩む花恋を和ませようと光太郎は優しく笑う。

「あはは、有名税ってやつだよ」

花恋曰《いわ》くたった一つのヒロインの座を賭《か》けて、経験豊富な若手と役を取り合うかなり狭き門だが、役を得ることができたらその後の人生が変わると言っても過言ではない大きな仕事と言う。

ずいぶん気後《きおく》れしているようで髪の毛を指でくりくり回し弱気な表情を見せる。

「そりゃ、ヒロインの座、勝ち取りたいけど……さ」

「逆に考えようよ。オーディションが放送、配信されるってことは上手《うま》くいったら役はもらえずとも沢山《たくさん》の人に評価してもらえるって考えられるよ」

このフォローに花恋はやんわり微笑んだ。

「ん、そうだね、ありがと。合格しなくとも関係者の目に留まって今後の仕事につながれば良いかなって……事務所に恩返しできるしお母さんも喜ぶし」

優しい光太郎に感謝を述べながら、気持ちを切り替える花恋。

「気負いすぎないでね」

頑張れとも大丈夫と楽観的にいうのとも違うと言葉を選ぶ光太郎。

その気遣《きづか》いが伝わったのか花恋ははにかんで笑った。

「…………えへへ」

事務所への恩返し、そして母親のため――

演劇という厳しい世界に挑戦しようとする花恋に光太郎は感心して唸る。

「あ、もうそろそろだね」

そうこうしているうちに列は進みペンギンの柵の前に光太郎たちは並ぶ。

目の前には餌を渡しやすいように小さな柵に囲まれ並ぶペンギン。餌をもらい慣れているのか怖がる様子もなく首を向けお客さんの方を見ていた。

これがまた、可愛い。

「うわぁ、可愛いねぇ」ヒソヒソ
「わかるけど静かに、な」ヒソヒソ
感嘆の声を上げ萌《も》える丸山をジロウが制する。

「ではこちらの小魚をあげてくださいね、一個三百円になります」

餌を買い柵越しに小魚をあげる感じの餌やり体験。

ペンギンたちはもうお客さんのことを餌をくれる何かという認識なのだろうか、警戒することなくヨチヨチと歩いて近寄ってくる。

これもまた、可愛い。

上に口を開け小魚をねだる様は雛《ひな》に餌をやる親鳥を体験できるだろう。

この普段見れない角度、子供なんか大喜びでキャッキャしていた。

花恋もまた童心に帰ったのだろう、同じようにキャッキャしていた。

――が、ここでちょっとしたアクシデントが発生。

ジロウと丸山が行動に出たのだ。

「丸山、そっち頼む」ヒソヒソ
「おっけ、任された」ヒソヒソ
そして作戦通りに光太郎と花恋の両サイドに回り込み、押してくっつけようとする。

ムギュ……

「ちょ、光太郎君くっつきすぎじゃない？」

「え、ち、違うよ、花恋さんが押してるんじゃないの？」

「混んでいるからかな……って吐息がくすぐったい」

「あ、ご、ゴメン」

顔を赤らめる光太郎と花恋。

これはかなりお互い意識しているのでは……ジロウと丸山はアイコンタクトを交わす。

作戦は上手くいったかに見えた……が、彼らにとって予期せぬアクシデントが展開しようとしていた。

そう、続いて「邪魔したい男」神林が仕掛けたのである。

「あの、ペンギンの餌もう少し買ってもいいですか？」

神林の作戦……それは餌をたくさん買ってペンギンを独占することだ。

邪魔もできて、なおかつ自身もペンギンとガッツリ戯《たわむ》れることができる。

一石二丁、こう見えて実は大のペンギン好きである神林の取れる最高の作戦だった。

しかし、やはりというか飼育員さんは大人の対応。この申し出をやんわり断った。

「あの、餌はお一人様一個と決まっておりまして……」

しかし神林は粘る、餌を大量に購入しペンギンを独占して自分の欲望と光太郎たちの思い出を台なしにしようとしているからだ。複数の欲望が絡んでいる時の人間は、強い。

「お願いします……俺の、大願成就のために」

まっすぐな瞳、飼育員さんはそのまなざしを真摯《しんし》に受け止める。

「なんてまっすぐな瞳……よっぽどペンギンが好きなのですね。わかりました、本来他のお客様のご迷惑になるのですが、もう一つだけなら」

「いいえ、全部ください」

「人の話聞いてた!?　他のお客様に迷惑かかるっつーの！」

「聞いていましたとも！」

もちろん他のお客様……光太郎たちに迷惑をかけるつもりなのだから神林にとっては望むところなのである。

「お願いします！　俺の大願成就のため！　恋のプライドとペンギンへの愛と、あとバレンタインのチョコレートのため！」

「五月に何言っているんですか⁉」

飼育員さんはツッコみながら餌の入ったバケツを高く掲げ「あげません」と態度で示してみせた。

だが、急にバケツを振ったものだから中に入った水と小魚が宙に舞い――

「キャッ」

運悪く近くにいた花恋にかかってしまった。

「す、すみません！　だ、大丈夫ですかお客様⁉」

慌てる飼育員さん。

花恋は笑顔で対応する。

「えっと、大丈夫ですよ。そこまでかかっていないですから」

気にしないでと花恋。

しかし飼育員さんは何かに気が付いたのか大慌てだった。

「で、でも、お客様、少々お待ちください、すぐにタオルを――」

「いえ、そこまでしなくても――」

飼育員さんの視線は花恋の胸元に向かっていた、光太郎もつられて目を向ける。

視線の先には薄っすら水で透けたノースリーブ。

読者モデルの仕事をしている花恋だが意外と下着はシンプルなグリーン。

質素倹約を心がけているからか中学生の頃《ころ》に買ったものを今でも愛用しているのか……そんな考察がいのあるブラだった。

光太郎の脳内をブラ評が駆けめぐって変な間が生じてしまう。

この間、数秒足らず、絶対に見てしまったであろう言い逃れのできない間であった。

「ご、ごめん」

たまらず謝罪する光太郎。

「～～～～～⁉　ちょ、ちょっと待っててね⁉」

声にならない声で悶絶《もんぜつ》し、しゃがみ込んだ花恋は飼育員さんからタオルを受け取ると乾《かわ》かしにトイレへと向かったのだった。

まさに光太郎にとってはラッキースケベ。

しかし、この男に取っては想定外すぎる出来事だった。

「し、しまった……いったん退散しないと」

一方、大事になってしまったと神林は狼狽《うろた》え、この場から急いで逃げ出した。

そんな怪しい姿に丸山が気がつく。

「あれってもしかして神林先輩じゃ」

「っ⁉　もしかしてこの騒動、あの野郎の仕業《しわざ》か！」

逃げ出す先輩のあとを大急ぎで二人は追いかけたのだった。


そんなハプニングもあり、光太郎はベンチに座って花恋の帰りを待っていた。

先ほどの胸元の幻影がまだまぶたにこびりついている光太郎。火照《ほて》りを冷ますのに必死である。

彼はボーッとしながら行き交う人々を眺めていた。

光太郎はそんな楽しそうにしている家族連れや恋人を見てぼやく。

「僕がもし……」

もし本当に遠山花恋が好きで、告白が成功していたのならこんなに楽しい日はないのだろうな……

そして天真爛漫《らんまん》で飾り気のない彼女を「好きになりかけている自分」に嫌気がさしていた。

お前にそんな資格があるのかと何度も問いたくなる衝動に駆られる。

申し訳ないと天を仰《あお》ぐ光太郎、燦燦《さんさん》と降り注《そそ》ぐ穏《おだ》やかな日の光がやけにまぶしい。

そんな彼の前に予想外の人物が現れた。

「あ、お帰り花恋さ――――え？」

一般客の隙間《すきま》からヌルリと一人の女性が現れ光太郎の前へ立ちはだかる。

逆光でよく見えないそのご尊顔を目を凝らして確認しようとする光太郎。

徐々にハッキリする輪郭、その人物の名前は……

「どうも」

なんと深雪の付き人、執事の青木だった。

「あ、えっと、青木さん、でしたっけ？」

おもてなし（笑）の件もあり光太郎は身構え逡巡《しゅんじゅん》する。

なんで彼女が？　もしかしてプライベート？　魚が好きとか？　深雪さんも一緒だったりして……そんな事を逡巡している最中、青木はじっくりと光太郎の顔を見やっていた。

「神林君からの報告を受けたときはまさかと思いましたが……」

光太郎の言葉を待たず、青木は肉薄し彼の顔を覗《のぞ》き込む。

「……御園生《みそのお》光太郎様、ご無礼をお許しください」

「え？　……えっ⁉」

なぜその名前を、と聞き返す間もなく光太郎は瞬く間に青木に担《かつ》がれた。

「失礼」

「えええぇ？　何でいきなり担ぐんですか⁉」

「このくらいできないと桑島《くわしま》家の執事は務まりませんので」

「桑島家ってそんな犯罪まがいのことをしているんですかぁ⁉」

本名のことといきなりの展開。てんで訳がわからないと光太郎。

「――えぇ？　何が起こったの――……」

光太郎のツッコミは風切り音で遮《さえぎ》られた。ものすごいスピードだ。

そこに着替え終えた花恋が遭遇。謎の状況に目を丸くして驚いている。

「あ、あなた青木さん⁉　どういうつもりなの⁉」

「彼氏を少しお借りします。ご安心を、悪いようにはいたしません」

足を止め花恋に向き直り淡々と答える青木。毅然《きぜん》とした態度で少年を担ぐ様は安心とはほど遠い。

「か、借りる⁉　光太郎君をどうするつもりですか！」

「それはお答えしかねます、なぜなら光太郎さんの秘密を私の口からお伝えする事になるので。あんな秘密、私の口からはとてもとても……」

「うぇ？　秘密？　な、何ですかそれ？」

興味をそそらせるようなもったいぶった言い方に花恋は驚きながらも食いついてしまう。

（聞きたくなるような言い方止めてよぉ！）

この人はどこまで自分のことを知っているのか、そしてなぜ担がれているのか……

光太郎が問おうとした次の瞬間「ごめん」と侍よろしく一礼すると風のように駆け出す。

迅速なスピード、華麗な足捌《さば》き、そして何より堂々とした態度ゆえ誰も彼女を止めようとはしない。

(天狗《てんぐ》にさらわれた時ってこんな感じなのかなぁ……)

抵抗できない彼は「なるようになれ、されるがまま」状態となり、そんな益体《やくたい》ないことを考えていたという。


やがてたどり着いたのは水族館に隣接している大型商業ビルだった。

低階層は駅に直結しており若者向けの雑貨やメディアミックス展示会にコンセプトカフェとファッショナブルなお店が軒《のき》を連ね家族連れや学生でにぎわいを見せる。

光太郎が連れ去られたのは最上階、街が一望できコンシェルジュ待ちかまえる高級レストラン。コーヒー一杯千円超えは当たり前、アフタヌーンティーで一万は吹っ飛ぶ場所。

ちなみに叔父の譲二《じょうじ》は「綺麗なお姉ちゃんもいないのに高《た》けぇ」とよく文句を口にしていた。

そんなどうでもいい事を思い出している間にもどんどんレストラン内部に進む青木。

そしてとある一室に着いた瞬間、光太郎を雪崩《なだれ》式ブレーンバスターの要領でイスに座らせた。

「いったい全体何なんですか!?」

抗議する光太郎、青木は淡々と乱れた髪の毛をコームで整え始める。

「お静かに、手元が揺れますので」

「あ、はい……いや、そうじゃなくて」

「次はネクタイですね、アゴを上に上げてください」

「あ、はい……えっと理由を」

「最後に埃《ほこり》を取りますのでジッとしてください」

「あ、はい――」

顔色一つ変えずにコームの柄《え》の部分で埃を取り始める青木。

「断れない男」光太郎は青木を合間合間に問いただすも結局されるがまま。

そしてネクタイをビシッと締めた伊達男《だておとこ》が完成する。ますます七五三に近づいたが、そこはそっとしてあげて欲しい。

「あの……そろそろ本当になんなのか教えて欲しいのですが」

一段落したのを見計らって改めて問い直す光太郎。

ここで初めて青木さんは眉《まゆ》をひそめる。

「本当に知らないのですか？　先方にお伝えしたはずなのですが」

いぶかしげな青木さん。しかし数秒経《た》たずに「まぁいいでしょう」と自己完結した。

「知らなかったのなら逆に安心しました。知ったうえでデートしていたのなら大変悲しむでしょうから」

「悲しむ？　本当に何が起きるんですか？」

「それはご本人の口から直接お聞きください」

青木さんの言葉と同時に扉がバンと開く。

「えちょ……」

グイグイ背中を押され中へ入る光太郎。その先には――

「光太郎君」

「み、深雪さん⁉」

目の前にいたのはなんと桑島深雪だった。

いつもの服装とは違うドレスアップした様相。髪型も実に見目麗《うるわ》しくまるで上流階級のダンスホールにでも向かうような雰囲気だった。

飲み込めておらず不安でいっぱいの光太郎でも状況を忘れて見とれてしまうほどであった。

彼女はというと顔を赤らめながら勢いをつけて喋《しゃべ》り出す。

「あら、なんということでしょう、まさか御園生家のご長男とのお見合いだと思ったら光太郎君が来てくれるなんて、私驚きのあまり心臓が飛び出てしまうかもしれません」

やや棒読みで驚く素振りを見せる深雪。絶対に心臓は飛び出さないだろう。

「ちょ、ちょっと待って深雪さん。僕まだ状況がいまいちわかっていないんだけど……」

まるで台本でもあるかのような深雪に困惑する光太郎。

深雪の不自然さを察したのか青木が会話に入ってきた。

「本日は桑島家のご息女、深雪様と御園生家の長男、光太郎様のお見合いの日でございます」

「お見合い⁉」

きょとんとする光太郎に深雪が目を丸くして驚く。

「え⁉　知らなかったんですか⁉」

「あ、いや……なんていうか……」

断り忘れてるじゃんおじさーん！　と胸中で絶叫する光太郎。

そして深雪に対し申し訳なさいっぱいでか細い声で理由を伝える。

「実は叔父さんが相手の名前をど忘れしていて……それでお見合いなんて早いと断ったんだけど、それも叔父さん忘れていたみたいで」

「ななな、なんとど忘れ！」

青木はわざとらしく驚く。おそらく深雪に気を遣っての行為だろうが……だが尻餅《しりもち》までつくのは昨今の通販番組でもやらないリアクションだった。

色々と察した深雪は安堵《あんど》の息を漏らして笑った。

「光太郎君の叔父様って聞いた通りの方ですのね」

「うん、基本は良い叔父さんなんだけどね。それとお見合いなんてまだ早いって流して聞いていた僕も悪いんだけどさ」

深雪はブンブン首を横に振る。

「そんなことありませんわ、だって私たち知らない仲ではありませんし」

「え？　知らない仲って……」

「覚えていませんか？　昔、光太郎君が桑島家に遊びに来た日の事を」

自分の手をぎゅっと握り顔を近づける深雪の行為に光太郎は幼少期の微《かす》かな記憶、両親に連れられて桑島家へ挨拶《あいさつ》に来たことを思い出した。

「そういえば病弱で寝込んでいた女の子がいたなぁ」

それを聞いた深雪は頬を上気させ潑剌《はつらつ》とした顔で手を上げた。

「それ、私です。もしかしたら光太郎君がその時の御園生のご子息かも、似ているなぁそうだったら良いなぁ運命だなぁ幸せだなぁ、なんて思っていた矢先でした！」

「え、あの子深雪さん!?　なんか既視感があったと思ったら、そういうことだったんだね」

なんで二回ほどしか会話したことのない桑島深雪のことが気になっていたのか、合点《がてん》がいったと光太郎。

しかし、不可解なお見合いに対する彼の疑問は拭《ぬぐ》えなかった。

「でも、それだけでお見合いを申し込むの？　何か別の理由があるんじゃ……」

その機微に気がついた深雪は誤魔化すように質問攻めを始める。

「ところで、なぜ竜胆と名乗っているのですか？　まさか家出したとかですか？」

「あ、うん、えっと……叔父さんの名前さ、御園生家と遠い親戚でさ、両親とは仲が悪い訳じゃないんだけど……自分磨《みが》きかな」

名家「桑島」の人間として思うところがあるのか深雪は良いように解釈し頷いた。

「わかる気がします。私も『桑島』の名字がずーっと自分につきまとって辛《つら》いと思うこともありました」

桑島と名乗ればかしこまられてしまう、家を継ぐ問題などなど……深雪は大地主という家柄のプレッシャーを愚痴《ぐち》混じりで語り出す。

深雪も深雪で思うところあるのかと思うと光太郎は笑ってしまった。似た者同士のシンパシーがそうさせた。深雪の絶妙なトークの力で光太郎の脳裏に浮かんだわずかな疑問は消え去っていた。

「あ、そうだったんだね」

「うふふ、気が合うとは思いませんか」

自然と笑う両名。

実にいい雰囲気、まるで恋人かと思える空気――

が、恋人という単語を思い浮かべ彼はようやく大事なことを思い出した。

（恋人！　そうだ、花恋さんを置いてきたままだ！）

色々ありすぎて失念していた光太郎は急ぎ水族館へ戻ろうとする。

「ちょ、ゴメンね、僕急いで戻らな――」

そんな彼の肩を青木さんがグワシとつかんで離さない。

「そう焦《あせ》らずとも、これからお茶菓子などケーキスタンドが運ばれてきますので。必要ならばアロマも焚《た》きますよ」

「あの、僕の健康を気遣ってくれるのは嬉しいのですが……」

「お腹《なか》がいっぱいとかですか？　大丈夫です、もしお菓子を残すのならば私が責任もって処理します。SDジーズですね」

「いや、あと食品ロスの心配どころではなくて……」

光太郎を帰そうとしたくないのか、真顔の青木は肩を摑《つか》み続ける。

「遠慮なさらずとも、マカロンと生モンブランさえ残していただければいいので」

「それって暗に要求していますよね⁉　っと、早く戻らないと……」

「ふむ、では、先に結論をいただけると」

「結論？」

青木は顔色一つ変えずコクリと頷く。

「お見合い成立か不成立か、結婚を前提にお付き合いなさいますかという結論です」

お見合いだというのをすっかり忘れていた光太郎は「結婚を前提に」という言葉を聞いて大

いに驚いた。

「え、あ、その話まではちょっと……花恋さんと付き合っているし」

まだ結婚なんて考えられない光太郎は花恋との交際を理由に断ろうとした。

その言葉に青木は片眉を上げ首をひねる。

「はて、遠山様とお付き合い……ですか。私にはどうもそうは見えないのですが」

「え？　ええ？」

「どこか遠慮がちなところもありますし、私ならもう『ガッ』といっちゃっていると思うのですが」

「ガッとって……」

何をどういう意味でか深くツッコめない青木の妄言は続く。

「それにこれは私見ですが、例えば……光太郎様は深雪お嬢様と遠山様を間違われたという事はありませんでしょうか？」

「え、なんで……」

なんでそれを――と、思わず口にしそうになった光太郎は必死で口をつぐむ。

確信を突く発言の青木。

動揺する光太郎の機微など無視して彼女は持論を展開する……がそれを深雪が制した。

「あの、青木さん、それ以上は光太郎君が混乱してしまいます」

「しかしお嬢様、もし私の仮説が正しかったらお嬢様があまりにも不憫《ふびん》で……」

「そうは言われましても、あくまで可能性があるだけ……告白相手を間違えるなんて『お間抜け』を光太郎君がするとは思えません」

(お間抜けなんです、スイマセン……)

懺悔《ざんげ》したくなる気持ちで胸がいっぱいの光太郎は胸中で謝罪した。

そんな彼の脳裏にある疑問が浮かび上がる。

(でも、なんで告白相手を間違えた可能性があるとか言っているんだろう……)

そんな素振りは一切《いっさい》出さなかったはずだし、いったい何が彼女らをそう思わせたのだろう。

謎が深まり首を傾《かし》げる光太郎をよそにお嬢様と付き人はなにやら話し込んでいた。

「それにお嬢様、もし告白相手を間違っていた……昔のお嬢様と遠山花恋さんを間違ったとしたのなら、もしくは不本意であの方とお付き合いしているのなら、桑島家の力を使って強引に別れさせるのも一つの手ですよ」

「それは最終手段でしょ」

(最終手段なの⁉)

最終手段とはいえ、さらりととんでもない手段が候補に挙げられていることに度肝を抜かすしかない。

まだ高校生、さらに相手が桑島深雪ならなおさら結婚なんて……と光太郎は戸惑いを隠せずにいた。

（確かに桑島さんは素敵だ、でも僕みたいな自分の意志の薄い「断れない男」とは釣り合わないよ）

一度は告白を考えた相手だが、自分より自立している深雪に畏敬《いけい》の念を覚え、気後れしている——

（いや、気後れする理由は、それだけじゃない、よね）

遠山花恋。

「彼女」の悲しそうな顔が脳裏にこびりついて離れないから——

それは何故か？　その答えを導き出す前に光太郎の思考は中断させられる——「彼女」の登場で。

ババンッ！

扉が力強く開き息咳《せ》き切って遠山花恋が現れた。

「——どういうこと」

第一声は実に冷たく底冷えするような声音だった。

まるで事件現場に踏み込んだ刑事、もしくは浮気現場を押さえた人妻……その眼光は鋭く光太郎は背筋を凍らせる。

そんな花恋の登場だが——

ズズッ

桑島深雪は意に介さず優雅な所作でお茶をすする。

花恋の存在など些末《さまつ》なこと――そう言わんばかりの態度であった。

「どうしましたか『遠山』さん」

やや粒立てての遠山さん発言。

先ほどまでの柔和な彼女とは打って変わって他人行儀さ全開であった。

深雪の態度はもはや「ラスボス」か「真犯人」……二人の遺恨《いこん》の深さみたいなものを垣間見《かいまみ》ることができてしまい困惑する光太郎。

そんなフィクサーな深雪に花恋は食ってかかる。

「どうしたもこうしたもないわ！　人の彼氏をデート中にさらうなんて何事よ！」

「……あら？　そうでしたの？」

デートの件は初耳だった深雪は青木に視線を向ける。

彼女は表情を一つも変えず飄々《ひょうひょう》とした態度で答えた。

「こちらもケツカッチンでしたので自己判断で運ばせてもらいました」

「そうだったの、それは良いことしたわね青木さん」

「お褒めに与《あずか》り光栄です」

業界用語を織り交ぜる青木に顔色一つ変えず紅茶をすする深雪……もうやりとりが悪代官と

越後屋でしかない。

深雪はゆっくり頷いて花恋が現れた状況に理解を示した。

「なるほど、それで白昼堂々、恥も外聞もなく乗り込んできたのね」

「白昼堂々と人をさらわせた人間が恥も外聞もなくとかよく言うわね！」

正論を叩《たた》きつけながら花恋は気を取り直し深雪に詰め寄った。

「お見合いって何⁉　光太郎君は喫茶店の居候《いそうろう》でアンタとなんか釣り合うわけないでしょ！　個人的な恨《うら》みなら――」

その言葉に深雪は含んだ笑みを浮かべる。

「あら、貴女《あなた》こそ知らなかったんですの？　光太郎君が御園生家のご長男だったということを」

「え？　うっそ……あの『御園生グループ』⁉」

驚きを隠せない花恋は光太郎の方を見やる。

光太郎はもう誤魔化せないと申し訳なさそうに頭を下げた。

「ごめん、隠すつもりはなかったんだけど……家のことも色々あって――」

「まぁそれはどうでもいいや」

「どうでも良いの⁉　結構悩んだ末に叔父さんの名字を名乗って居候しているんだけど⁉」

悩んでいることが「どうでもいい」で一蹴《いっしゅう》され光太郎は大いに戸惑った。

そんなことよりデート中に彼氏をさらったことだと花恋は深雪の方を睨《にら》む。

その様子は犬猿の……いや過去にこじれた旧知の仲の様な接し方だった。

「だいたいさ！　食堂じゃよくまぁ人の後追ってきたわね！　しかもちゃっかり隣に座って」

この言葉に対して深雪もバツが悪いのかムキになって反論した。

「そっちこそ、見せつけるように……アレじゃ邪魔しに来てくださいと言っているようなものですわ」

「あと何？　カレーが好きで気が合うとか言っちゃって！　それじゃ近所のカレー専門店の従業員全員と気が合うことになるよ！　こんなところでお茶してないで気の合うインド人とチャイでも飲んでなさい」

「その程度で嫉妬《しっと》するなんて、その程度で傷つくほど遠山さんがヤワだったなんて知りませんでした。あとカレー専門店の従業員はインドよりもパキスタン人の方が多いんですよ」

売り言葉に買い言葉、舌戦は周囲を無視して止まらない。

「とにかくデートの最中だったの！　それを人の彼氏をさらってお見合いですって⁉」

「彼氏、ですかねぇ」

「そうよ彼氏よ！　光太郎君は私の彼氏！　彼は私を選んでくれたの！」

彼氏という単語に異議ありと深雪は挙手して半眼を向けて申し立てる。

「そもそもどんなあくどい手を使ったのでしょうか？　光太郎君に催眠術を使って告白するよう誘導したのですか？　なんて卑怯《ひきょう》な！　その催眠術今すぐ教えなさい！」

「教えを乞《こ》うな！　ていうかあんたが言うな！」

「だとしたら……モデルの力とか！　事務所の力で自分に告白するよう仕向けたとか！　なんて卑怯な！」

怒りで段々と稚拙《ちせつ》になる深雪の発言。ここまでくると、ただの難癖《なんくせ》である。

「残念でしたー！　弱小事務所のウチにそんな力はありませ～ん！」

「なんて白々《しらじら》しい！　あなた演技下手なくせにドラマで主演を張るとか言われているではないですか！」

「あれは周囲が勝手に噂しているだけです～。私の実力じゃ主演なんて無理です～」

舌を出して反論する花恋、しかし自分の演技力のなさを自分の口で言う事になり若干《じゃっかん》涙目になっていた。

対して深雪も頰を膨らませており、実に子供じみた態度である。

「深雪さんもずいぶん花恋さんに詳しいんだな……」

率直な感想を漏らす光太郎。

その言葉が耳に届いたのか深雪と花恋は声を大にして反論する。

「べ、別に気になってはいないですわ！　気にしているのは向こうの方です！」

「そ、そんなことないわよ！　せっかく同じ高校になってもそっぽ向くからちょっとムッとしたくらいよ！」

もはや白状しているような花恋の言葉からどことなく両者の因縁を漂わせる。

過去、出会っていたかのような口振りの花恋に光太郎はますます混乱した。かねてよりそんな言動が垣間見えていたのでなおさらだった。

意を決し彼は二人に真相を尋ねる。

「あの、先ほどから二人とも大昔から知り合いだったような雰囲気ですが」

その問いに深雪がさらりと答える。

「えぇ、そうです。彼女とは昔から……生まれた頃からの顔見知りです」

「……え？」

話の流れが読めない光太郎は深雪と花恋の顔を交互に見やる。

花恋は少しうつむきながら深雪の代わりに答えた。

「私と桑島深雪は親戚なの……」

「えぇぇ!?」

これには光太郎も大いに驚いた。

桑島家という御園生家に並ぶ地元の顔役で上流階級のお金持ち。

しかし花恋の家が貧乏であるという現状からは親戚とは結びつかないからだ。

花恋は告白するように深雪の言葉に補足する。

「隠していたわけじゃないんだけどね、もう勘当されたようなものだから」

勘当という言葉に驚く光太郎。何かワケがあるのか、聞いていいことなのかと困った顔を見せた。

そんな慌てる光太郎を落ち着かせるように花恋は経緯を説明し始める。

「良家に生まれた母だけど父と駆け落ち同然で家を出ていったみたい。勘当扱いで家を出ていった私たち家族が気に食わないみたいだけどさ」

「そういう訳ではありません」

真顔の深雪、突き放すような口ぶりに花恋はカチンとくる。

「じゃあ、なんで急に私の事を嫌いになったのさ！　あの頃は――」

「説明する義務も必要もありません」

キッパリ言い切る深雪に花恋は食って掛かる。

「だとしたら何目的!?　私への嫌がらせじゃないなら……家柄？　御園生家と桑島家両方の力を手にして自分の地位を盤石にするため!?　光太郎君を利用しようって話なら絶対許さないよ！」

深雪は初めて花恋の目を見る……いや、睨んだといった方が良いのかもしれない。

「今、何とおっしゃいましたか？」

「だから、光太郎君を利用しようと――」

ガシャン！

深雪はここにきて初めて感情をあらわにしカップを乱暴にテーブルに置いた。

「利用⁉　利用ですって⁉」

猛る深雪、そして――


「何たる言いぐさ！　我が『神』を私が利用しようなどと！　なんて畏《おそ》れ多いことをっ！」

「「え？　神？」」


続く言葉には何とも意外な「神」という単語が含まれており光太郎と花恋は困惑する。

「え？　神？　畏れ？」

「急にどうしたのかしら……」

顔を見合わせる二人をよそに、深雪は先ほどまでの聖女のような落ち着きぶりはどこへやら、まるで悪魔のように豹変《ひょうへん》していた。

「そうですとも、光太郎君……いえ、光太郎様は私、桑島深雪にとっての神っ！　遠巻きに祈りを捧げ時に御言葉を賜《たまわ》る私だけの神！　それなのに貴女が……んげっほ！　ごっほ！」

勢いあまって咽《むせ》る深雪。お嬢様の片鱗《へんりん》はそこにはなくヒートアップして咳き込みだしたクレーマーとかぶって見えたと後に花恋は語る。

そこで顔色一つ変えず青木が何かを注《つ》いで差し出した。

「これを飲んで落ち着いてくださいお嬢様。ノンアルコールワインでございます」

「んげっほっほ……ありがとう青木さん――」

んぎゅんぎゅんぎゅ……

ゆっくりと口に香りと味を含みながら深雪はワインを嗜《たしな》んだ。

「――ふぅ、この酸味、２０１３年度のカリフォルニア産ですわね」

ズバリ言い当てる深雪に青木が次なる何かを懐《ふところ》から取り出した。

「さすがです。そしてこちらが光太郎様の額《ひたい》の汗を拭《ふ》いたハンケチーフでございます」

「ありがとう青木さん――スゥゥゥ……ンハァァァァァ！　イヤッハァァァァ！　スッハスッハ……っしゃオラ！　しゃぁぁ！」

まるで酸素ボンベを吸入するかのように口元にハンカチを押し当て深呼吸する、実に見事な吸いっぷりであった。

「ッシャァァ……スゥッ！　ハァァッ！　んふぁぁぁ！　この香りこの酸味！　入学式から一週間経《た》った頃のハンケチーフですわね！　高校生ヌーヴォーな逸品！　肺に胸に染み入りますわねぇぇぇ！　心が落ち着きますわっ！」

全く落ち着くことなくバッキバキの眼で宙を見やる深雪。危ない何かを染みこませたハンカチかと疑ってしまうほどであった。お嬢様の品性、行方不明である。

「深雪さん、なんて言っているんだろ？　早口で聞き取れなかったや」

「うん、聞こえなかったけど、なんか聞こえない方が良かったような気がする。勘だけど」

淡々とした顔で深雪から回収したハンカチをジップ付きのビニール袋にしまう青木は声音を変えることなく光太郎たちに忠告する。

「お二人とも、お気になさらず、いつもの事ですので」

正直気にするなという方が無理というものだが、パンドラの箱を開けてしまうのではと深く追及するのをやめたのだった。

やがて落ち着いた深雪に意を決して光太郎が尋ねる。

「あの……なんで僕が神様なんですか？　昔ちょっと会っただけなのに……冗談とか？」

取り乱していた深雪は衣を正すと何事もなかったかのように振る舞う。

「わかりましたわ、そこの遠山さんにもわかるようにご説明しましょう。我が神である光太郎様が私の前に降臨し御言葉を告げてくれたあの日の事を――」

そして深雪は立ち上がると宣教師のように振る舞いだすと、腕に見えない聖書を抱《かか》えているかのように語りだす。

「当時の私は非常に病弱でした。満足に学校に通えず友人もほとんどいなくて……」

青木も当時に思いをはせるように頷いた。

「部屋で悶々《もんもん》と過ごし、外の景色を眺め家庭教師と決まった時間勉強するだけの日々、鳥かごの鳥の方がましでしょうね」

その言い方ヒドくない青木さん、と光太郎と花恋は胸中でツッコんだが当の深雪は気にせず淡々と自分語りに勤《いそ》しむ。

「そんな時でしたわ、一人の少年の姿をした神が私の前に舞い降りましたの」

「それが、光太郎君？」

尋ねる花恋を深雪はキィ！　と睨みつけた。

「気安く私の思い出話に割り込んでこないでくださいまし！　今、浸っておりましたのに」

そんな彼女は光太郎の前であるということを思い出し、咳払《せきばら》いして気を取り直した。

「コホン、コッホン。御園生家のご家族様が私の家にご挨拶に来たときですわ、同い年の光太郎様は私の部屋にいらしてくれました」

子供同士で遊んでいらっしゃい……というよくある流れを「神降臨」と言い切れる深雪に花恋は白い目を向けていた。

「人見知り、ましてや同学年の男の子となんてほとんど会話したことのない私でしたが光太郎様は自ら話題を振ってくれて……素敵なお時間でした、えぇ」

でもそれだけで「神」というのは少々飛躍しすぎでは……

そんな疑問が二人の脳裏によぎると深雪はそれに答えるように演説を続ける。

「自然と話題は私の体調の話になりました。病弱だけどいつか学校に通いたい、健康な体になりたいと私は自分の願望を打ち明けましたわ……光太郎様はなんと答えたと思います？」

「いやぁ、気になりますね」

タイミング良く合いの手を挟む青木。この「ご高説」を何度も聞かされているだろうことがうかがえる。

「光太郎様曰く――好き嫌いせずたくさん食べて少しずつ運動していけばいいのでは……と」

「孔子曰く」っぽい入り方で実に普通のこと……言ったであろう光太郎本人がまるで滑ったような感じで苦笑していた。

「結構普通の話でしたね」

「え？　それだけなの？　構えて損したなぁ」

ちょっと不満げな花恋に深雪は真摯な顔を向ける。

「はい、それだけですが……私にとっては衝撃的なお言葉でした。なんせ会う医者会う医者全員諦《あきら》め半分でしたから」

そして深雪は目を見開いた。

「しかし、初めて前向きな言葉をいただいた私はその日から変わりました。納豆も梅干しも人参《にんじん》も残さず食べ、ビタミン剤や青汁を毎日飲み、西に東に自分に合った健康食品を見つけては摂取し続け――」

「あの頃のお嬢様は人が変わったかのように健康オタクになり、運動も進んで行うようになりました。腕立てなんて姿勢すらできなかったのに今ではもうギュンギュンと……」

ほろり涙する……ふりだけする青木、顔は真顔である。

「そしてっ！　ついに私は病《やまい》を克服しましたわ！　お医者様はたまげながらこう仰《おつしや》られていました『神の奇跡だ……』と」

「そのまま受け取ったんだ、そのオーバーリアクションを」

話を聞くに大げさな態度を取るお医者さんの言葉を額面通り受け取り、光太郎＝神の図式が完成したようである。

崇拝《すうはい》型ヤンデレ、ここに極まれり。

花恋は従姉妹《いとこ》の妄想癖のとがり具合にほとほと呆れていた。

話が一段落したところを見計らい青木がまとめに入る。

「とどのつまりバカ正直に言われたことをやったらプラシーボ効果的な何かも相まって健康体を手に入れた……ということです。まぁ元々メンタルからくる病気だったので、必要なのは薬ではなくちょっとした切っ掛けだったというオチです」

「アハハ……歯に衣《きぬ》着せぬまとめですね」

「お褒めにいただき光栄です」

飄々とした態度で雇い主を「バカ正直」なんて言ってのける青木……実は一番やばい人なん

じゃないかと光太郎と花恋は疑いだしていた。

「とにかくお医者さんの一言でここまでこじらせるなんて、子供じゃないんだからさぁ」

諭《さと》すような花恋の言葉に深雪は耳を傾けず睨みつける。保護したての野良猫が如《ごと》くフシュー！

と唸っていた。

「だまらっしゃい！　光太郎様はどう足掻《あが》いても私の神に変わりはありません！」

「足掻いてもの使い方それで合っている？　この崇拝型ヤンデレっ！」

ツッコみに疲れ肩で息をし始める花恋に今度は深雪が言及する番になる。

「というわけで私には光太郎様をお慕いする明確な理由があります！　しかし貴女は……貴女の方こそ理由がないと思いますが。まさか光太郎様が御園生グループの御曹司《おんぞうし》であることに気がついて利用しようと企《たくら》んでいるのでは⁉」

これに対して花恋は真っ向否定する。

「本当に知らなかったんだって！　そもそも……告白してきたのは光太郎君の方だし」

強気な態度で正論を放つ花恋に深雪は言いがかりで応戦する構えを取った。

「シャラップ！　ア〜ンド！　ノーコメンッ！　ですわ！」

「直訳すると『反論できないから黙れって』ことカナ？　自分からふっかけてきた論議で白旗上げるのはさすがにダサいよ」

「ええい！　その事実も認めておりません！　正直今でも何かの過《あやま》ちだと思っております！」

「過ちってどういうこと！　人の告白を過ちって！　光太郎君も何か言ってよ！」

「あ、うん、えっと」

しかし実際「告白間違い」をした光太郎は口ごもるしかない。

言葉に困る光太郎を見て深雪は都合良く解釈しだす。

「やはりそうですわ！　私との過去を思い出した今！　光太郎様の心は私に傾いているはず！」

「忘れていた時点で脈なんてないと思うんだけど！　心電図ピクリとも反応していないよ！」

「あぁ言えばこう言う……みっともないったらありゃしませんわね！」

「どっちがだよ！　本当にどっちがだよ！」

深雪の理不尽さに声をからしてツッコむ花恋。

困惑をよそに深雪は持論を続ける。

「というわけで、心の片隅《かたすみ》にいた私の面影《おもかげ》を親戚である貴女から感じ取ってしまい告白相手を間違えてしまった……そうでなければ貴女に告白する理由など皆無と言っても過言ではありません！」

「いやいや、私が魅力的だったとか……でしょ？　光太郎君」

「あ、えっと……」

「なんでそこで口ごもるかな！」

思わず首元を締め上げてしまう花恋。フロントチョークが見事に炸裂《さくれつ》し光太郎は一瞬でブラックアウトしそうになる。

「少なくともこのチョークへの技の入り方は魅力的ですね」

青木が淡々と技の評価をしている横で深雪は青筋立てて二人を引き離す。

「離れなさい！　私の前で密着など……いえ、どんな場所でも密着は許しません！」

「残念でした〜もう今日デート中に密着しています〜」

あっかんべーをする花恋。まるで子供な煽《あお》りように深雪の怒りのボルテージはさらに沸騰《ふっとう》する。

「こんの……そもそも貴女こそ、たくさんの殿方を振っておいてなんで光太郎様だけ⁉　付き合う理由なんてないじゃないですか！」

それに対し花恋は困った顔で頭を掻いた。

「あ、いや、それはさ……頼りないしほっとけないからしょうがなく」

「仕方がないなら私にその座を譲りなさい！　ていうか光太郎様は頼りになります！」

「知ってるよそのくらい！」

即矛盾する花恋に今度は深雪が呆れたまなざしを向ける。

「ほんと、嘘《うそ》というかお芝居が下手くそですわね……これなら私の方が役者に向いておりますわ」

「素人さんはいつもそう言うんだ！　で、実際やってみると大体ガチガチになって足と手が同時に出ちゃったりするんだよ」

「あぁ、デビュー当時の貴女のように」

「それは言うなぁ！　悪いけど演技って奥が深いんだよ！　猫をかぶるのが得意だからってそれは違うからね！」

売り言葉に買い言葉。

深雪は頭を掻きむしって苛立《いらだ》ちを隠さない。

「ほんと口の減らない言い訳ばかりの方ですわね！　このまま光太郎様と付き合って取り返しのつかないことになったらと思うと私いてもたってもいられません！」

「取り返しのつかないことって？」

つい聞いてしまう光太郎。深雪は頬を赤く染めて答えた。

「き、キスとかですわ……まさかしていませんよね光太郎様！」

「さ、さすがにそれはまだ――だよね、花恋さん」

しかし「キス」と聞いて花恋の表情が一気に真っ赤《まか》になった。

「…………ま、まぁ、ね」

まるでキスがあったかのような間で答える花恋。

深雪は察したのか鬼の形相で立ち上がった。

「壁に手を突いて背中を向けなさい！　今すぐに！」

「なぜアメリカ警察が犯罪者をホールドアップする姿勢に⁉　花恋さん何か言ってよ！」

「あの時、微かに触れたんだよなぁ……絶対そうだよなぁ……」

「変な呪文を唱えていないで否定してよっ！」

声にならない声でブツブツ言い出す花恋。

辛抱たまらなくなったのか「許さん」と深雪はバンとテーブルを叩いた。

「もう許せません、一つ勝負と行こうじゃありませんか！　光太郎様をかけて！」

「勝負？」

疑問を頭に浮かべる花恋に深雪は不敵な笑みを見せた。

「えぇ……私、前々から思っておりましたの。もらう仕事は端役《はやく》かエキストラ、ＣＭとかでも台詞のほとんどないにぎやかし程度の役回りしかもらえない貴女より私の方が役者に向いているのでは……と」

光太郎は「やっぱり詳しいなぁ」と思いながらその言葉はあえて口にはしなかった。

「へぇ、さっきから思っているんだけど君私のファンかね？　だったらサインくらい書いてあげても良いんだよ」

「……親戚として『なっさけな』と思っただけですわ。ともかく――」

情けないを強調して深雪は花恋ににじり寄る。

「雌雄《しゅう》を決し私の方が貴女より上と証明して光太郎様を保護できる良い機会です。貴女が受けようとしている地元テレビ局の開局周年ドラマ、そのオーディションを私も受けますわ」

「「「ええ!?」」」

予想外の提案に花恋や光太郎はおろか青木も驚いた。

「えっと、それはお嬢様、いくらなんでも……」

「遠山花恋とどちらが優れているか、才気あふれるか白黒はっきりつけましょう!」

どうしてそこまで勝ち負けをつけたいのか……光太郎云々《うんぬん》抜きにしても、深雪からただならぬ執着心が垣間見える。

「長年努力してきた貴女がちょっと練習した私に万が一後《おく》れを取ったならば……正直光太郎様の恋人にはふさわしくありません」

「それとこれとは――」

狼狽える花恋だが深雪は鋭いまなざしで彼女を見やる。それは宣戦布告というよりも真剣勝負を挑む侍のような眼だった。

「劣等感を抱く自分にも、伸び悩んでいる貴女にも、少々歯がゆい想いがありますのよ」

この真摯な言葉に、花恋は少し黙ったあとこう答えた。

「光太郎君と付き合ったあとで嫌われたならわかるけど、その前から私のこと嫌っていたよね。昔は仲良かったのに」

「……昔の話です」

「なんで急に私に食ってかかってきたのか意味わからないけど、私が勝ったら教えてくれるよね。知りたいな、すごく」

この勝負受けて立つという彼女なりの返答だった。

そして花恋は光太郎に向き直る。

「ごめんね光太郎君、勝手にこんなこと決めちゃって」

「あ、えっと……」

少々「蚊帳《かや》の外」感は否めない光太郎。

一方、深雪は勝負を受けると聞いてハッスルしだす。

「言質《げんち》取りましたわね青木さん！」

「はい、確かに、バッチリ『別れる』とＩＣレコーダーに」

「ふ、ふさわしいかどうかで！　別れるとは言っていないわよ！」

「――はい、ありがとうございます。あとは今の『別れる』を先ほどの台詞にくっつければ」

「うぇーい！　清々《すがすが》しいほどの捏造《ねつぞう》⁉」

完全に別れさせ屋的なムーブをかます青木さん、この人をその手の業界に解き放つことないよう桑島家がつなぎ止めているのではないかと逆に疑えてくる。

動かぬ証拠を取ったことを確認したあと深雪は勝手にまとめに入りだす。

「紆余曲折《うよきよくせつ》ありましたが神はあるべきところに収まりそうですね。結局、もっと早く名前を告げようとしなかった私に問題はありました。そうすればちゃんと、あの告白は私、桑島深雪が受けれたと後悔するばかりです」

崇拝型ヤンデレであることをもはや隠そうともしない深雪は顔に手を当て喜悦《きえつ》の表情だ。

そんな悪魔染みた笑みの彼女に花恋は反論する。

「最終的に選ばれたのは私、もし、あの時の事を忘れていたとしても、選んでもらえたの。そして今は私の彼氏なの。彼氏とのデートの最中にさらってお見合いなんてっ！」

「自分がやっていたらロマンス、相手がやったら浮気……そういうネロナンブル体質なところが好きじゃないと申しているんです」

「なっ！」

「そうやって都合よく考えているからお芝居が未《いま》だに下手なんですよ！」

「ななな っ！」

過去を引き合いに出す深雪と今を声高《こわだか》に叫ぶ花恋。

そこに騒ぎを聞きつけたお店の人間がやってきた。

「どうされました桑島様、御園生様」

深雪はお店の方ににっこり笑うと何事もなかったかのようにお茶に口を付ける。

「いえ、何の問題もありません」

それはこの場の事だけでなく花恋とのいざこざも想定内と言わんばかりの、強気の姿勢でもあった。

これ以上騒ぎを起こしたら大事だ、そう察した光太郎は憤る彼女をなだめる。

「花恋さん、ここは一旦《いったん》――」

ヒシッ。

これ見よがしに彼の腕にしがみつく花恋。自分のものアピールなのか、それとも怖さか……

恐らくその両方だろうと察した光太郎は深雪と青木女史に一礼すると彼女をしがみつかせた
ままこの場を後にする。

桑島深雪は目をつぶっていた。そしてこみ上げる何かを飲み込むようにお茶に口を付けるの
だった。


同時刻、水族館のキッズコーナー。

光太郎がアクロバティックに拉致《らち》られたその裏で――

「ぐぬぬ……」

三人の男が複数の学生に取り囲まれているという状況がキッズコーナーで展開されていた。

もちろん囲んでいるのはジロウたち1-Aのクラスメイトで囲まれているのは神林先輩らで
ある。

子供たちがキャッキャしている和やかな空間に似つかわしくない剣呑《けんのん》な空気。

「ママ〜何あれ〜」「シッ、見ちゃいけません！」というお約束のやり取りに気まずく思いながらジロウは神林先輩らに問いただす。

「何で二人の邪魔するんですか、男の嫉妬は見苦しいですよ」

他のクラスメイトも同じ思いなのか無言の圧を彼らに向けていた。

神林らもちょっとやりすぎているのではないかと自覚はあるのだろう、申し訳なさそうにうなだれていた。

「黙ってないで何か言ってくださいよ」と丸山。

神林らはまるで追い詰められた犯罪者のように吐露しだす。

「仕方なかったんだよ、色々あって、ちょっとやりすぎかと思ってはいたけどよ」

「思っていたのならなおさらですよ」

「いや……報酬もらう約束しちゃったし」

バツの悪そうな顔をする大森をジロウが覗き込む。

「報酬？　金で人の恋路を邪魔していたってか⁉」

あきれ果てる1-Aのクラスメイトに木村が首を横に振って弁明する。

「違う違う、金じゃねぇ」

「じゃあなんすか」

「……バレンタインデーのチョコレートをもらえる約束をしたんだ！　男として断れるか⁉」

涙目で訴えかけるが丸山含めた女性陣は軽蔑《けいべつ》の眼差《まなざ》しだ。

「はぁ？　チョコ⁉　何言っているか全く意味わからないんですけど⁉」

嫌悪感あらわに眉根を寄せて顔を見合わせる女性陣。

だが、ジロウら男性陣は神林先輩らの気持ちがわかるらしく「心中お察しします」と同情の素振りを見せた。

「「「なら仕方がないか」」」

「仕方なくないわよ、何よそれ」

真顔でツッコむ丸山にジロウは誤魔化すよう咳払いを一つして話を続ける。

「とりあえず今回は不問にしますが、もう光太郎たちに絡まないでくださいませんか」

「ぬぅ……」

「私たちから見てもあの二人はお似合いなので、お願いします」

頭を下げるジロウと丸山。

後輩に懇切丁寧《こんせつていねい》にお願いされ神林先輩らはぐうの音《ね》も出ない。そして、彼らは答える代わりに別の疑問を投げかけた。

「何でだよ……」

「はい？」

「なんでお前らそこまで竜胆光太郎に世話を焼くんだよ」

神林の言葉に大森らも続く。

「そうだ！　ただのクラスメイトがどうしてそこまで！」

「あの男のどこに魅力があるんだ！　それこそ金でも握らされたのか⁉」

クラス総出でフォローされている光太郎をずっと不思議に思っていた神林らは「おかしいだろう」と訴える。

「竜胆光太郎」のどこにそこまでする魅力があるのか自分たちの不甲斐なさをすり替え怒りをあらわにした。

「きっと遠山さんも竜胆に金を――」

「違えよ、黙れ」

刹那《せつな》、今まで見せたことのないすごい剣幕でジロウが神林先輩らを睨みつけた。他のクラスメイトらも同様に睨み先輩らはタジタジになる。

「え、あ、う……スマン」

「俺らは金で動いちゃいない、ここにいる全員好きで光太郎の手助けをしているんだ……いや、正確に言うと恩返しをしたくて、だな」

「恩返し？」

言葉を聞き返す神林らの前に巨漢の仲村渠がズイッと前に出た。

「中学の時にアマチュアボクシング部が部員不足で廃部の危機になったさ」

「アマチュアボクシング……まさか」

一度も試合をしたことがないのにアマチュアボクシング部に所属していたという光太郎の話を思い出した神林らは目を丸くした。

「その時、二つ返事で入部してくれたのが光太郎なんだ。他の部と掛け持ちなのにちゃんとトレーニングにも付き合ってくれた……あいつは最高の男だぜ」

その言葉に頷きながら国立が続く。

「私の所属していた鉄道研究部のお手伝いもしてくれました、文化祭の忙しい時期でも嫌な顔一つせず……彼は名誉鉄道部員です」

続いて丸山も頷いた。

「断れない男なんだよね～光太郎君。陸上部にも所属して競歩でインハイ一歩手前までいったんだよ」

「オデ、日本語喋るの下手デ……でも光太郎ハ色々教えてくれタ」

学力はあるがコミュニケーション能力の低い山本・ボブチャンチン・雅弘は手を合わせ「南無阿弥陀仏《なむあみだぶっ》」と心からの感謝をしていた。

そして次々とクラスメイトの口から光太郎への感謝が述べられる。

「あれを手伝ってくれた」「これを手伝ってくれた」という言葉にジロウは「断れない男だからなぁ」と自分のことのように嬉しそうだ。

そして苦笑して神林先輩らに向き直る。

「あんただって助けられているハズなんだぜ、神林先輩」

「お、俺がか？」

「あぁ、あんた商店街の蕎麦屋《そばや》の息子だろ、だったら覚えているはずだ。商工会の幹部が不正で私腹を肥やしていて商売が苦しかった時期が」

「あぁ、商工会が何もしないから客足も途絶えて周りも店を畳む寸前までいったな」

それが何かと神林。

ジロウは口の端に笑みをためて語り出す。

「あの悪徳商工会幹部を告発したのが光太郎だ」

「はぁ⁉」

素《す》っ頓狂《とんきょう》な声を上げる神林。ジロウは「まぁ驚きますよね」と苦笑してみせた。

「俺、和菓子屋のせがれで、私腹は肥やすくせに仕事は何もしない商工会にははらわたが煮えくり返る思いでさ。で、光太郎に相談したんだ、『困った、助けてくれ』って。そしたらアイツ苦笑いしながら『僕が何とかしてみるよ』って……」

この話に神林先輩らは目を丸くして驚いている。

「本当なのか⁉　中学生が⁉　ついこの間までランドセル背負っていた子供だぞ⁉」

「ウソはつかないぜ。部活や学校行事を手伝う感覚で商工会の悪事を突き止めて証拠も集めてよぉ……」

光太郎が商工会のゴミ袋をこっそり回収し分断されたシュレッダーのくずを一つ一つ伸ばして台紙に張り付け元通りにして不正の証拠を手にした話をまるで自分の自慢話のようにジロウは語る。

「シュレッダーを⁉」

「あぁ、それも袋いっぱいの細い紙くずを吟味《ぎんみ》してさ。パンパンのゴミ袋四つ分のシュレッダーかけられた書類くずの復元作業。あいつ、その作業しながらなんて言ったと思う」

「なんて言ったんだ？」

「発掘作業みたいで楽しいね……だってさ。ろくに寝ていない三日目でこの台詞だぜ」

よっぽどの忍耐力なのかズレているのか……空恐ろしさを感じる神林たち。

人づてに聞いても身震いする忍耐強さに部員たちは浅く息をのんだ。

「ついでに桐郷湖のキッシー騒動もアイツの自演だ、『地元の名産品のアイディア一緒に考えようぜ』って頼んだらゴミ捨て場の浅黒いカーペットを発泡スチロールに巻いて加工した写真を新聞社に送りつけて――」

「加工技術エグかったなアレ」

「いやはや、ディープフェイクといっても過言ではありません」

「オデ、知ってル、あの写真で恐竜学会ガ採《も》めたらしイ」

と、光太郎の思い出話に盛り上がりだす1-Aのクラスメイト。

「それついでか？」

もうお腹いっぱいと神林らのツッコむ勢いも失《う》せていた。

「そんで新聞社に売り込んでキッシーを地元名物にして……俺の家はキッシー饅頭《まんじゆう》のおかげで廃業寸前から息を吹き返したんだ。そっちだってキッシー関連で客足が持ち直したろ？」

ある日を再開にキッシー騒動で商店街や地元一帯は持ち直した……いや、サブカルチャー的な名産が生まれたことで昔より潤《うるお》っているのが現状だ。

「あれを竜胆が……一人で……」

神林の口からは呆れと感嘆が綯《な》い交ぜになった声が漏れていた。

「そういう男なんだよアイツはさ。人の人生を好転させてくれる妖精《ようせい》みたいな存在、仲間はもとより高校からの付き合いの奴《やつ》もアイツの良さに惹《ひ》かれているんだ」

「それを魅力と言わずに何なんですか？　女子目線から見ても最高の男ですよ、あの子は」

ジロウ、そして丸山は真摯なまなざしで先輩たちに訴えた。

その言葉が視線が神林らの胸に突き刺さり彼らはついにはうつむき黙り込んだ。

「もうこれ以上、光太郎の邪魔はしないでくださいよ」

それだけ言い残しジロウらクラスメイトは神林たちの前から引き払う。

「あいつ、スゲーやつだったんだな……」

商店街の評判がすこぶる悪く、地域活性なんて名ばかりのお題目を掲げて意味のない集まりで酒ばっかり飲んでいた商工会の幹部たち……

神林もジロウ同様、子供ながらに腹を立てており、いつしかぶん殴ってやろうと思っていた。

その矢先に幹部の失脚。それを光太郎がやってくれたと知った今、今まで抱えていた憤りはどこかに漏れ流れ心に残るは虚無感しかなかった。

「神林……」

自分の実家を救ったのは光太郎だった。

商店街の件を知っている木村と大森はかける言葉が見つからない。

「すまん、もう、行こう」

圧倒的敗北感に打ちのめされた神林先輩らはすごすごと水族館をあとにしたのだった。


時間は流れ、喫茶マリポーサ。

閉店時間も間近だからだろうか、店内に客はまばら。

その隅っこの席に花恋と光太郎が向かい合って座っていた。

「……」

さきほどあんな事があったばかりだからだろう、ちょっぴり空気は重い。

叔父の譲二も競馬新聞を読むフリをしてチラチラとその様子を見やっていた。

「――のぅ光太郎、コーヒー煎《い》れたんで運んでくれ」

ついに気になって辛抱たまらなくなったのか、コーヒーを運ぶのを口実に光太郎を呼び出す。

「……なぁ光太郎、何が起きたんじゃ?」

コーヒーとホットサンドを渡した譲二は小声で尋ねる。

光太郎は困ったような笑顔を彼に向けた。

「いや、説明するのは難しいかな?」

「修羅場《しゆらば》を乗り切るコツを教えちゃろか? ただただ平謝り、コレに尽きる」

「貴重なアドバイスありがとさん」

それだけ言うと光太郎は花恋の元に煎れたてコーヒーとホットサンドを持って行く。

「ん、おまたせ。叔父さんのお手製ホットサンド。これ美味《おい》しいんだよ」

「おぉ、卵が良い感じだ。あんがとあんがと。いたーきやーす」

重い空気を何とかしようとしたのか、ややわざとらしくおどけた表情で花恋はホットサンドにすぐ手を伸ばす。かぶりつくとトロットロの半熟卵がはみ出す実にジューシーな一品だった。

「いやぁ美味しい、ゴメンね営業中にお邪魔して」

頬張りながら謝る花恋に光太郎は気にしないでと手を振る。

「いいのいいの、この時間は人少ないから。僕なんてたまにここで勉強させてもらっているし」

「あぁ、保健体育の?」

「こんなにもどんなリアクションすれば正解なのかわからないボケも珍しいよ」

ツッコむ言葉が見当たらない光太郎はこめかみを指で押さえる仕草を見せた。

「はっはっは、悩め若人《わこうど》……うん、美味しい」

彼の困り顔を見て調子を取り戻した花恋は楽しそうに笑うのだった。

和らいだ雰囲気になったところで光太郎は先ほどの気になる話題に切り込んだ。

「深雪さんと親戚だったんだね」

花恋は小さく頷いた。

「うん私のお母さんね、桑島家の人間でさ、深雪のお母さんと姉妹なの……あまり大きな声では言えないけどね、家から出て行った身だからさ」

「そうなんだ、言いにくい話ならこれ以上聞かないけど」

気を遣《つか》う光太郎に「いいの、聞いて欲しいの」と花恋はゆっくり語り出す。

「大丈夫、事件とか事故とかじゃないから。私のお母さん好きな人ができて……その人は家柄的に釣り合わない人だったから、半《なか》ば駆け落ち同然で家を出て行ったたってだけ」

花恋の語り口はロマンスに憧れる少女のようであり両親二人を愛していることが伝わる語り口だった。

「でも……私のお父さん、お母さんを少しでも楽させたいと頑張りすぎて体を壊してしまって、それで……」

「そうだったんだ……」

空気がまた重くなってきたのを察して花恋はまた努めて明るく振る舞う。

「アハハ、今は本家との関係は良好だから安心して。むしろ戻ってこいという話もあるくらいだし。というわけで『桑島深雪』とは昔からの付き合いだったんだ」

未だ「桑島深雪」と花恋は呼ぶ。

「幼稚園のころまでは仲良かったんだよ。病弱だった彼女は同い年の友達が私くらいしかいなくて何かあったらすぐ連絡くれて……でも急に疎遠になったの」

あの頃は楽しかった——

言葉の裏にそんな思いが隠されていると光太郎は感じ取る。

徹底した他人行儀は壁を作らないと心が持たない裏返しなのだろう。

「そうだったんだ、仲良かったんだ」

「そして戻ってくる来ないの件で中学の時かな？　一度桑島のお屋敷にお呼ばれしたことあって。そこで私は桑島深雪と再会したの」

嫌なことを思い出し、口が渇きだしたのか水で口内を潤わせる花恋。

苦しいような悲しいような、そんな表情で彼女は言葉を続ける。

「再会した彼女は私に敵意を剝《む》き出しだった。健康になったことを『良かったね』って言ったらものすごい形相で……」

「ものすごい形相……」

先ほどの深雪を思い出し「あ、それは怖い」と光太郎は身震いした。

「桑島の人間としての苦労、貴女にはわからないでしょうね――って、言われてそれ以来」

そして、遠い眼差しで喫茶店の外を眺め言葉を続ける。

「まさか数年後に桐郷高校で再会するとは思わなかったしオーディションで勝負なんてすることになるとは考えもしなかったよ。あ、君をかけて勝手に勝負を受けてゴメンね」

意地を張って受けてしまったと花恋は自嘲気味に笑い謝った。

「ううん、気にしないで」

優しい光太郎の言葉。しかし花恋はややご不満顔だ。

「おっとぉ、私は君のその反応を気にするなぁ。私が負けたら別れることになるんだよ、そこは嘘でも別れたくないって泣きじゃくるべきだよ」

「泣きじゃくるべきって人生で初めて言われたんだけど」

「べきさ、べきだよ。いやぁ光太郎君の泣き顔想像しただけでご飯が進むね」

光太郎をイジって完全に調子を取り戻したのか花恋は柔らかく微笑んだ。

ひとしきり笑ったあと、話題は光太郎の話に移る。

「ところで光太郎君。あの件は本当なの？」

「……僕が『御園生』の人間って事？」

声を潜める光太郎。御園生の名前は桑島と並んでこの辺ではかなり大きい。いや、「御園生グループ」として色々な事業に手を染めている分、町の人には大地主の桑島家より身近かもしれない。

光太郎は頭をポリポリ掻いて身の上を話し出す。

「本当さ、竜胆は叔父さんの名前を名乗らせてもらっていて本名は『御園生光太郎』なんだ」

「え、じゃあ、あの叔父さんも御園生の人間なの？」

花恋は光太郎の本名より、競馬新聞を眺めるふりをしながらこっちの方をチラチラ見て、常連客にオーダーを頼まれても「今忙しいんじゃ」と一蹴する坊主頭を見て驚き、懐疑のまなざしを向けている。

「疑う気持ちはわかる、御園生家のはみ出しものだからね」

「それはとりあえず後回しにして……ところで何で名前を偽《いつわ》っているの？　訳あり？」

自分と似たような境遇かと尋ねる花恋。

光太郎は「大したことじゃないよ」と力なく笑って理由を答える。

「僕が断れない男っての知っているでしょ？」

「まぁね、部活を四つほど掛け持ちしたり商店街のお手伝いやお祭りにも当たり前のように駆り出されるし……」

光太郎は恥ずかしそうにコーヒーを口に運んだ。

「人の頼みを断れない性格じゃいつかグループ全体を傾けてしまう、家を継ぐのにふさわしくないと思ってさ。それを改善するべく『ちゃらんぽらん』で名の知れた譲二叔父さんの家に転がり込んだってわけ」

「なるほど、毒をもって毒を制するってわけか。学びすぎるのもアレかと思うけど『断れない男』の光太郎君ならちょうど良いのかな」

客商売のくせにお客さんの注文を断れるメンタル……譲二の方を見て花恋は苦笑する。

「まぁおかげで家柄とか気にせずのんびりできるし叔父さんとも仲は良いし、良いことずくめなんだけどね」

光太郎が御園生であることを確認したあと、花恋はアンニュイな表情を浮かべた。

「でもまさか、あの子と接点があったなんて思わなかったわ……そして、あと、えっと、なんていうか、あんなキャラに仕上がっていたなんて」

花恋にとっては光太郎が御園生の人間だったよりも、深雪がハンカチに染みこんだ汗を吸入して心の安定剤にするような輩になっていたことにひどく驚いている様子だった。

それについて光太郎は自分の見解を述べる。

「確かにいきなり豹変してビックリしたよね……でもさ、僕はアレ演技だと思うよ」

「え、演技？」

訝《いぶか》しげな顔の花恋に光太郎は続ける。

「だって豹変しすぎだもん、アレは演技か何かでしょ絶対」

「人間、自分の想像力やキャパシティを越えた存在は虚構と捉《とら》える傾向があるって聞いたけど……本当だったんだね」

ある意味ピュアな光太郎に一周まわって感心する花恋だった。

「きっとさ、花恋さんに発破《はっぱ》をかけるためにあえてあんな振る舞いをしたんだよ。深雪さんって信念持って自立している人だからさ」

こうと決めたら揺るがない信念の持ち主——と、光太郎は深雪に信頼を寄せている。

かなり良いように捉えているのはきっと自身が「断れない男」ゆえの憧れの部分もあるのだろう。

「信念、ねぇ……まぁ、知らぬが仏っていうし」

それが光太郎への神格化と劣情を煮詰めて生まれた闇《やみ》だと花恋はあえて言わなかった。

深雪を「信念のある自立した人」と信じて疑わない光太郎はなおも続ける。

「オーディションだって『私も挑戦するから一緒に頑張ろう』的なやつだよ。別れろってのも多分……冗談だと思うよ」

コーヒーを口に運び楽観的に考える光太郎。

だが花恋の表情は曇る。そして空になったお冷やのグラスに映る自分の顔を見やりながらポツリポツリと話し出した。

「もしそれが冗談じゃなかったとしたら、別れるの？」

「え？」

その問いに光太郎は思わず口ごもってしまった。

別れることは光太郎にとっては都合の良いはず……告白間違いする前の普通の生活に戻れるようになる。後腐れなく別れるには「花恋と深雪の遺恨勝負」はむしろありがたいことと言えよう。

だが――

（この関係が悪くないと思っている自分もいるんだよね）

間違いで始まった彼氏彼女の関係。

『絶対損はしないから』

ジロウの自信のこもったあの一言、今ならなんとなくわかると光太郎は自嘲気味に笑う。

そして真剣なまなざしを花恋に向けこう言い放った。

「僕は、花恋さんの彼氏だよ」

「え？　きゅ、急にどうしたの」

光太郎は柔らかく微笑む。

（うん、間違いとはいえ、今は花恋さんの彼氏なんだ。彼氏だったら彼氏の立場を全うし、彼女のために全力を尽くすべき……だよね）

今の自分の気持ちがなんなのか、花恋が好きなのか、淡い何かは恋心かわからない。

だが今、誰が何と言おうとも自分は遠山花恋の彼氏である。だったら迷うことない……光太郎は花恋を応援することを決意したのだった。

――告白は間違いだとしても、今の花恋を応援したいという気持ちは本当なのだから。

「だから全力で応援するさ、自信のない花恋さんの尻をひっぱたくよ」

「……言ったなコイツ。本当に引っぱたいたらセクハラだぞ」

気を使った光太郎の言葉と真摯なまなざし。

花恋はその包容力のある眼差しで重たかった表情がほどける。

遠巻きに見ていた叔父の譲二は何やら息子の成長を見届けるような笑みを浮かべていた。

「アハハ、そうする必要ないように頑張ってね……うん？」

その時である、窓の外から妙な視線を感じた光太郎はクルッと振り向く。

そこにいたのは――

「ニヤァ……」

満面の笑みでニヤけているジロウと光太郎のクラスメイトたちがそこにいた。

「――フガッ⁉　じ、ジロウ⁉」

「よろしくやってんなぁ、親友」

窓の外でワイワイやっているクラスメイトたちはそのまま喫茶店店内に流れ込んできた。

「な、なんでみんなが⁉」

花恋も同様に驚いている。

そんな彼女の隣に丸山がぎゅうぎゅうに詰めて座る。

「いやぁ水族館ではお楽しみでしたねぇ」

仲の良い女友達のニヤニヤ顔に花恋は全てを察した。

「まさか……もしかしてつけていたな⁉」

「ご名答! みんな心配でね」

と、丸山は悪びれる様子がない。むしろ良い仕事したと爽《さわ》やかな表情ですらある。

「いやぁ、久しぶりに海の生き物が見れて嬉しかったさぁ」

沖縄出身の仲村渠も巨体を揺らしご満悦の様子だ。

「ええ、全然気がつかなかった……え? 今までずっと?」

「途中色々あってなぁ、気がついたら急にいなくなってびっくりしたぜ」

疲れた様子のジロウ、気になる光太郎はそれとなく尋ねる。

「色々? 何かあったの?」

「はい、ちょっとした車内清掃や車内点検のようなものです。不審なものや不審人物のチェックをしておりました」

無用な心配をさせないよう神林先輩らが付け狙っていたことはあえて伏せて、国立は得意の鉄道ネタで誤魔化した。

「で、どうだったの？　花恋ちゃんデートの感想をどうぞ」

「感想って⁉　それ彼氏の目の前で言うのはいかがなものだよ丸《まる》ちゃん⁉」

「遠回しに改善点の要求ができる機会を与えているんだよ花恋ちゃん。で、いかがでしたでしょうか？」

丸山のヒーローインタビューな動きに呆れる花恋。

そんなクラスメイトらが押し寄せてきていることに気がついた譲二はタバコをもみ消して立ち上がる。

「おぉ？　なんじゃ和菓子屋のせがれと光太郎の友達か」

「おじさん、お久しぶりです」とジロウ。

「この人が竜胆君のお父さん？」「違うよ、確か叔父さんだよ」「全然似てないね～」

初対面の同級生に思い思いのリアクションを取られ譲二は恥ずかしそうに坊主頭を撫《な》でながら笑う。

「まぁ立ち話もなんじゃ、今席を空けてもらうからちょっと待っとれ」

そう言って譲二は常連客に席を移動してもらうよう頼み込んだ。

やがて禁煙席はちょっとした貸し切り状態に、譲二も子供の友達に手料理を振る舞う感覚でパパッと軽食を作ってあげた。

「オデ……コレ、食って良イ？」

訥々《とつとつ》とした雰囲気で尋ねるボブ。譲二は屈託《くったく》のない笑みで皿を勧めた。

「おう、ええぞ。金なんて取らん」

「ありがと！　竜胆君の叔父さん」

丸山は早速ホイップたっぷりのワッフルを頬張る。

褒め言葉に気を良くした譲二は豪快に笑った。

「ガハハ、惚《ほ》れるなよお嬢ちゃん！　ワシの心は今一人の女性に向いとるからのぉ――」

「この話長くなるから聞き流した方が良いよ」

「本当に性格違うよな、お前と叔父さん」

そんな感じでクラスメイトの登場により色々と有耶無耶《うやむや》になったが、花恋を頑張って応援する、苦手だったのに日々新たに見つかる彼女の魅力に楽しんでいる自分がいる。

光太郎は花恋に向き直り改めて宣言した。

「とにかく、僕は全力で応援するしできる限りのお手伝いするさ。だって僕は花恋さんの彼氏なんだもの」

その言葉に対し、花恋は頬を染め俯《うつむ》いた。

「ありがとね、『また』助けてくれてさ」

「うん？　また？」

何やら含みのある言葉に首をかしげる光太郎。花恋は誤魔化すように全力ではしゃぎだした。

「……何でもないよ。って、このサンドイッチ美味しっ！　やっぱりコツはアレかな？　出来上がりに『美味しくなぁれ萌え萌えキュン』ってやっているのかな？」

「あの叔父さんが？　想像しただけで食欲なくなるから止めてよ」

そんな二人のやり取りを見ていたジロウはニンマリと笑っていた。

「どうしましたかジロウ君、喜悦満面の笑みを浮かべて」

「いやなぁクニ、予想通りすぎると笑えることってないか」

「定刻通り電車が来るのを見ると自然と笑みがこぼれるのと同じアレですかな？」

「よくわからんが多分その通りだ」

鉄道マニアの国立の例えに苦笑しながらも光太郎と花恋の仲が進展していっているのを喜んでいるジロウだった。

第5話 彼氏として全力を出さないわけにはいきません！

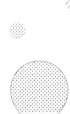

少しでも家計の足しに……と、軽い気持ちで始めた読者モデルの仕事が反響を呼び、私は弱冠十三歳で大人気のモデルになった。

極貧生活で培《つちか》った「少ない衣服を上手《うま》く着回す」というテクが役に立ったのだから世の中わからないものだ。

この大当たりに私をスカウトした事務所社長もご満悦。社員さん曰《いわ》く「毎日が二次会のテンション」だったそうだ。

「いや〜花恋《かれん》ちゃんには光るものがあるとずっと思っていたのよ！　今や飛ぶ鳥を落とす勢い！　この勢いでタレント業にも進出しちゃおう！　営業かけるから期待していてネッ！」

「マジっすか！　あざっす！」

しかし、その発言のその翌日。

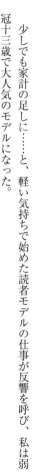

「ゴメン、仕事全部キャンセル入っちゃった」

「マジっすか！　……え？　マジ？」

順風満帆《まんぱん》かと思ったが思わぬ事態に私は大混乱。飛ぶ鳥を落とす勢いから一夜で落ちゆく鳥にジョブチェンジとは、にわかに信じられない話だった。

「急に何が起きたんですか⁉　昨日までマルチタレントだーとか……え？　ドッキリ？」

「ドッキリだったらどれだけよかったか……ほらモデルの仕事の勢いのままタレント活動に手を伸ばそうとしたじゃない」

社長曰く、その行為がこの辺で幅をきかせている悪徳商工会の琴線に触れたらしい。

わけがわからず私は片言でうろたえた。

「アイエー商工会⁉　商工会ナンデ⁉」

どうやら商工会の幹部が他《ほか》の芸能事務所と懇意《こんい》らしく、新進気鋭の若手である私を潰《つぶ》そうと全力でコネを使い方々に圧力をかけているとのこと。悪徳商工会の幹部は元反社との黒い噂《うわさ》もありアンタッチャブルな存在だそうだ。

「……なんてこったい」

というわけで順風満帆から一転、私は収入を絶たれることになってしまう。

嗚呼《ああ》、また期限ギリギリの半額M玉をゆで卵にしてお昼ご飯とする日々が続くのかと悩む私……だが数日後、その悩みはあっさりと解決する。

ある日の夜半。私が事務所でのレッスンを終え商工会の前を通ったときのことだ。

「こんにゃろめ」

憎しみを込めてまだ灯《ともしび》のともる建物を睨《にら》んでいる時、ゴミ捨て場から何やらガサゴソと音が聞こえる。

そこには一生懸命ゴミ袋を懐中電灯で透かして何かを探している少年の姿があった。

「やっぱやめようぜ光太郎《こうたろう》」

遠くの方からまた別の少年の声が聞こえる。

そのワックスべったりで「爆食ワイルド系ラーメン」を彷彿《ほうふつ》とさせる頭髪から彼が長男なのにジロウと呼ばれている同級生であることを思い出す。

「もう少し待ってよジロウ、もうちょっとで見つかると思うんだ、不正の証拠」

顔に似合わず頑《かたく》なな光太郎と呼ばれた少年の返事。彼は鑑定するかのようにマジマジと中を見やっていた。

「でもよぉ、シュレッダーで粉砕されているんだろ？　見つけられるのかよ」

「一文字一文字チェックしているから問題ないよ、必ず見つかる」

やがてお目当ての何かを見つけたのか光太郎はジロウを手招きする。

「重要項目、受取人、安居《やすい》……これだ！　ジロウ、ダミーのゴミ袋を、早く！」

「お、おう。スゲーな」

ゴミ袋の数が変わって怪しまれないように代わりのゴミ袋とすり替える光太郎。そしてお目当てのゴミ袋を抱《かか》えると逃げるようジロウを促《うなが》した。

「これでよし、さぁ逃げるよ」

「お前、相変わらずここ一番で無茶するよな……って待てよ」

疾風《はやて》がごとく少年が去って行く姿を私はずっと目で追い続けていた。

しばらくして商工会幹部が元反社であることが大々的に取り上げられ、長年にわたる横領など全ての罪に問われることとなった。私の事務所への圧力もパッタリ収まり、めでたく仕事量も復活、やったね。

その背後には一人の少年がシュレッダーにかけられた不正の証拠、その数十枚にわたる書類をピンセットなどで復元し、それが決定打になったという噂がささやかれる。

噂はあくまで噂……しかし、その現場を目《ま》の当たりにした私は「少年＝同級生の竜胆《りんどう》光太郎」であることはわかっていた。

そして、気がついたら私は何かと彼に近づいてちょっかいを出すようになった……恩人以上の感情、それが恋だとわかるのはまだ当分先の話である。


某日、御園生《みそのお》本家。

郊外にある雄大な山の麓《ふもと》にある街。

そこに広大な敷地を有し歴史あふれる邸宅を構える、まさに「有権者の住処《すみか》」と呼ぶにふさわしいたたずまいである。

古めかしくも歴史漂う洋館。余談だがその雰囲気たっぷりの外観と内装ゆえにドラマ……特にサスペンス系の撮影が何度かあったようで、応接間には崖っぷちで犯人を説得する刑事役で有名な俳優のサインや金持ちの情事を盗み見する家政婦役で有名な女優さんの写真なんかが飾ってあったりする。

ドラマ撮影の依頼がくるほど豪華なお屋敷……それが光太郎の実家だった。

彼は今、実家の入り口の前にたたずんでいた。

「久しぶりだなぁ、何年ぶりだろ」

小学校高学年で家を出て譲二《じょうじ》の家に転がり込んでから身バレを気にするあまりほとんど帰らなかった光太郎。

「なんか、お屋敷小さくなったかな……あ、僕が大きくなったのか」

そびえる実家を見上げながら感慨深げに笑っている彼の元に執事たちが大慌《おおあわ》てで駆《か》けつけてきた。

「「「光太郎お坊ちゃん、よくお戻りに」」」

お坊ちゃん呼びにむず痒《がゆ》くなる光太郎は首筋を掻《か》きながら執事たちに尋ねる。

「急にごめんね、爺様《じいさま》いるかい?」

「もちろん、応接間でお待ちかねですよ」

「ありがとう」

それだけ確認すると足早に屋敷の中へと進む光太郎。

敷き詰められた年代物のカーペットの上を歩いたその先……応接間では頑強そうな老人が椅子《いす》に座って彼を出迎えていた。

「久しいな光太郎」

御園生鉄平太《てっぺいた》。

「御園生グループ」を立ち上げ、類希《たぐいまれ》なる商才でその名を轟《とどろ》かせた傑物《けつぶつ》である。

鉄平太はモスグリーンの着物を正すと毅然《きぜん》とした態度で光太郎を見やった。

引退したとはいえ未《いま》だに相応の権力を持っている人間。かつては指一本で街を動かせるとまで言われたほど。

鉄平太は圧迫面接なんて比ではない圧力を纏《まと》い光太郎に話しかける。

「どうした、まさかお金に困ってお小遣《こづか》いでも欲しくなった……という訳ではあるまい」

「そういうわけじゃないよ」

光太郎の態度を受け彼は不満をあらわに机をドンッと叩《たた》いた。

「欲しがらんか！　孫に金を使わせてくれぃ！」

「……これだよ」

威厳たっぷりな風貌《ふうぼう》とは裏腹に発する言葉は孫バカのそれである。

いや、どっちが子供かわからないくらい「使わせてくれぃ」を連呼していた。ほっとけば床を転げ回り出すかもしれない。

実は鉄平太、こう見えてかなりの孫バカである。

かつては経済の鬼と呼ばれあらゆる手を使って御園生の名を再興させた辣腕《らつわん》の持ち主だったのだが……引退してからその辣腕リソースは全力で孫に向けられているのだ。

小学校の代表に小一で抜擢《ばってき》、合唱コンを光太郎のためにコンサートホール丸々一つ借り切る、などなど……鉄平太主導の特別扱いは枚挙に暇《いとま》がない。

(これも家を出て行った理由の一つ……なんて言いにくいな、絶対爺様号泣するし)

複雑な表情を浮かべ、光太郎は「孫バカ欲」を刺激しないよう注意し会話を試みる。

「あのね爺様、金の無心で実家に戻る、そんなダサいことするわけないでしょ」

「孫なら許される！　違うか光太郎よ！」

会話にならないと呆《あき》れるしかない光太郎。黙っていたら何かと理由を付けて小遣いとして百万ぐらいキャッシュで押しつけてきそうな勢いだ。

「えっと、そうだ爺様、いきなりお見合いとかやめてよ。大変だったんだから」

仕切り直しとばかりに、いったん話題を切り替える光太郎。

このことに対して鉄平太は憮然《ぶぜん》とした態度を見せる。

「別にワシ悪くないもん、向こうからの申し出じゃし曾孫《ひいまご》を愛《め》でたいなと思うのは自然じゃろ」

「フツーじゃないって、まだ十五だよ僕。それはともかく――」

子供のように「ワシ悪くないもん」と口をとがらせている鉄平太。

機を見た光太郎は鞄《かばん》から雑誌を取り出し彼の前に突き出した。

「なんじゃこりゃ？」

光太郎は雑誌を開くとその中に記載されているドラマの公開オーディションの情報ページを指さした。

「実はね爺様、今日はちょっとお願いがあってさ……」

鉄平太はアゴに手を当てると真剣な表情になる。

「おうおう思い出したテレビ局の開局周年ドラマじゃな、局の連中がこぞって頭下げに来おったわい……なんじゃ出たいのか光太郎、ワシの力で主役にねじ込めと」

「そんな痛々しいお願いしないよ！」

孫バカぶりに呆れながら、光太郎はゆっくりと説明を始めた。

「このオーディションに何とか合格したい人がいてさ、あと二週間でスキルアップできるような演技指導の上手い人を紹介して欲しいんだ。爺様、大御所監督とも知り合いだし映画配給会社にも顔が利《き》くでしょ」

光太郎の目的……それは各方面に顔の広い鉄平太のコネを使い花恋に演技指導をできる人物

を紹介してもらう事だった。

先のお見合いの席で「ヤバいヤツ」を演じきってみせた深雪《みゆき》に対抗するにはこれしかないと考えたゆえの行動だった。あれが素だとは微塵《みじん》も思っていないようである。

(正直、実家のコネを使うなんて昔じゃ考えられないよな)

迷惑をかけたくない、悪目立ちをしたくない、自立したいなどなど……意固地になって数年実家に帰ることすらしなかった――

それが今、後ろめたい気持ちなどなく頼めている自分に思わず笑ってしまう。

(でも、本当の彼氏だったら迷わずこうしているはず、これが僕の応援だ)

告白相手を間違えて彼氏彼女の関係になってしまった花恋への贖罪《しょくざい》の気持ちもあるのだろう。真っすぐな瞳《ひとみ》で祖父を見つめる光太郎だった。

一方、鉄平太は何か試すような顔で彼に問いかける。

「ええのか？　演技指導抜きで、その人物を主役にねじ込むことも可能じゃぞ」

「そんなことして手に入れたものに価値はない、でしょ」

光太郎の返答に鉄平太は好々爺《こうこうや》のようにニッコリと笑ってみせた。

「自らの手で得た勝利こそ真の勝利、さすがワシの孫、世が世なら天下取っているわい」

自分を織田信長《おだのぶなが》や徳川家康《とくがわいえやす》と並べる祖父にあきれ果てる光太郎。

そんな機微など気にも留めず鉄平太は色々考え込んでいた。

「まぁ、約一名ほど今すぐ思いつく人間がおるが……しかしそこまでする理由は何じゃ？」

「大げさな理由はないよ、ある女の子を応援したくってさ」

人に言われて動く……鉄平太はそんな光太郎の性格を鑑《かんが》み、心配の言葉を投げかけた。

「それはその子に頼まれて仕方なく？」

「いや、自分の意志だよ……まぁお節介の一種さ」

満点の回答だったのか鉄平太はニンマリ微笑《ほほえ》む。

「わかった、それ以上は聞かん、野暮ってものじゃろう。しかしお前が『自分の意志』と言い切ってそこまでするなんて良い子なんじゃろうなぁ」

照れ隠しで頰《ほお》を搔くと光太郎は改めて感謝の意を述べる。

「ありがとう、急に頼みごとして悪かったね爺様」

「この程度なら気に病むことはない、だが、貸し一つじゃぞ。それと年末くらいは顔を出せ、譲二のアホも一緒でかまわんから。あぁそれと今度飯を食いに行こう、本場イタリアの料理をイタリアで食べようぞ、二泊三日くらいなら都合がつくじゃろ。別に孫と旅行に行きたいわけじゃ――」

「善処します、それじゃあね」

このままじゃ埒《らち》が明かない……政治家的玉虫色の返事をしながら光太郎は足早に屋敷をあとにした。

「しかし演技指導の人ってどんな人だろう、怖い人じゃなきゃ良いけど」

それが意外な人物だとは、この時点では想像もしない光太郎だった。


後日。

演技に関して一流の指導者を呼んだ——そう鉄平太に言われた光太郎は花恋を連れて指定された場所へと足を運んでいた。

「——ってことで爺様が演技指導のすごい人を紹介してくれるってさ」

「爺様ってその……御園生の?」

「あ、うん……会長だね」

今まで隠していたこともあり少々バツの悪い顔をする光太郎。

釣られたのか気を遣《つか》ったのか、花恋も申し訳ない顔を見せた。

「ごめんね、なんか大事《おおごと》みたいになっちゃって」

「それは言いっこなしだよ、僕が応援したいからしているだけ」

「うん……ありがと、えへへ」

照れ隠ししながら、花恋は「指定された場所」そのあたりを見回した。

「ところでさ、こんなところにいるのかな? 一流の指導者って人」

光太郎が鉄平太から指定された場所――それはなんと桐郷《きりごう》高校の屋上だった。

ハーブ漂う例のガーデンスペース。花恋にとっては忌々《いまいま》しい記憶新しい場所。

「もしかして学校関係者？」と二人は訝《いぶか》し気に首を傾《かし》げた。

「う～ん。うちの学校に演劇部はなかったような」

周囲を見回す二人だがそれらしき人物はいない。

屋上に人間は一人だけ、タバコを吸いに来たであろう養護教諭の飯田《いいだ》先生しか見当たらなかった。

「あ、飯田先生」

「ん？　おぉ、君たちか」

「先生、屋上で誰か他の人を見かけませんでしたか？　私に演技指導してくれる人が来ているみたいなんですが」

するとと飯田は前髪をかき上げ、顔色一つ変えずサラリと答えた。

「あぁ、それは私だ」

「「え？」」

驚く二人を後目に飯田は優しい眼差《まなざ》しで花恋を見つめた。

「ふむ、恩人から『急患』がいると聞いて来てみれば……やはり君だったか花恋君」

「い、飯田先生が演技指導の人ですか？　お芝居とか経験があるとは初耳です」

飯田は遠い目をして胸いっぱい電子タバコを吸いだすと、

「昔の話さ」

哀愁《あいしゅう》漂う言葉と共に煙を吐き出した。加熱されたフレーバーがハーブガーデンに混ざり溶け込んでいった、飯田の胸中を隠すかのように。

一服終えて白衣の胸ポケットに電子タバコをしまうと飯田は真摯《しんし》な眼差しを花恋に向けた。

「テレビ局のドラマオーディション、それに受かるための教鞭《きょうべん》を振るってくれと言われたのだが……君が壁にぶち当たって悩んでいる課題は大体予想が付く」

「わ、わかるんですか」

自分にはわからないと驚愕《きょうがく》する光太郎。

ゆっくり頷《うなず》きながら飯田はその理由をズバリ言い当てる。

「何をやっても、どんな芝居でも『遠山《とおやま》花恋』になってしまう。違うかな？」

「えっと……その通りです」

図星を突かれ何ともいえない表情の花恋は観念したように自分の悩みを口にした。

「どうも私はナチュラルなお芝居ができず、いつもの立ち振る舞いとか言い方が抜けなくて、それでオーディションでことごとく落ちてしまって」

花恋曰く「選考通ったとしても良くて端役《はやく》がもらえるくらい」「エキストラなどそういった仕事ばかり」と肩を落として現状を語る。

「続けて」

「それで、頑張って自分を押し込めてその役に合わせようと演技するよう頑張っているんですが、どうも上手くいかなくて」

自分には演技力がない――

それを自分の口から語るのが本当に辛《つら》いのだろう、いつもの明るさが陰り力なく頭を掻いていた。

そんな彼女を光太郎が励ます。

「で、でも、飯田先生は爺様が推薦《すいせん》するほどの人だし、二週間ですごく上達できるよ！」

「それは無理というものだ」

「ええ⁉」

いきなりはしごを外された形の光太郎、素《す》っ頓狂《とんきょう》な声を上げるしかない。

飯田は嘆息《たんそく》して理由を告げる。

「一、二週間で劇的に変わるほど演技は甘いものではない。小手先の技術を身につけても付け焼き刃は簡単に見透かされるもの……そこにいる花恋君が一番わかっていると思うがね」

「そうです、ですからどうしたものかと途方に暮れて……」

「じゃ、じゃあ飯田先生は今日、それを言うために？　諦《あきら》めろと？」

飯田は再度嘆息、これ見よがしにため息をつくと首を横に振る。

「そうは言っていない。ソレとコレとは話が別だ」

彼女は屋上の柵に背中を預け、風になびく草花を眺めながら光太郎に尋ねる。

「光太郎君にとって花恋君はどうかね？　魅力的かい？」

「あ、はい。明るく、ぐいぐい引っ張ってくるところが……引っ張りすぎなのが玉に瑕《きず》ですけど」

「…………ッ！」

唐突な言葉に花恋は赤面する。

飯田はそれをイジることなく真剣な顔つきになった。

「その魅力こそが武器なんだ。わざわざその魅力を抑え込んで押しとどめて演技をしようとしているから上手くいかなかったのだろう」

飯田曰く花恋は「憑依型《ひょうい》」ではなく役柄を自分に宿すのは不向きではないか、とのこと。

「それに苦しんだ仲間は何人も見てきたし、吹っ切れて『個性派』として人気が出たヤツも知っている」

「つまり、私に個性派になれと」

「一種の賭《か》けかもしれないが君の魅力は賭けるに値するぞ。吹っ切れた方が悪循環から脱出できるし君本来の良さをぶつけることができよう」

その言葉に救われたのか、花恋は落ち込んで丸まった背中をシャンと戻し笑顔を見せる。

「つまり私は飛車角落ちの足カックカクで挑んでいたから受からなかったと」

「ふふふ、そのノリをオーディションでもぶつけられれば勝機はあるぞ」

いつもの調子を取り戻した彼女に飯田は笑みを向けアドバイスを続けた。

「役に寄せるのではなく自分に役を引き寄せる意識を持つこと。そして他人を騙《だま》すことが演技ではないのは当たり前として、自分に嘘《うそ》をついたり騙したりしたら良い演技はできない」

「自分に嘘……」

光太郎はこと言葉が刺さったのか口に出して反芻《はんすう》する。

熱弁が少し恥ずかしくなったのか飯田は誤魔化《ごまか》すように電子タバコを吹かした。

「っと、しゃべりすぎたな」

このタイミングで花恋は素朴な疑問を飯田に投げかけた。

「あの、飯田先生っていったい何者なんですか？」

「ん？　天才子役と持て囃《はや》された人間の成れの果てだ」

自虐的に告白する飯田は自嘲《じちょう》気味な笑みを浮かべ続ける。

「自分に嘘がつけなくなって、結局キャリアを捨てて自分のやりたい人生の『役柄』を選んだってだけさ。その際、君のお爺さんには大変世話になったよ」

「飯田先生って、結構ポエマーなんですね」

つい思ったことを言ってしまった光太郎。

「……」ギロリ

自覚があったのか鋭いまなざしで飯田は睨みつける。

「思ったことを口に出すのは良くないよ光太郎君、こういうのはあとで話のネタにするものだよっ」

「君も大概だな花恋君……」

飯田はツッコんだあと足元のトートバッグから大量の冊子を取り出した。

「オーディションの心構えなどを教えようと思ったが、生きの良い君には先にこっちをやってもらうとしよう」

ドッサリと用意されたのはなんと練習用の台本。かなりの量に花恋は目を丸くした。

「え？　こ、こんなにですか？」

「何を言っている、君だけの分じゃないぞ。光太郎君、それに——」

バタン！　ザワザワ——

飯田が話している途中で屋上の扉が開き、やたら騒がしい声が聞こえてきた。

「ヤッホイ、来たよ！」

「え？　丸《まる》ちゃん⁉」

丸山《まるやま》を始め光太郎のクラスメイトらがドタドタと屋上になだれ込んできた。

「ジロウまで⁉　なんで⁉」

「そりゃ飯田先生に頼まれて断れる男子はいねぇよ」

鼻の下を伸ばしながら頷くジロウ。非モテ男の本領発揮《はっき》といったところか。

「こ、これは……？」

何が始まるのかわからない花恋に飯田が意図を説明する。

「この台本、見ながらで良いから気心知れた仲間で楽しく演じるんだ、上手い下手《へた》なんてこの際忘れて……ね」

「な、なるほど」

納得の光太郎。そんな彼にも飯田は台本を差し出す。

「もちろん君もやるんだぞ光太郎君」

「ぼ、僕もですか⁉」

飯田は悪い顔をしながら台本をぐりぐり押しつける。

「もちろんだとも、彼女の自然な演技を引き出すには自然体でいられる君が必要不可欠だ」

「自然体？　僕の前で？」

「……？　気がついていなかったのか？　まぁいい、楽しんでやってくれ」

お遊戯会《ゆうぎかい》みたいな感じで大丈夫と飯田は光太郎の背中を押した。

一方、光太郎はとある言葉が頭から離れずにいた。

「僕の前では、自分に嘘はつけない、自然体……」

つまり今までの告白後の流れ、コクハラ予防で自分を彼氏にしていたという大前提がなくなってしまう。

「ってことは花恋さんは……いや、まさかね」

光太郎がそう独《ひと》り言《ご》ちているとジロウが声をかけてくる。

「おー、光太郎、早く役決めようぜ」

「じゃないと女の子の役になりますよ」

「光太郎ならなんくるないさ」

「なんくるあるよ！　あるに決まっているよ！」

ちょっぴり似合うことに自覚のある光太郎は全力で女装を拒否。

そして難しいことを考えるのはやめよう、光太郎はそう自分に言い聞かせ台本を手に取った。


後日、オーディション書類選考を無事通過した花恋だが安堵《あんど》の表情はそこになかった。

彼女曰く「書類の次、二次審査が鬼門」とのこと。

そして今日がその二次審査――いわゆる面接の日である。

約二週間、飯田の指導に加え屋上にて光太郎たちとみっちり稽古《けいこ》した花恋――まぁ、稽古というよりワイワイ台本読みを楽しんでリフレッシュしたようなものなのだが……

そのおかげか彼女に顔に緊張の色はなく、実にすっきり爽《さわ》やかな表情だった。

「今まで苦手意識のせいで変に構えすぎていたんだろうなぁ。なんだかんださすがだよ飯田先生、いや、元スーパー天才子役――って、言ったら怒られるかな」

二次審査の面接会場、その控え室にて花恋は独り言ちながら苦笑していた。

駅近くのレンタルスペース、そのワンフロアを借り切ってのグループ面接。

周りには役を取り合うライバルたちであふれかえっていた……彼女らの表情は妙に固い。

オーディション前の緊張とはまた別の何かが彼女らを支配しているようである。

その理由は明白だった。

「カメラ通りまーす」『AD！　コード足りねーぞ！』『すいません！」

テレビカメラやマイクに照明、それとテレビ局のスタッフが忙《せわ》しなく廊下を行き交っているからだ。

地元テレビ局の開局周年ドラマということもあり、注目を高めるため局側は昨今のオーディション番組の人気に便乗し似たような番組を企画。

そのためオーディション受験者はテレビカメラが数台設置されている状態での面接を強《し》いられる形になった。

しかもネットで配信も控えていると告知され、醸《かも》す緊迫感は普通のオーディションの非ではない。

廊下の向こうにはすでに終わったオーディション受験者が散見される。肩を落とすもの、手応《てごた》えを感じたもの悲喜交々《こもごも》な様子、それすらもバッチリカメラに収められる。

（まるでアイドルオーディション番組だなぁ）

花恋は身支度をしながら、そんな益体《やくたい》ないことを胸中で独り言ちた。

実際そういう路線であることを察している受験者も多く、控え室にいる女子には奇をてらった派手な服装のものも中にはいた。

茶化す人間は、いない。

誰もが真剣そのもの、爪痕《つめあと》を残そうと必死なのだ。受からずとも名前を売りたい人間、人生を変えたいもの……「二次試験の壁」をなかなか突破できない花恋はここにいる全員に親近感すら覚えていた。

そんな周囲を見回しながら、花恋は保健室で受けた飯田の特別授業を頭の中で反芻していた。

「いい、大事なのは一に実力、二に印象に残ること……グループ面接は印象をおろそかにすると他の人間に『喰《く》われる』ことがあるわ」

放課後の保健室にて飯田は資料を片手に面接オーディションの「イロハ」を花恋に伝授していた。

「喰われる……」

「もちろん実力が伴わなければタダの悪目立ちよ。でも実力が拮抗《きっこう》している人間のどちらを採用するかといったら面白味のある方を選ぶわ」

飯田は腰に手を当て今回のオーディションに関する資料に目を通す。

「それに今回はテレビも関わっている……余計にキャラとか求められるでしょうね。悪しき風習だけどどこも話題のために必死よね」

何か過去にあったかのような口ぶりの飯田は花恋に向き直る。

「あなたは魅力たっぷりなんだから、その魅力をぶつけにいきなさい。返答も『はい』『いいえ』の画一的なものではなく――」

「魅力を、ぶつける……」


その言葉を飯田から受け取った花恋は「ある服装」に着替えた。

それは黒いキャップにノースリーブ……彼女が読モでよく身につけている事務所社長のお下がりコーディネートだった。

「……よっし」

それを着込んだ瞬間、彼女の中で何か一本芯《しん》が通った気がした。

世間が自分を評価してくれたコーディネート、それは彼女にとっていわば戦闘服のようなもの、そして……

『その服すごく似合っているよ』

水族館で言われた光太郎の言葉、それが自分を後押ししてくれる……花恋の目に気迫の色がこもる。

「ぶつけるんだ、自分の魅力を――うん？」

彼女が決意した瞬間、控え室内がざわめく。

ザワザワ――え、なにあれ……

監督か誰か偉い人が来たのかと花恋はざわめきの中心に振り向いた。

「ふむ、ここが控え室ですか……」

そこに――おしとやかな口調と共に桑島《くわしま》深雪が姿を現した。

彼女の出《い》で立ちは……なんと着物姿。それも数百万はくだらないであろう上質な反物。

加えて袖《そで》をまくってたすき掛け、頭に鉢巻きを巻いており長刀《なぎなた》の似合いそうな風貌であった。

そんな情報量の多すぎる深雪の登場に花恋は……

「ノーコメント」

すぐさま目をそらして他人のふりをすることに決めたのだった。

そんな花恋の態度に付き人の青木《あおき》は真顔で彼女に苦言を呈する。

「花恋様、それはご無体というものです。家からこの格好で車に乗り込み会場入りしたお嬢様を鼻で笑ってツッコむのが礼儀というものでは」

「そんな進言する執事ってどうよ⁉」

相変わらず人を食ったような態度の青木の方に思わずツッコんだ花恋だった。

深雪はというと、そんなやり取りなど聞こえないのかバッキバキの目で花恋を見やっていた。

「あら遠山花恋さん、ごきげんよう」

「ごきげんなのはあなたの服装だと思うんだけどね」

深雪は花恋の嫌みを嘲笑《ちょうしょう》と共に受け流す。

「オーディションでは爪痕を残すのが肝要と教わりました、多少派手めな装いですが」

「多少⁉　大河ドラマにでも出るつもり⁉　爪痕どころか長刀で刀傷残しそうな服着よってからに！」

結局全力でツッコむ花恋に青木さんは「よっ遠山屋」なんてかけ声をかけている。つくづく自由な執事だった。

深雪は意に介さず花恋に宣戦布告する。

「今日という日のために特訓してきました、負けませんわよ」

「ふ〜ん。付け焼き刃って言葉知っている？」

舌戦に応じすぐさま言葉を返す花恋。

深雪は強気な態度を崩さない。

「そもそも私、幼少期から日本舞踊やピアノ、歌唱に帝王学などの芸事を嗜《たしな》んできましたので。培《つちか》ったものは貴女《あなた》より上と自負しておりますわ」

「ちょっと待った！　帝王学って芸事なの⁉」

「腹芸という意味では芸事の部類にカテゴライズしても問題ないかと」

「帝王学に謝りなよ……」

言い切る深雪、桑島家の今後が心配になる花恋だった。

そして同時に、彼女は深雪を脅威に思う。

光太郎への固執、自分への執念、加えて桑島家のご令嬢に和風の出で立ち……誰にも見劣りしない存在感を醸し出しているのは事実だからだ。

「これを魅力というならば……確かにこの人間を舞台に上げて一目演技を見てみたくなるものがあるね」

もはや畏敬《いけい》の念すら抱《いだ》いている花恋。

期せずして深雪は花恋に今まで足りなかったものを教える形になったのであった。敵に塩を送ったことになるが少々えぐみの強い粗塩であることは否《いな》めないが。

「もし今日、貴女が落選しても私の勝ちというのをお忘れなく」

「君はもう受かった気でいるのかな？　ま、そんなご大層な着物着ておいて負けないでね、着物屋さんのためにもさ」

お互いエールを送り舌戦を締めくくる二人。

そんな彼女らに青木はつい言わなくて良いことを言ってしまう。

「…………こんな熱いやり取りのあと両方とも二次面接で落ちてしまったら、かなり気まずいですね」

「『それは言わないで青木さん』」

フラグ的な何かを口走る青木に二人は仲良くツッコんでしまうのだった。


花恋と深雪が舌戦を繰り広げている間にも二次面接は着々と進んでいた。

審査をするはドラマ監督、演出家、テレビプロデューサーにベテラン俳優などなどそうそうたる面々。

さらに、そんなドラマ関係者やTV局の偉い人に加えて三台のカメラがオーディション受験者に向けられる形となる……普段体験することのない大がかりな面接はオーディション慣れしている人間でも萎縮してしまうだろう。

そのせいか、めぼしい成果を得られていないのだろう、監督の白沢《しらさわ》は小休憩の間も受験者リストを眺めながら唸《うな》っていた。

そんな彼にカーディガンを肩にかけたいかにも業界人でございな男が声をかける。

「悩んでいますね、白沢監督ぅ」

「安居プロデューサー……ええ、まぁ」

言葉少なに返事をする白沢の肩を隣に座った安居はポンポンと叩いた。

妙に楽観的な安居の態度に白沢は心なしかムッとする。

そんな機微など意に介さず、安居は馴《な》れ馴れしく話し出す。

「いやいや、なかなか逸材はおりませんなぁ。ここはやはり私の推すタレントが一番かと思いますが。安定した芝居ができますし事務所も大手で何かと融通が利きますよ」

接待か何かを受けたのだろうか露骨な安居に白沢監督は呆れた。

「確かに安居さんの推す役者はそれなりの実績の持ち主ですけどね」

しかし白沢が求めているのは多少演技が拙《つたな》くとも破壊力のある個性派。

だがそんな彼の望みむなしく、カメラ三台を前にしてオーディション受験者の多くは萎縮し、仕込んできたアピールも緊張で不発する始末だった。

このままでは安居の推すタレントにぬるりと決まってしまう……噂じゃこの配信も自分の推す事務所のタレントにはかなり前から通達し準備期間を与えていたとも。

白沢は忌々しげにそのカメラを睨んでいた。

「この大がかりなテレビカメラがなければ多少は変わるんでしょうけどね……」

「確かに、皆ちょっぴり硬いですなぁ。せっかくオーディションを配信する予定なのに代わり映えのしない画ばかりだと……ハプニングでも起きたら面白いのですがねぇ」

受験者よりも企画の方が心配と言わんばかりな態度に白沢はまたムッとしたのだった。

「まぁ別に私の推している子が受かれば良いので逆にアリですが……っと、ではよろしくお願いしますよ監督」

それだけ言い残し去って行く安居。

忖度《そんたく》まみれの業界に嫌気の刺している白沢は憤《いきどお》りを吐き出すように嘆息し天井《てんじょう》を見上げる。

「久々の大仕事なんだ……頼むよ神様、この閉塞感を変えてくれる逸材を呼んでくれ」

そんな彼の期待に応える……いや変えるどころかぶっ壊す逸材が二人も登場することになるとは彼も安居も他の審査員も知る由《よし》もなかったのである。

そして、ついに花恋のグループに順番が回ってきた。

スタッフに呼ばれ部屋に入ると、そこには物々しい雰囲気の審査員が。そして遠慮なく向けられる数台のカメラに受験者らは非常にやりにくそうな顔をしていた。

モデルとしてカメラ慣れしている花恋にとってこれはアドバンテージ……かと思いきや、負けず劣らずやりにくそうな顔をしていた。その理由は――

「クハハ、さぁ〜て勝負ですわね」

そう、深雪も同じグループだったからである。

「まさか並びでオーディションなんてねぇ……」

これも運命かと嘆息する花恋。

一方で奇抜な出で立ちの深雪が登場し、スタッフ含めた審査員は驚きを隠せない。

たすき掛けした和装のご令嬢、しかも当たり前のように後ろに付き人を従えている……

「え、何この人」と顔を見合わせる面接官の面々。すべてのカメラが自然とこの異様なご令嬢に向けられる。

安居はこのスタンドプレーにあからさまな態度を取った。

「あのぅ、さすがに付き添いの人は帰ってくれません？　爪痕を残したくて必死なのはわかるけどさぁ。どこのどなたまったく――――え？　くわしま？」

度の過ぎたアピールに釘《くぎ》を刺し、どこの馬の骨だとプロフィールに目を通す安居。

が、相手が桑島家のご令嬢であることを知った彼は血相を変えて手のひらを返した。

「く、桑島家のお嬢様⁉　テレビ局設立の際にも色々と便宜《べんぎ》を図ったと言われているあの⁉　……失礼しました、どうぞごゆっくりっ！」

深雪は毅然とした態度でその贔屓《ひいき》を止《や》めるよう促した。

「特別扱いはよしてください」

「あ、す、すいませんっ！　君たち！　粗相《そそう》のないように！」

圧ある深雪に深々と頭を下げ自分を棚に上げてスタッフを叱責する安居。一人相撲で百面相な彼をスタッフ他オーディション受験者も冷ややかな目を向けていた。

この異常な雰囲気で始まる面接。

雰囲気に飲まれ受験者は受け答えも若干《じゃっかん》たどたどしく終始自分のペースを摑《つか》めないでいた。

そんなこんなで花恋の番が訪れる。

「43番、遠山花恋です」

「遠山花恋さん……あぁ読モで活躍している新進気鋭の子か、ほうほう」

書類に目を通した白沢は覚えがあるのか唸る。

「そのコーディネート流行《はや》っているよね、そっか君発信か」

「私も雑誌の表紙で何度か見かけたことがあります」

「カリスマ読モかぁ、確かにオーラあるなぁ」

自分らしさをさらけ出す作戦ズバリ、審査員らに思いのほか好感触で花恋は照れてしまう。

しかしこれはドラマの面接、花恋のキャリアや演技力についての話題へ。

「ところでお芝居に関してはどうかな？」

「はい、何度か端役をやらせていただきまして、具体的には――」

刹那《せつな》、深雪が絶妙なタイミングで横から話に加わってきた。

「正直言って大したことはしておりませんわ」

「……はぁ？」

いきなりの口撃に眉根《まゆね》を寄せる花恋。面接官たちも顔を見合わせた。

深雪は口に手を当てこれ見よがしに含み笑いを浮かべる。

「良くも悪くも個性が強すぎて何をやっても遠山花恋になってしまう……まぁ、身もふたもない言い方をすれば『演技が下手くそ』の一言に尽きるかと」

痛いところを突かれたこと、そして深雪の言い方にカチンときた花恋はオーディションであることを忘れつい立ち上がって詰め寄った。

「はぁ⁉　何さその言い方⁉　悪いけどそんな安い挑発乗らないよ！」

思いっきり立ち上がった彼女を見てこの場にいる全員が「乗ってるじゃん」と胸中でツッコんだ。

そんな視線など気がつかないほどヒートアップした花恋は声を荒らげ続ける。

「個性が強い⁉　それが良いって人もいるんだよっ！　ドリアンとかブルーチーズとか愛されているの知らないかなぁ」

「あら、臭そうな貴女が言うと説得力がありますわね。耳の裏を洗ってなさそう顔ですし」

「臭そう言うな！　ていうか何その『耳の裏を洗ってなさそう顔』って⁉」

「鏡を見なさいな……あぁ、顔も洗っていないんですのね」

先ほどの暴言を皮切りに繰り広げられる格闘技における「トラッシュトーク」にも似た舌戦。

花恋はたまらず言い返す……言わなくてもいい情報も添えて。

「毎日洗って毎日化粧水と乳液もつけているわよ！　試供品だけど！」

これには白沢監督含めたスタッフもたまらず笑いそうになる。

「声を大にして言うことじゃありませんよ」

「はっはっは！　家庭的と言いなさい！　そして私はクセの強さは武器になることを教えてもらった、自分の武器を知った私は言うなれば遠山花恋バージョン２・０！　いや一皮剝《む》けまくって７・０くらいかな」

「頻繁《ひんぱん》にアップデートするのは脆弱性《ぜいじやくせい》がヒドかった証左かと」

「ふふん、もう私は自分を抑えない、自由気ままに演技する！」

「自信があふれすぎですわよ、蛇口が壊れているのでは？」

「あふれもするさ。こんな私を好きって言ってくれた人もいるしね」

「…………………ぐっはぁ!!」

明言こそしないが光太郎のことだと暗に言った花恋。それは深雪にとってのアキレス腱であり言い返すこともできず胸を押さえた。

背後に立っていた青木が急いで携帯酸素ボンベを深雪の口元に当てる。

「酸素ですお嬢様」

「あ、ありがとう青木さん」シュコー……シュコー……

このコントのような一連の動きを尻目《しりめ》に花恋は自己アピールを締めくくる。

「焼き鳥で例えるなら素材の味を楽しむ『塩』でも老舗《しにせ》の味わいの『タレ』でもない、ちょっぴりクセのあるスパイスな演技ですが必ず人の心に残るお芝居をしてみますのでよろしくお願いします」

上手く締めた言葉のあとに深雪はかぶせてくる。

「焼き鳥って貴女、例えがおっさんですよ」

「おとなしく聞いていて欲しいな、幼なじみさん」

この流れに乗って監督は深雪の方に自己紹介を促した。

「では続けて44番の方、自己紹介を……」

気を取り直し背筋を伸ばす深雪。その瞬間面接会場は静謐《せいひつ》な空気に包まれる。先ほどの言い争いはどこへやら吹き飛んでしまった。

「私の名前は桑島深雪ともうします。桑島家の長女と言えば通りは良いかと」

「桑島……」

本人の口から改めて語られ、スタッフの顔は一層引きしまる。

「あの、その桑島家の方がなぜオーディションに？」

おずおずと尋ねる白沢監督。表情は取引先に気を遣う営業のソレだった。

「一身上の都合……とだけ。まぁそこのモデルさんよりかは演技ができる自負があります」

カチンとくる花恋に深雪は「んべ」っと小さく舌を出した。

「あの、恐縮ですが演技の経験などあるか伺ってもよろしいですか？」

続いてプロデューサー安居の質問。

深雪は少し考え込んだあと堂々と答えた。

「社交場などで興味のない人から興味のない話を振られても笑顔で受け答えることを演技というのであれば幼少期から嗜んでおりますわ」

何だか聞いてはいけないことを聞いてしまった気がした一同は言葉を失いだんまりを決め込んだ……一人を除いて。

「お腹《なか》真っ黒、イカスミ食べたかって言うくらい」

もちろん花恋である。

「何を言っておりますの？　ＴＰＯをわきまえているとおっしゃいなさいな。人前で態度こそ変えますが、それも含めて嘘偽《うそいつわ》りなく私です！」

「開き直って言うことかぁ⁉　だいたい――」

このやり取りを受け、監督の白沢はこめかみを押さえ天井を見上げる。

「確かに願ったけどここまでは求めていないって神様……」

アグレッシブすぎて誤発注レベルの逸材到着に何ともいえない表情の白沢だった。

とはいえ、ある意味「最高の起爆剤」が現れたことに変わりは無い。白沢は躊躇《ためら》うことなく……いや、ちょっとだけ不安で躊躇ったが合格の欄にサインをした。

そんなわけで監督の期待を向けられた花恋、深雪の両名は二次選考を突破したのだった。

一方、安居はこの二人に脅威を覚える。

「桑島のお嬢様とそのお友達――クソッ、落とせばよかった」

もちろん反対しようともしたが「桑島」の名前に恐れをなしてしまい、つい愛想笑いを浮かべながら合格の欄にサインしてしまったのだ。

このことを安居は非常に後悔していた、この「個性の爆弾」二名は真っ先に排除すべきだったと。

大手芸能事務所から身の丈に余る接待、くわえて借金も肩代わりしてもらった手前「弊社のタレントを主役に抜擢できませんでした」なんて許されるわけがない――

「彼女らの目立ち具合は群を抜いている……オーディション風景をネット配信したら絶対にこの二人が人気になるのは明白。さんざん事務所に接待してもらった手前、失敗は許されない。プロモーションと称し、カメラ慣れしていない木っ端《こっぱ》事務所の受験者を落とすための策略が首を絞めることになるとは……」

思い通りに行かずグチグチ文句を言う安居だが、何か思いついたのか口の端を吊《つ》り上げた。

「ならば最終選考を欠席させればいいのでは？　おぉ！　我ながらよいアイディア、桑島のお嬢様の怒りを買うかもしれませんが、あとでヒロインではなく端役でもあてがえば問題ないでしょう。読モはまぁ、あの弱小事務所には何度か圧力かけたことありますし無問題《モウマンタイ》か」

どこまでも自分本位な安居はほくそ笑みながら保身のため動き出したのだった。

最終オーディション当日は雲一つない青空が広がっていた。

花恋の住む築何十年というアパートは燦々《さんさん》と降り注《そそ》ぐ太陽で鈍く輝いている。

「いい天気ね、オーディション日和《びより》……ということにしておこうかな」

朝日をまぶしそうに見つめる花恋は目を細め前向きに考えていた。

緊張はあまりないようだ。

今回のオーディション、光太郎をかけて勝負する事にはなってはいるが精一杯の自分をドラマ関係者、そして深雪や光太郎に見せるだけだと意気込んでいた。

「せっかく摑んだ最終オーデション……当たって砕けろだ、頑張るぞ」

ペチペチ頰を叩いて自分を鼓舞し百均で買った鏡を覗《のぞ》き込んで歯磨《はみが》きをする花恋。

そんな彼女に一本の電話が携帯に掛かる。

「花恋、携帯鳴っているわよ」

「あ、は〜い……おや?」

見覚えのない番号に一瞬警戒するがオーディション関係の連絡かもとすぐに電話を取った。

「やぁ、遠山君の携帯ですよねぇ」

ねっとりとした口調に警戒する花恋はおずおずと尋ねる。

「あ、はぁ、どちらさまで……」

やや慇懃《いんぎん》な態度の電話の主は底抜けに明るい声で自己紹介を始めた。

「私、プロデューサーの安居と申しますぅ。二次オーディションではどうもぉ、こういう風に話すのは初めてですねぇ」

「安居……あ、はい！」

あのピンクのカーディガンを肩にかけた業界人っぽい振る舞いの人かと思い出す花恋。思わぬ人物からの一報、声が上ずるのも無理はない。

「ど、どんなご用件でしょうか？」

オーディション前にいったい何だろう、不安に思う花恋に安居は妙な提案を持ちかけた。

「実はですね本日のオーディション、少し遅れて来てくれないでしょうか」

「遅れて……？　何かあったんですか？　事務所からは何も聞いてませんけど」

その問いに彼は理由をよどみなく述べた。まるで用意していたかのように。

「アッハッハ、あくまで個人のお願いでして。ちょっとした、ええちょっとした『演出』として遅れてきて欲しいのですよ」

個人的に遅れて欲しい？　ますますワケのわからない花恋に安居は続けた。

「遠山さん、あのオーディション動画ずいぶんバズっていることをご存知ですか？」

「あ、はい、まぁ……ビックリするくらい反響ありますね」

例のオーディション風景はテレビで事前番組として放送、動画サイトでノーカット版を投稿したところものすごい反響があったそうだ。

軒並《のきな》み数万近い再生数、その中で「花恋VS深雪」の動画は百万を超える勢いで再生されている。切り抜きも大量に投稿されておりショート動画でもふいに目にしてしまうほど。

それを踏まえたうえで安居は続ける。

「注目の的ですからねぇ。ただ懸念がありまして」

「懸念ですか？」

「はい、もし桑島のお嬢様と『実は仲が良い』なんてことがあったらヤラセと言われかねないんですよ。いやいや、人気が出た弊害《へいがい》ですね」

花恋は「本当に仲は悪いです」なんて喉《のど》から出かかるが、いらぬ情報だと引っ込めた。

電話口の安居はそんな機微など意に介さずつらつらと続ける。

「最近は並んで歩いているだけでもそこだけ切り取って『実は仲良し』『ヤラセだ』なんてケチを付けたい連中がいますでしょ、だから時間をずらして欲しいんですよ。演出として」

やたら演出ですと念押しする安居。

実にうさん臭く強引《ごういん》ではあるが一応筋の通った提案に花恋は納得する。

「わかりました。えっと、どのくらい遅れれば良いんですか？」

「ん～いちじか……いや、三時間ほど」

「さんじか……!?　そんなに遅れて良いんですか？」

思ったより遅くて大丈夫かと思わず大きな声で聞き返してしまう花恋。

安居は飄々《ひょうひょう》と「大丈夫」と口にする。

「開始時間を少し遅らせますし車を手配するから大丈夫ですよ、演出として受け入れていただければ。あぁこの件は内密に、事務所さんにはあとで言っておきますので」

よろしくと念押しされ電話を切られた花恋は少々不安げにつぶやいた。

「三時間も……いいのかな？」

かなり長時間遅れることに疑問を持つが自分はド新人、プロデューサーの言葉には従うしかないと言い聞かせる。

「花恋ちゃんどうしたの？　彼氏クンからお電話？」

気になった母親の菜摘《なつみ》に心配されるも花恋は「大丈夫」と笑顔を見せる。

「違う違う、なんか開始時間が遅くなるんだって」

「あら、じゃあゆっくりできるわね。私お仕事行ってくるから鍵ちゃんと締めるのよ」

のんびり屋の菜摘は時間が遅くなることを気にも留めず仕事支度を始める。

緩《ゆる》やかな母親を見て花恋も「気にしすぎてもしょうがない」と顔を叩いた。

「こういう時は光太郎君をイジってテンションを上げようかな！」

メンタルケアは大事と自分に言い聞かせメールを送る花恋。内容は――

「ちょっと遅れて行くことになるけど私がいないからって泣くんじゃないぞベイベー」

とまぁ他言無用の言いつけを守り理由をあえて伏せた文章にした。

もちろん演出とは方便、これは安居の策略である。

しかしこの一本のメールがその悪計を打破することになるとは彼女はまだ知らないのだった。

同時刻、別に自分が受けるわけではないのに緊張し柄にもなく早起きしてしまう光太郎。

「喫茶マリポーサ」の開店準備をしていた叔父の譲二は珍しいモノを見たような目で話しかけてきた。

「なんじゃ、今日は学校休みじゃろて……はぁまさか、ワシと同じで競馬に目覚めて早起きしてしまったんか？」

「なわけないでしょ、まったく」

平日はのらりくらりと準備しているくせに土日は競馬をじっくり見る時間が欲しいからキビキビ準備をする譲二。光太郎は「ニチアサ見たさに早起きする少年？」とよくツッコむ。

呆れている光太郎に譲二は「冗談じゃ」とはにかんで笑う。

「アレじゃろ？　この前来た娘のオーディションとかなんじゃろ？」

「知っていたの？」

したり顔の譲二はニンマリと笑みを浮かべた。

「御園生の爺様が動いた噂を耳にしてのぉ。で、お前がオーディションなんか受けるはずもない……とまぁ簡単な推理じゃな」

光太郎は「ご明察」と感心した。

「その推理が競馬でも発揮できるといいね叔父さん」

皮肉たっぷりにほめる光太郎に譲二は口をとがらせた。

「しゃーないやろて、好きな馬を買う……一番ロマンあふれる馬券の買い方しとるからのぉ」

まぁまぁ繁盛している喫茶店とはいえ勘定奉行がこれで大丈夫かと心配する光太郎。

着替えをすませジーパンＴシャツのラフな姿になると厨房《ちゅうぼう》の方へ向かう。

「ちょっと目が覚めただけさ、少し手伝わせてもらうよ」

「おう、じゃあ丸パンに切り込み入れといてくれるか。あと冷蔵庫のミートソースの量を確認して少なかったら教えてくれ――」

オーディションまでしばらく時間がある。それまで店の仕事を手伝って時間を潰そうとしたその時、スマホに通知が来ていることに気が付く。

「あ、花恋さんからメール来ていた……遅れる？　え？　なんでだろう」

明確な理由を伏せて遅れるのメール、何か良からぬコトが起きたのかと邪推する光太郎。

そのメールを横から覗き見していた譲二は何やらしたり顔で頷いていた。

「これはアレじゃ、暗に助けを求めているのかもしれんぞ」

「助け？　それはちょっと……おだやかじゃないなぁ」

怪訝《けげん》な光太郎に坊主頭をピシャリと叩いて譲二は持論を並べ出す。

「女心をよく知っているワシにはわかる。これはな、きっと最終オーディション前に怖くなってお前に会いたいと遠回しに言ってるんじゃい」

自信満々の譲二。ただ、この叔父の恋愛知能指数はサボテン並みと理解している光太郎は半信半疑だった。ちなみにサボテンのＩＱは２である。

「本当かなぁ……」

「早いとこ行った方がええ、それが男の甲斐性ってやつじゃ」

キメ顔の叔父に背中を叩かれる光太郎。ちょっと納得のいかない表情だ。

「叔父さんに甲斐性って言われてもなぁ」

「それに間に合わんなったらマズい。電車で行くと駅からかなり歩くしバスも本数が少ない。車が一番じゃが高速のＩＣが近くにある、もし渋滞でも起きたらアウトじゃぞ。はよ言って励ましてこい！　遅れたら元も子もないぞ！」

「変なフラグ立てないでよ……まぁ、念のため顔見に行こう。確か花恋さんの家は――」

ジロウに「先に行ってて」とメールだけ送り急いで花恋の家に向かう光太郎だった。

「アッハッハ、叔父さんにそんなこと言われて駆けつけてきたの？　アッハッハ！」

急ぎ遠山宅に向かった光太郎を出迎えるは破顔で爆笑する花恋だった。

「やっぱ女心わかっていないじゃん叔父さん……」

心配して損した、無事で良かったなど複雑な表情の彼を花恋はいじる。

「ほっほう、君が言うかね竜胆光太郎、恋愛偏差値一桁《ひとけた》キープの君が」

「キープって何⁉　まぁでも良かった、心配したんだよもぅ」

心配され素直に嬉《うれ》しい花恋だがはからずとも家に二人きりという状態に顔を赤らめる。

「このタイミングで、何つーフラグ立てちゃうのさ神様……」

二人きり、母親は仕事で家にいない……状況が状況なだけに一気に間が持たなくなった彼女はお茶を煎《い》れようと立ち上がる。

「ま、まぁせっかく来たんだしゆっくりしていってよ、今お茶煎れるよ」

「おかまいなく……ていうか時間大丈夫なの？」

なんで遅れていく必要があるのかわからない光太郎は表情に不安が浮かぶ。

「演出で二、三時間は遅れて欲しいんだって」

「そんなに⁉」

思った以上に長いのと「演出」というよくわからない理由に不信感が募る。

「あのさ、ここからフェニックスホールって近いけど渋滞が起きやすいから車じゃどのくらい時間掛かるかわからないよ。電車だと駅から歩くし」

「そ、そうなの？　車手配するって言っていたから安心しているんだけど」

「二、三時間ってのも曖昧《あいまい》だし、開始時間を遅らせるなら会場から連絡が出るはず」

何か意図的に花恋を遅刻させようとしているようにしか思えないと光太郎は疑いだす。

「でもプロデューサーの安居さんが直々に……」

「安居だって？」

その名前を聞いた途端光太郎の顔は曇る。普段見せない表情に花恋は驚きを隠せない。

「ど、どうしたの？」

「嫌な予感がする、待っていてもお迎えは来ないかもしれない」

どういう事と問う花恋に光太郎は神妙な面持《おもも》ちで懸念の理由を口にした。

「昔、色々あった商工会で違法行為をしていた詐欺師の名前も……たしか安居」

「え、ええ⁉」

光太郎は急いで先に現場にいるであろうジロウに電話する。

「――もしもし、おうどうした、こっちはもう着いたぜ、早く来ないと間に合わないぞ」

電話口の彼は遅れてくるという光太郎のメールを受け心配しているようだった。

「ごめんジロウちょっと確認して欲しいんだけど、開始時刻って遅れてたりしない？」

花恋の情報が正しければ開始が遅れることになっているはず……だが、ジロウの返事は残念ながら光太郎の予想通りのものだった。

「ん？　特に変更なしだ。それより今どこだ？　駅のホームか？」

「……いやな予感っていつも当たるなぁ。実はね――」

憤りを押し殺しながら、光太郎はジロウに花恋と一緒にいることを伝える。

「と、遠山さんがまだ家⁉　何が起きたんだよ、それはちょっとマズい状況だぞ」

「理由はあとで説明するけど……え？　マズいって何が？」

「渋滞だよ、かなり酷《ひど》いらしくて車じゃ無理だぞ」

ＩＣの近くが大渋滞で関係者が何人も遅れているらしいとジロウ。

最悪の交通情報を聞いてしまった光太郎は額《ひたい》に手を当て嘆《なげ》く。

「叔父さんがフラグ立てるからぁ……交通情報に詳しい国立《くにたち》君はそこにいる？」

鉄オタで電車やバスなどの旅を嗜む彼ならと一縷《いちる》の望みをかけて尋ねる光太郎。

しかし、状況は芳しくないようだ。

「……今聞いた、クニ情報じゃ電車もバスも軒並みアウトだ」

「そ、そんなっ！」

横で会話を聞いていた花恋は思わず大きな声を出してしまう。

そして……しばし黙った後、ジロウは意を決した声音で語り出す。

「――俺らで時間稼ぎする」

「え⁉　時間稼ぎって何するのさ⁉」

「それはこれから考える！　できる限り時間を稼ぐから、お前は遠山さんを連れてこい！」

まったく具体性のない勢いだけの言葉、だがジロウを信頼している光太郎にはこれ以上頼もしい言葉はない。苦境にもかかわらず彼の口元にはふっと笑みが漏《も》れ出した。

「……ありがと、親友」

「礼は終わってからだ！　待ってるぞ親友！」

ジロウたちとの通話を終えたあと、光太郎は何か手立てはないかと頭を逡巡《しゅんじゅん》させる。

「バイク便で運んでもらうとか……いやでも、迂回《うかい》ルートでもギリギリだし。と、取りあえずいったん外に出よう！」

「わ、わかった」

花恋は急ぎ身支度を整え光太郎と共に外に出た。

「裏道を知っている僕なら間に合うのに……単車の免許取っておけばよかった……マウンテンバイク借りるとか？　ダメだ花恋さんを運べない」

何かないか、手段手段と焦《あせ》りながらアパートの外を物色する光太郎……その時である。

「ぬぅ？　お、お前！　どうしてこんなところに⁉」

「——って、神林《かんばやし》先輩⁉」

自転車でアパートの前をスーッと通りがかったのはなんと神林先輩だった。

白い帽子に割烹着《かっぽうぎ》姿、後部に岡持ちを乗せた自転車にまたがっている。どうやら出前の途中のようである。

神林は光太郎を見て侮蔑《ぶべつ》の眼差しを向けていた。

「どうしたお前、もしや寝坊か？　花恋さんの晴れ舞台というのになんて体たらくだ……俺は実家の仕事で泣く泣く諦めたが、ここ一番でダメ人間とは。そう思いませんか花恋さん……って⁉　花恋さん⁉」

いるはずのない人物を目の当たりにして思わずずっこけそうになる神林。まるでお化けをみたかのような表情である。

「なぜここに⁉　早く行かなくていいのですか、間に合いませんよ⁉」

「あの、実は――」

光太郎は慌てる神林に、この場にいる理由や渋滞の件や時間がない事などなどかいつまんで説明した。

「渋滞で遅刻⁉　なんてこった、我らが花恋さんがっ⁉」

「何か裏道を通れる手段があればいいんですけど、バイクとか……あっ」

何かに気が付いた光太郎は神林を――いや、彼の乗ってきた出前用の自転車をじっと見つめだす。

出前を運ぶためか実にしっかりしたボディ、岡持ちを外せば女の子一人余裕で座れるであろう代物《しろもの》。

光太郎は息を大きく吸い込み「これだ！」と大きく叫んだ。

「な、何がコレなの光太郎君？」

戸惑う花恋を尻目に、光太郎は神林の乗ってきた自転車をチェックしながらこうお願いする。

「あの、いきなりでごめんなさい、自転車を貸してもらってもいいですか？」

この申し出に対し、困惑したのは神林ではなく花恋の方である。

「ちょっと待って！　自転車ってそれで間に合うの？　それに神林先輩出前の途中だし……」

「――わかった、乗ってけ」

が、彼女の戸惑いをよそに当の神林は快諾した。

「え？　ちょ……いいんですか先輩？」

心配そうに問う花恋。

神林は神妙に頷いて彼女の方を見やる。

「事情を聞いてしまったので。出前はなんとかします、大事なのは花恋さんの方でしょう」

「あ、ありがとうございます、神林先輩！」

頭を下げる光太郎に「よせよ」と言いながら神林は手際《てぎわ》よく岡持ちを外しだす。

「お前にじゃなく花恋さんのためだ。ただ一言付け加えるなら……」

「付け加えるなら？」

二人乗りができるように自転車を整備し終えた神林は強く光太郎の背中を叩いた。

「ウチの学校のアイドルで俺の憧《あこが》れの人の晴れ舞台だ、絶対間に合わせろよ」

「――はい！　やってみせます！　……花恋さん！」

自信満々に微笑んだ後、花恋を呼び光太郎は自転車に乗るよう促した。

「急ごう、時間がない」

二人乗りで行こうとする光太郎、しかし花恋は困惑している。

「い、今から自転車で大丈夫なの？」

光太郎は力強く頷いた。

「大丈夫、僕を信じて！　振り落とされないようにしっかりしがみついてね！」

「あ、うん、うわわ！」

花恋が後部座席に腰をかけた瞬間、ペダルを全開で回し始め光太郎は道路へと飛び出していった。

去りゆく二人を見送りながら神林はジロウに言われた言葉を思い出しつぶやく。

「誰かを幸せにする妖精《ようせい》みたいなヤツ……か。さて出前どうすっかな」

岡持ちを抱えながら「邪魔する立場なのに何やってんだ俺」と自嘲気味に笑う神林だった。

ガチャガチャガチャとめまぐるしくギアを変えながら猛スピードで走る光太郎。

花恋は振り落とされないよう必死でしがみつく。

「大丈夫なの光太郎君⁉」

「今のところは大丈夫！」

「今のところってどういうこと⁉　あわわ！」

正直無茶な運転、警察に見つかったら止められてしまう……そしたら確実に間に合わない。信号にもつかまったら正直厳しい。

「だから！　まっすぐ！　信号のない道を突っ切らせてもらう！」

「な、ちょ、えぇ⁉」

いったいどういう意味だと聞こうとした花恋の目の前には――なんと鬱蒼《うっそう》と茂る雑木林が。

「枝とか危ないから目をつむって僕の背中に顔を埋《うず》めて！」

「こんなことで彼氏の背中に顔を埋めたくなかった！　もっとロマンチックなのが良かったぁぁぁ！」

花恋の本心は木々のざわめきに吸い込まれていった。

フルスロットルで雑木林に突っ込む光太郎、グネグネと細い木々の間をすり抜け枝葉を折りながら会場であるフェニックスホールに向かい「まっすぐ」最短距離を突き進む。

ボール遊びをしていて林に球が入ってしまった時の「ガサガサッ」という音を誰しもが耳にしたことがあるだろう。

その音をずーっと5・1サラウンドなんて比じゃないくらい耳元で聞かされているのだ、花

恋はたまったものではない。

「あぶ、あぶない!」

何度も転倒しそうになる度に光太郎は木の幹を蹴ったり地面を蹴ったりして体勢を立て直す。

ピンボールの玉も真っ青である。

「こんなシーンアニメでなかったっけ! 頭に鳥の巣とか乗ったりしそうだね!」

「乗るとか……乗らないとかぁぁぁ……」

それどころではないと声にならない声を出すしかない花恋。

そんな彼女にさらなる悲劇が襲う。

「さぁ! 抜けたぞ!」

「やっと抜け……ぇぇぇぇぇ⁉」

視界が開けた先、そこに広がるは空。

下には急角度の土手があり川が流れていた、どうやら河川敷に飛び出したようである。

雑木林から飛び抜けたと同時に心臓が飛び出しそうになる花恋。

光太郎は彼女の不安を払拭《ふっしょく》するためか、それとも単に楽しくなってきたのか、明るい声で背中にしがみつく彼女に話しかける。

「子供の頃《ころ》こういう遊びしたことある? 急斜面を段ボールで滑って遊んだりしてさぁ! 懐《なつ》かしいね!」

「いきなり懐かしいことを……って、もしかして⁉」

「童心に帰るのも！　悪くないよねっ！」

河川敷の土手をためらうことなく自転車で下る光太郎。

「ふんぎゃ！」

勢いそのまま、もはや滑落。

尻が浮き花恋は浮遊感に包まれ変な声を出す。

「よっしゃ、行くよ！」

スピードを維持したまま橋を渡り向かいの土手を登り切った。

「大きな橋渡ったら遠回りになるからね、いいショートカットになった！」

「……ふぎゃあ」

ぐったりしている花恋だが光太郎は額と背中に汗をにじませ楽しそうに笑っている。

「アハハハ！　良い運動になるね！」

聞き捨てならないと花恋はさすがに叫ぶ。

「何⁉　私が太っているって言いたいの⁉」

「いやいや、僕が運動不足なだけ！　良いエクササイズだよ！」

「こんな彼女の尻を痛めつけるエクササイズがあるかぁ！」

ここまで来てようやく花恋も「ハイ」になってきたようで光太郎の無茶苦茶ライディングを

楽しめるようになってきた。

そして、こんな無謀なことを自分のためにやってくれる「彼氏」に、あの日の夜、商工会の不正を暴こうとしていた姿を思い出していた。

「でもそっか！　こんな無茶なことするのが光太郎君だもんね！」

「まぁね！　人の頼みを断れないでつい無茶しちゃうんだ！　でも、花恋さんが困っていたら頼まれなくても無茶するよ！　だって――」

大きく息を吸い込んで光太郎は声高《こわだか》に叫んだ。

「――君の『彼氏』なんだから！」

「……しょうがないな、もう」

背中から伝わる光太郎の優しさ。

「私もキミのために、頑張るよ……キミが好きだから……」

花恋は顔を埋めその温もりに浸りながら独り言ちた。

くぐもった独り言は光太郎の耳には届かない。

「――なんか言った⁉」

「言ったけど気にしないで！　――あ、見えてきた！」

渋滞道路を迂回し、しばらくすると長い長い坂道に出た二人。丘の上には目的の会場が確認できる。

「よ〜し、後一息……うわ⁉」

「きゃ！」

後はこの道をひたすら登るだけ……と思った矢先のことである。

ガシャ！　カラララ……

不穏な音が光太郎の足元から聞こえたと同時に空回りしだすペダル。

ラストスパート、目的地は目前というところでどうやらチェーンが外れてしまったようである。

「……ッ！　負けるか！」

このタイミングで止まってたまるかと光太郎は自転車を押して会場まで向かおうとする。かなり無謀な行為だった。

「こ、光太郎君⁉」

「——ハァッ！　……ハァッ！」

ここまで来て、あと少しなんだ……と踏ん張る光太郎。

しかし無茶な走行ですでに彼の体力は限界を迎えていた。

そんな諦めようとしない奮闘する彼に花恋は自転車から降りると優しい言葉をかける。

「もう大丈夫だよ光太郎君、間に合わなくても——」

その時だった。

ビッビーと彼女の言葉を遮《さえぎ》るように遠くの方からクラクションが聞こえる。

通行の邪魔になったのかとあたりを見回す花恋。

近づいてくる見知った車を見て彼女は驚き、光太郎はしりもちを付いた。

「ど、どういうこと？」

戸惑う花恋に車の運転席から顔を出すのは……

「ヘロゥ、エブィワン」

ネイティブな発音で陽気に挨拶《あいさつ》をする青木さんだった。そして……後部座席から颯爽《さっそう》と道路に降りるは桑島深雪。

花恋の動揺は気にとめず、ボロボロの光太郎を見て彼女は苦笑した。

「まったくもう……さ、乗って」

短く一言、花恋に乗るよう促す深雪。

「な、なんでここにいるの？」

その問いに対し青木さんが真顔で答える。

「私どものところにも『演出』という体で遅れるようプロデューサーから連絡がありまして」

「そうなんですか⁉」

「まぁ、あからさまに怪しかったので無視して会場入りしましたが。そんな折、光太郎様のクラスメイトの方から花恋様が遅れそうと耳にしまして。そしたら深雪お嬢様がそわそわしだしたので『あ、これは心配しているな』と空気の読める私は察し、すぐさま車を――」

「青木さん」

深雪に釘を刺され彼女は誤魔化すよう咳払《せきばら》いを一つした。

「コホン……空気の読める私はこの辺で説明を終わらせます。いやはや大変でしたね」

「ありがとう青木さん、ほんと、助かりました……わっとっと」

感謝の言葉と共に安堵の息を漏らした光太郎。

安心したら足に力が入らなくなったようで立てずに座り込んだままになってしまう。

そして、そのまま見上げるように深雪に感謝する光太郎、ヘロヘロで上手く笑えないが精一杯の笑顔を作った。

「来てくれてありがとうね深雪さん」

「私は別に。遅れそうざまぁとワクワクしていたのを青木さんが勝手に勘違いしただけですから……」

「それでも、ありがとう」

「…………気まぐれです、私の悪い部分ですよ」

そっぽを向く深雪、恐らく照れているのがわかる。

時計を見た青木さんは時間が迫っていることに気が付き深雪と花恋の尻をポンポン叩く。

「さぁ乗ってください、時間がありませんよ御両名」

「ありがとうございます……光太郎君？」

感謝を述べたのち光太郎の方を見る花恋。

光太郎はニヘラと力なく笑う。

「少し休んだら向かうよ。先輩から借りた自転車、放置するわけにはいかないし」

光太郎を置いてブロロと去り行く黒塗りの高級車。彼は時計を見て深く息をつく。

「あとはジロウがどこまで時間を稼いでくれるか……か」

道路脇の茂みに寄せた自転車を見て頬を掻いたのち空を見上げる。

「先輩に怒られるかな……」

流れる雲を目で追いながら、光太郎は心地いい疲労感に包まれ微笑んでいたのだった。


オーディション会場「フェニックスホール」。

地元テレビ局の開局周年ドラマ……その目玉企画の一つである「オーディション配信動画」の反響も手伝って会場は大勢の観客で埋め尽くされていた。

一般の観客に加えオーディション受験者の親族や劇団関係者に芸能関係者、スポンサー関連の方々など別の角度で熱を帯びた視線を向けるものも散見される。

「いやぁ、盛況ですねぇ白沢監督」

フェニックスホール、関係者用の控え室。

そこでコーヒーを飲んでいる白沢に安居が話しかけてきていた。

この男が話しかけてくるときはろくな事ではない……白沢は警戒心からかコーヒーを一気に飲み干し身構える。

「ええ、これだけ注目度が高いとやりがいがあります」

「これも桑島のお嬢様と読モの女の子が繰り広げた舌戦の影響でしょうな、しかしですよ」

前置きも早々に安居は机に身を乗り出し言葉を続ける。

「話題性が高い分、失敗したらドラマはネットのおもちゃにされてしまいます。ここは最低限のクオリティ担保は必要と割り切りましょう。私としてはやはり――」

安居は接待を受けてゴリ推ししたがっているタレントの名前を臆面もなく候補に挙げる。

白沢は理解を示した上でこう返した。

「実績を尊重したい安居さんの気持ちはわかります。しかし私としては今日のオーディションを見た上で判断したいのです」

白沢は花恋と深雪、あの両名がこのドラマの命運を担《にな》うと、オーディション配信動画の反響がその証拠だと信じて疑わなかった。

だが真剣な監督に対し安居はほくそ笑み、水を差すようなことを言い出す。

「あ〜でも、今日はちょっとあのお二人に期待できませんよ」

「なぜです」

「どうも遅刻しているみたいですね、今いないということはこれはもう無理でしょうな」

「そ、そんな⁉」

「ま、その程度の気構えだったんでしょう。残念至極です、はい」

安居は口ではそう言うが顔はほころんだまま、何か仕掛けたのは明白であった。

「わかります、わかりますよ。有名読モに大地主のお嬢様、肩書きだけでも話題になったうえお芝居もできたら万々歳《ばんばんざい》……ですが会場入りすらしていないのではねぇ――おや？」

勝ち誇った顔の安居に落胆する白沢、その控え室に珍客が訪れた。

「「「失礼します」」」

ゾロゾロと訪れたのは……光太郎のクラスメイトたちだった。

「な、なんですかあなたたちは⁉」

想定外の出来事に思わずファイティングポーズを取る安居にクラスを代表してジロウが前に出て頭を下げた。

「押しかけてしまってすいません、いきなりで本当に申し訳ないんですが友人が遅れそうなんです、少しだけ開始時間を遅らせてもらえませんでしょうか」

「「「お願いします‼‼」」」

あぁあの読モかお嬢様の友人か……察した安居はジロウらの要望に対し高らかに「ＮＯ」を

叩きつける。

「はぁ⁉　できるわけないでしょ、こっちもケツカッチンなの！　ちょっとでも伸びたら延滞料ですよ延滞料！」

二人を落としたい安居は声を荒らげるも、臆することなくジロウたちは食い下がった。

「そこを何とか！」

ジロウに続いて巨漢の仲村渠《なかんだかり》が頭を下げる。

「お願いです、場つなぎでも何でもしますから。カチャーシー（沖縄の踊り）だってします！」

「あのさぁ、何でもするとか場つなぎとか……カチャーシーって何？」

呆れる安居、そして国立らも頭を下げる。

「えー在来線を東京駅から暗唱することぐらいならできますが」

「んーっと、アルプス一万尺すっごい早さでできます！」

「オデ、エアけん玉、得意」

エアけん玉というキラーワードが山本《やまもと》・ボブチャンチン・雅弘《まさひろ》から飛び出て思わず安居はツッコみそうになった……がツッコめなかった。

彼らがあまりにも本気、あまりにも必死だったからだ。

「えっとねぇ、君たち……」

追い返す言葉を選んでいたその時であった。

「これは何の騒ぎかね？」

この場の空気が一瞬にして張り詰める。

一同が振り向くとそこには羽織《はおり》を着た威厳たっぷりの老人がたたずんでいた。

プロデューサーの安居が血相を変えて叫ぶ。

「み、御園生会長⁉　まさかいらっしゃっていたとは……」

「「御園生⁉」」

驚くジロウたちに老人は名を名乗った。

「いかにも、御園生グループの会長、御園生鉄平太じゃ」

眼光鋭くあたりを見回し鉄平太は髭《ひげ》を撫《な》でる。妥協を一切《いっさい》許さずグループを立て直した財界人のすごみがにじみ出ている。

「挨拶に来たのじゃが……どうかしたのかな？」

安居はスポンサーの機嫌を損ねないよう慌てて頭を下げた。

「すいません！　今すぐっ！　今すぐ追い出しますからっ！」

だがジロウは会長が来たことを好機と捉《とら》え、臆することなく鉄平太に交渉を開始した。

「無礼を承知でお願いします。今日のオーディション開始時間を少しで良いので遅らせてもらえないでしょうか！」

「ほう」

「今、私たちの友人が彼女を必死になって連れてきているんです。恋人のために彼は必死で……少しの間で良いんです、お願いしますおじいちゃん」

ジロウに続いて天下の御園生をおじいちゃんと呼びながら手を合わせ拝み倒す丸山。

仲村渠に国立、山本・ボブチャンチン・雅弘もそれに続いた。

「お願いします、シーサーのように心温かい友人のために！」

「遅延はよろしくありませんがお目こぼしを！　イタリアでは電車は遅れるのが当たり前と聞きますし！」

「オデ……『光太郎』ニ……恩返ししたイ」

その光太郎という単語に鉄平太はピクリと反応する。

「…………光太郎、じゃと？」

「――さぁ、帰って帰って、時間は待ってはくれないんですよ！」

荒々しく追い返すプロデューサーの手を鉄平太は制した。

「……まぁ、待ちなさい」

「はい？」

「ちと気になってのぉ、まぁ話を聞こうじゃないか」

目を丸くする安居を無視し、鉄平太はジロウらに眼光鋭く問いただす。

「友人と言っておったな。君たちはなぜその『友人』のために頑張れるのじゃ？　ワシのことを知らぬわけでもあるまいに」

「ヒィイ」

圧のある問い詰めに安居は自分を抱いて身震いしている……

希代のやり手経営者、財界にも顔が利き桑島家と並び「この町で睨まれたら生きていけなくなる」と呼ばれ、まるで老獪《ろうかい》な剣客のような雰囲気を醸し出す男――

が、ジロウや丸山、クラスメイトたちは臆することなく鉄平太と対峙《たいじ》した。

「そいつは、俺らを何度も助けてくれたんです」

「断れない男って言われていて……パッと見は優柔不断な感じですけど中身はしっかりしていて……」

「嫌な顔はしないけど困った顔はする、でもどんなことでも全力で協力してくれる」

「彼に救われた人間は両手で数え切れないほどでしょうね」

「オデ、光太郎に、何度モ助けられタ」

ジロウたちの口から出る言葉の数々に鉄平太は好々爺が如《ごと》く微笑んでいく。

世辞でも何でもなく本心で自分の孫のことを本気で褒《ほ》め、本気で慕い、本気で助けようとしているクラスメイトたちに「孫バカ」の彼が好感を持たないわけがないのである。

鉄平太はにやけた顔をキュッと引き締め、威厳たっぷりの声音でジロウたちに応えた。

「すまないが、『遅刻するから開始時間を遅らせてくれ』などという要望をおいそれと通すわけにはいかん」

「そ、そんな……」

毅然とした態度の鉄平太に愕然《がくぜん》とするクラスメイト一同。

しかし老人は髭を撫で、独り言のように言葉を続けた。

「――じゃが、君たちとは関係なく、この会場の来賓や関係者の方々にちとスピーチがしたくなったのう。というわけでプロデューサーさんや、オーディション開始前に少々ワシに時間をもらえんかな？」

まさかの提案にクラスメイトたちは顔を見合わせ驚いている。

「あ、いや……しかし……」

一方、安居も視線を泳がせ驚いている、あの二人を落とす策略が……という自己都合が隠せていない。

鉄平太は煮え切らない態度の彼に重く低い声音で再度問う。

「金の問題ならワシがなんとかする、お主は首を縦に振れば良い。わかったか？」

「あっ！　ひゃい！　りょ、了解しましたぁ！」

御園生グループの会長……その傑物が繰り出す圧に安居は首を縦に振るしかなかった。

鉄平太の粋な計らいにジロウたちは頭を下げ感謝する。

「「あ、ありがとうございます!!」」

「はて、何のことじゃか。ワシはただスピーチがしたくなっただけじゃよ」

笑ってこの場をあとにする鉄平太は揚々《ようよう》と独り言ちる。

「よい仲間を持ったようじゃの光太郎。それが知れただけでもワシゃ大満足じゃ」

万歳三唱するクラスメイトたちを尻目に「それなりのスピーチを考えんとな」と手記を取り出し頭を掻く鉄平太だった。

そして鉄平太以外にもう一人、若者たちにほだされた男がいた。

「熱意……だな」

白沢監督である。チャレンジを諦め、無難な方に心が傾きかけていた時、「御園生」というこの地域の顔役に臆することなくお願いし、大きな山を動かした彼らを見てクリエイターとしての魂が動かされたのだ。

「ネットの評価が何だ、面白い作品を作りたくてこの業界に入ったんだ、俺もあの子たちのように諦めてなるものか……」

そうつぶやき、「作品のため忖度をなくそう」と静かに闘志を燃やすのだった。


そんな会場を目指す車の中では――

「しがない使用人ですが車内の空気が最悪です」

青木さんが妙な独白を口にするほど、何とも言えない空気が漂っていた。

膝《ひざ》に手を置きずっと窓の外を見続ける深雪。

疲れや緊張など色々あるのだろう、うつむき加減な花恋。

静粛性の高さが今日に限って裏目に出た、エンジン音のうるさい実家の車ならこの無言空間も少しは耐えられるのに……と青木さんが考えるくらい車の中の空気は張りつめていた。

ブロロ――

しばらく無言が続く中、沈黙を破ったのは深雪だった。

「まったく、変なところで騙されやすいんですね」

「反省しているさ」

「この程度の策略見抜きなさいな、長いことモデルとか芸能のお仕事しているんですから」

少し間を開けた後、深雪は続ける。

「あなたが中学からモデルの仕事をして家計を支えていたという話は聞いていましたわ。人気のモデルでカリスマなんて呼ばれていることも」

「……そう」

「正直、羨《うらや》ましかったです」

「え？」

まさかの羨ましいという言葉に我が耳を疑う花恋。

吐露するように深雪は自分の境遇を口にした。

「私は体の弱さもあって、桑島家の次期当主には向かないのではと周囲に陰口を叩かれ続けていました。花恋様の方が良い、戻ってきてもらったらいいじゃないか、ハキハキしているし明るいしモデルだし。深雪お嬢様はなんか暗いし怖いし、何考えているかわからないし怖いし急に変なテンションになって奇声を上げるし、あとなんか怖い……枚挙に暇がありませんわ」

「奇声、上げてたんだ……」

「ハキハキした方が良いと周囲が五月蠅《うるさ》いから声を張っただけです、「っしゃオラ」とか、かけ声のはずなのですが奇声扱いされて心外ですわ」

怖いを三回も言うところに周囲から恐れられて相当参っていたのがわかる深雪の発言だった。

つまりは劣等感、桑島家に呼ばれたときやけに敵対視していた理由に合点《がてん》がいく花恋。

「だから急に態度が変わったんだ、昔は仲良く遊んでいたのに」

「子供だったんですわ、今も昔も」

戸惑う花恋は光太郎への想《おも》いをこの際告白する。

「私が光太郎君のことを好きになった理由はね――」

花恋は商工会のせいで読モの仕事がなくなるかもしれない時、連中の悪事を光太郎が暴いた件をさながら英雄譚《えいゆうたん》を語るように深雪に説明する。

光太郎の武勇伝を聞いてウットリしていた深雪だがすぐさま真剣なまなざしに戻る。

「大変納得しました。でも、それとこれとは話は別です、今でも恐れ多くもあの方にふさわしいのは私だと確信を持っております」

「はっはっは、それは譲れないなぁ」

告白を受けたあの日を思い返すかのように、遠くを見ながら花恋は言葉を綴《つづ》った。

そんな話をしている間に、車が会場に到着する。

花恋のことを待っていたクラスのみんなが駐車場で待っていた。

全員笑顔、凱旋《がいせん》した英雄を迎えるような雰囲気に深雪が感嘆《かんたん》の声を上げる。

「どうやら時間稼ぎに成功したようですわね、さすが光太郎様のご友人」

花恋もつられて微笑んだ、自分には光太郎の他に頼れる仲間がいる……

「本当に、私は、幸せもんだね」

言葉を詰まらせ、感謝を胸に車を降りる花恋は深雪の方を向く。

深雪も視線をそらすことなく、しっかりと花恋の目を見ていた。

「……勝負ですわね」

「……お互い頑張ろう」

この一言を交わしたら十分、吹っ切れたような顔つきになった二人は急ぎ会場の控室へ。

「残念でしたね、もう少し時間があればしっかり仲直りできたかもしれませんのに」

青木さんはちょっぴり意地悪な言葉をつぶやき、二人の背中を見送っていた。

竹林に風が吹いたかのようなざわめきが会場中に広がった。

なぜならば本日のメインと言っても過言ではない人物が登場したからである。

遠山花恋、そして桑島深雪——

全体的に再生回数の高いオーディション配信の中でもこの二人が登場する動画だけがずば抜けており、特にカリスマ読モと生粋《きっすい》のお嬢様の舌戦は実にセンセーショナルで異様なほど注目を集めネットニュースにもなったほどである。

そんな二人が揃《そろ》って登場したのだ、期待するなという方が無理なものである。

接待を受けた事務所のタレントを引き上げたい安居は、この盛り上がりと鉄平太の気まぐれに苛立《いらだ》ちを隠せない。

「よけいなことをして計画がパァになったらどうするの……まぁいい、一人はパッとしない読モあがり、もう一人は成金お嬢様……演技力で必ずボロが出る」

そう自分に言い聞かせ心の安寧を得ていた。

一方、監督の白沢は今までにない熱を帯びた目をしている。

「頼むぞ、この話題性すらも超える何かを、願わくば会場を、隣の男の煩悩《ぼんのう》も、何もかもぶっ飛ばす演技を見せてくれ……あ、でもぶっ飛ばしすぎは勘弁ね」

ちょっぴり自分に都合よく「収集つく程度に」と胸中で付け足し、白沢は腕を組み舞台上の二人を見やっていた。

そんな期待と不安を監督に向けられているなど知らない深雪は――

「戦《いくさ》じゃ」

瞳孔《どうこう》開き血走った眼でやる気満々だった。もうすでにオーディションだのお芝居だのは頭にはなく「花恋と雌雄《しゆう》を決する」「光太郎を、神を我が手中に収める」ことに頭がいっぱいのようであった。

この手に刀を持っていたら振り回していそうな狂戦士状態の従姉妹《いとこ》に花恋は苦笑する。

そして同時に、こんな大舞台でもそこまで緊張していない自分に驚いていた。

「朝から絶叫して余計な力が抜けたのかな？　これも光太郎君のおかげだね」

諦めないようここまで全力でサポートしてくれた彼に報いるため意気込む花恋は続いて深雪の方を見やった。

幼少期、毎日のように遊んでいた彼女が隣にいるからだろう。まるでオーディションが久しぶりの「おままごと」に思えてきて緊張よりもワクワクの方が上回っているのだ。

稚気《ちき》あふれる笑みを浮かべて、花恋は舞台を隅《すみ》から隅まで見渡す。

いっせいに向けられているライトがまぶしい。

照明の光で舞台の温度は非常に高くみるみる頬は火照《ほて》り指先足先に血が流れ込むのがわかる。

（前まではこんな余裕なかっただろうな）

自分の演技でアップアップ、しかし今は頭のてっぺんからつま先まで冷静に見ることができる。

今の自分ならどんな芝居でもできる……そんな気がしているのだった。

「では皆様、まずは番号と軽い自己紹介をお願いします」

司会者に促され舞台に上がった花恋らを含めた６名は端《はた》から自己紹介を始める。

「はいっ！　エントリーナンバー22番――」

テレビ放送の都合もあるのだろう、まずは二次面接と同じ自己紹介、自己アピールを簡潔にすることになるのだが――

ザワザワ……

ただし今回は大舞台、大観衆の前……緊張のせいか自己紹介をしている女の子の足が震えていた。声音もちょっと上擦《うわず》っているようで、わかりやすく「かかっている」状態だ。

その緊張が伝播して他のオーディションメンバーの表情も硬くなる。

（今までの自分ならこの空気に「飲まれて」いたわよね……でも）

花恋はギュッと拳《こぶし》を握りしめる。練習に付き合ってくれた1-Aのみんな、飯田先生、そして――

「頑張るから、光太郎君」

彼氏として支えてくれると言ってくれた光太郎のために、彼女は心の中のスイッチをバチンと入れた。

そして花恋の出番。

「――では次の方」

司会者に促され、花恋は一歩前に出た。

深呼吸を一つ、そして彼女は取り繕《つくろ》った自分ではなくいつものお調子者の遠山花恋をぶつけてみせる。

「どうも～43番遠山花恋です！　読モやっていますがモデル業だけでなく役者業にも本腰ゴシゴシ入れていくんで！　よろしくお願いしますね！」

――ドッ
花恋節が炸裂《さくれつ》し、会場は大いに沸いた。おそらくいきなりこんな風に「ウケ」を狙っても普通は滑ってしまうだろう。しかし観客のおよそ半数が、あのオーディション動画を見てくれた人間だからだろう。お嬢様と舌戦を繰り広げた「お調子者スレンダー美少女」として結構な数のファンがついているようである。

「花恋さーん」『花恋！』『応援しているぞ～！』

会場から飛び交う声援。その中には丸山や1-Aの声も。

その声援にやんごとなき人のように手を上げ応える花恋。

「なんだその手の上げ方！」『王族じゃないんだから！』『ワハハ！」

さながらボディビル会場の盛り上がりのように飛び交うかけ声。

そんな空気を作り出せるのは彼女の「天性の才能」がなせるものだった。

良い笑顔を見せる花恋に監督をはじめ審査員は頷いて忙しそうに手元の資料にメモを走らせていた。

ただ一人、安居だけはこの盛り上がりに焦りと憤りを顔からにじませ舞台を見やっている。

「トークで受けても最後は演技力、せいぜい恥を掻きなさいな」

爪《つめ》を噛《か》んで歯ぎしりをしてわかりやすく苛立っている安居をよそにオーディションは続いていく。

「いやぁ、声援が多いですね、お友達やもうすでにファンの方がついているようですね。では続きまして44番の方――」

司会者が促した次の瞬間である。会場全体がスン……と、静まりかえる。

まるでこれから恐れ多いお方が演説をする、そんな前触れのような静けさがあたりに漂った。

花恋が「黄色い声援で会場が埋め尽くされた」というのなら「青い静寂で会場が支配された」と言うべきだろうか。

沸かせる力と惹《ひ》きつける力……実に対照的な魅力。

その静寂の中、前に出るのはもちろん――

「44番、桑島深雪ともうします」

大地主で政治家などと縁が深い「桑島家」の長女、桑島深雪の登場である。

少なくとも舞台上ではなくＶＩＰ席にいるべき存在。ましてやオーディションを受けるなんてありえない。

「――どうぞよしなに」

花恋とは別のベクトルのオーラを身に纏い彼女は恭《うやうや》しく一礼した。自然と拍手が起こる、拍手しなきゃいけない、そんな衝動に会場全体が駆られていた。

「……は、はい。では意気込みの方をどうぞ」

拍手が収まる頃合いを見計らって抱負を尋ねる司会者。

深雪は顔色一つ変えることなく隣の花恋を指さした。

「隣のお方には負けないお芝居を見せて差し上げます、それだけですわ」

――おぉ……。

この宣戦布告に会場は大いにどよめいた。

ぱっと見、天使のようなお嬢様がイケイケな読者モデルの女の子に噛みつく、そのギャップは興味を引き、そして一部の人間にはたまらないのだろう。

両者の関係性はわからないがバチバチにやり合っている二人。怖いもの見たさ、その確執の理由知りたさ……会場は今日一番の注目の盛り上がりを見せていた。

「悪いけど演技審査は公平にさせてもらうよ……そして周年企画だろうと無難なものなど見せたらお客さんは飽きてしまうだろう。ここは爆発するシチュエーションを選ばないと……」

即興芝居のシチュエーションを熟慮する監督。

舞台上の花恋は背筋を伸ばして言葉を待っていた。

「大丈夫、みんなと練習したんだ、どんなシチュエーションがきても大丈夫」

深雪もまた目を深くつぶり昂《たか》ぶる気持ちを抑えていた。

「何が来ようと演じるのみです、イカでもコオロギでもカマドウマでもエミューでも必要ならば即興で演じてみますわ」

チョイスがお嬢様から逸脱しているが覚悟のほどを口にする深雪。ただこの台詞《せりふ》を青木が聞いていたのなら「エミューを選んだら太陽に向かって走り続けるお嬢様が見れるんですね」と真顔で動画を撮ろうとするだろう。

白沢監督はボールペンでこめかみをグリグリしながら考えに考えた末、一つのシチュエーションを提案する。

「そうだね、じゃあ『一人の男を取り合う修羅場《しゅらば》』コレにしようか」

この選択に会場は期待と不安で大いにどよめいた。

理由は知らないがタダでさえバチバチの花恋と深雪にそんなシチュエーションで即興芝居をやらせようものなら何が起こるやら……最悪流血沙汰《ざた》になるのではないか……

そう、バチバチにやり合っている二人にグローブをはめてリングに放り込んだようなものなのだから。

大作ホラー映画上映前、もしくは因縁の格闘家の対戦開始前……それに似た空気が会場に漂い出す。

だが、会場の熱気に反し当人たちは拍子抜けしたような顔をしていた。

「あぁ、それでいいんだ。悩んで損した」

「あぁ、それでいいんですのね。悩んで損しましたわ」

まぁそうなるだろう、実際に一人の男を取り合っているのだから。

どんなシチュエーションがきても演じてやる、演じて勝ってやると意気込んでいた二人にとって「演技をしないで良い」と言われたようなものである。

「さぁ、始めてください」

司会者の合図と共に花恋と深雪以外のオーディション受験者は様子を見だす。

誰がどのように出るか、他の人が作る設定に乗るか、その前に自分が設定を作り上げていくか……そのような機微を感じ取るエチュード独特の間合いの取り方が起きる。

が、何度も言うように花恋と深雪にとってはもはやこれはエチュードではない。彼女らにとっては公の場で相手を言い負かす討論の舞台へとなっていたのだから、そのような機微は生じない。

誰よりも早く、真っ先に動いたのは深雪だった。

「まず何度も言ったかもしれませんが、この場で再度ハッキリと申し上げます。あのお方は貴女にとってふさわしくありません」

開口一番、鋭い舌鋒《ぜっぽう》。

軽いジャブなんて生ぬるい、強烈ドストレートを花恋にぶちかまし会場は大いに沸いた。

探りなんていらない、心を折ってやる、まさに「修羅場」な一言。「あのお嬢様の演技力すげーよ」と感嘆の声が上がるほど。

もちろん演技でもないし鋭い舌鋒は素でもある。

つまり本音。本音をぶつけられた花恋はオーディションであることをすっかり忘れカチンときて反論しだした。

「はぁ⁉　意味わからないんですけど⁉　ほんと意味わからないよ、数学のサイン・コサイン・タンジェントが実生活で何の役に立つのかと同じくらい意味わからないんですけど」

これに対して深雪はさらりと言い返す。

「私は常々、役立たないと文句を言うより何に役立てるか考える姿勢が大事だと思っています。そういう意味でも現状を甘んじて受け身でいる貴女がふさわしいとは到底思えません」

「おっと残念、でもその受け身の姿勢だから私告白してもらったんだけどなぁ」

「ぐぅぅ！」

返す刀で花恋にバッサリ斬《き》りかかるが、返り討ちに合う深雪。

胸を押さえ銃撃されたかのように片膝をついた。

この流れに花恋と深雪以外のオーディション受験者はついていけない。即興芝居だというのにまるで練りこんできたかのような設定と言葉の応酬に割って入るタイミングが掴めないでいた。

この流れに対し、白沢監督は感嘆の息を漏らして絶賛する。

「ほぉ、すごいね！　即興芝居だというのに相手の設定を飲み込むアドリブ力！　まるで本当に取り合っているかのような……ここ一番で見せてくれるなんて」

もちろん本当に取り合っているからこその掛け合い、演技でもなければアドリブでもない。

芝居のオーディションという前提がなければただの口喧嘩《くちげんか》。

だが本気で相手を打ち負かそうと言葉で殴りかかればかかるほど観客の評価とボルテージはグングン上がっていく。

彼女らの言葉は腰の入ったパンチ、それがプロの卓球のラリーが如く途切れることなく続くのだ。

他のオーディション受験者が意を決して無理にでも間に入ろうものなら――

「あ、あの、私もその人と」

「「はい⁉」」

「ひぃ！」

このように一蹴《いっしゅう》されてしまう、即興芝居という事をすっかり忘れ邪魔者を排除する二人。

この息の合ったコンビネーションに会場は沸いた、もう独壇場である。

「確かに貴女が告白されたかもしれません。しかし私の方が確かな愛を受けております、言葉でこそありませんが、それはもうひしひしと……」

それを花恋が一刀両断する。

「はい、おめでたい。おめでたい頭だね～」

「おめでたい頭？」

「うんうん、盆暮れ正月と誕生日とハッピーニューイヤーが一緒になったくらいおめでたいね」

正月とハッピーニューイヤーは同じ意味なのだが、そんなツッコみをさせる間もなく花恋は畳みかける。

「彼は誰にでも優しく笑顔を向けてくれるんだよ。その笑顔で勘違いしちゃったんだねぇ……お嬢さんはその微笑みを自分だけのものだと勘違いしちゃって今に至るわけだから……いやいやイタいイタい。湿布貼る？　頭の中に」

花恋は深雪に肉薄し湿布を貼る仕草《しぐさ》で挑発してみせた。湿布を剝《は》がすのを失敗して指にひっつくマイムを披露。

ただただ純粋に深雪に対して挑発しているだけなのだが、このパフォーマンスに会場はさらに沸く。

　この挑発に対して深雪も負けてはいられない。

「貴女も勘違いしておいでですよ」

「何をさ？　言ってみ、ほれほれ」

「ではハッキリ言いましょう。まず、あのお方は『神』で誰のものでもございません」

　いきなりぶっ飛んだ発言に盛り上がっていた会場が一気に静まりかえった。

「え？　神？」

　周りが引いているのにもかかわらず深雪は光太郎＝神について熱弁し始めた。

「あのお方は私を救ってくれましたわ、あの人の言葉はまさに真言。神社を作れと言われたら今すぐ作って社務所を登録してそこの管理人になりたいくらいです」

　なんかやばい単語がポンポン飛び出し普段ならドン引き間違いナシだろう。

　しかし今は即興芝居の真っ最中……

「なんて斬新なアドリブなんだ！　彼女は鬼才か？」

「よくこんな言葉選びができるな……まさに怪演」

　本来、ドン引きされる発言はワードセンスという言葉に早変わりだ。

「そ、そんな神社に奉納なんて彼が望むわけないじゃない！　ありがた迷惑も甚だしいよ！」

　深雪は平然とした顔で花恋を見やる。

「無論、あのお方に『やめて』と言われたら即中止しますわ。神の言葉は絶対ですもの」

狂信者のような口ぶりと光の宿っていない眼……この場にいるほとんどが深雪の圧力に飲まれる。

「生まれ変わったら彼の住む部屋の壁になってずっと眺めていたいくらいです」

「引っ越したらどうするの？」

花恋の指摘に本気で深雪は呆れる。

「まったく、夢のない人ですわね」

「壁願望を夢のカテゴリーに入れている君に夢とか言われたくないよ。そんなに見たいなら見続けたら良いさ、私と彼の同棲《どうせい》生活を壁からじっくりとね」

「その場合は貴女を壁の中に引きずり込んで始末しますわ」

「ぬりかべじゃん、君は生まれ変わったら妖怪になりたいってこと⁉　水木御大《みずきおんたい》もビックリだよ⁉」

まさかの妖怪的発言。深雪の冗談とも本気ともとれない口ぶりに会場からは「あれ本当に演技？」と疑うものも現れる。だが「アレ演技じゃなかったらやばいだろ」なんて正論で押し黙る場面も。

深雪は真顔のまま、今までより低い声音で花恋に肉薄した。

「つまり私はそのくらい、あのお方に尽くせる……そう宣言しているのです。必要ならば神社を建立《こんりゅう》し妖怪に生まれ変わることも辞さないという覚悟です。では逆に問いましょう――」

「な、なにさ？」

「貴女はどんな覚悟がおありですか？　ただ自分が楽しい、嬉しいから一緒にいたい……そんな貴女に負ける道理はありません」

それは、なかなかに芯を食った発言だった。

光太郎のため自分に何ができるのか……彼のことが好きということばかりが先行してしまい何をしてあげられるか考えもしなかった花恋はここにきて言葉が引っ込んでしまった。

「さぁ、教えてください。私を屈せられるだけの言葉を！　さぁ！」

花恋はポツリポツリと言葉を紡いだ。

「考えはしたさ、自分が彼に何をしてあげられるかなんて……確かに君に比べたら何もできないに等しいかもしれない。神社だって建立できないし」

そこ張り合ってどうするんだと会場の至るところから笑いと共にツッコミが飛んでくる。

が、真剣そのものの彼女には聞こえない。

「だから、彼のように誰かを救える立場になりたい。笑顔にできる人間になりたい、そしていつか彼が困った時救ってあげたい……昔の君みたいな人間を笑顔で救える人になりたいんだ」

――「憧れ」の光太郎に近づくために。

――だから、このオーディションを受けた。

彼を「神」と崇《あが》め何か奉仕しようとしている自分にはない考え……隣に並ぶ、彼みたいになりたいという願望。

この言葉は深雪の胸に突き刺さったようである。

「なれると？」

訝しげな顔の深雪。

花恋はさらりと言葉を返した。

「なりたいんだよ。まぁ今できることと言ったら彼が変な人間に利用されないように注意するくらいだけどね。あんな無償の奉仕をしちゃう優しすぎる人間、ほっとけないよ」

これには深雪も同意し「確かに」と大いに頷いた。

「私の知る範囲だけでも色々と手を貸してしまうお方です……絶対に大成すると思いますが悪い人間に騙されてしまわないか、それだけが心配です」

「うんうん、無垢《むく》で純粋で騙しやすそうだから悪い人間が寄ってきそうで危なっかしいんだよね」

「笑顔の幼さがすこぶるチャーミングですが、そこがウィークポイントになってしまうのは皮肉ですよね」

「幼さもあるけど男らしさもあって、そこがギャップでたまらないんだけどね」

「えぇわかります、わかりますとも。浮世離れしているあのお方の神秘性はどこかの教会の天井に天使か神の肖像として描かれていても何ら不思議ではありませんもの」

このやり取りに会場は「おやおや」とどよめき始めた。

修羅場からだんだんと「私の好きな人の良いところ」を語り出す二人。

まるで同担女子さながらの空気である。

恋のライバルと言うことは裏を返せば同好の友――私の方が好きという修羅場がいつしかここが好きと語り尽くすオフ会に変貌していた。

気がつけば目を見て光太郎への愛を語る二人。少しして自然と目が合っていることに気がついて、お互い少々気恥ずかしく俯《うつむ》いた。

しばし間が空いた後、深雪は本音を吐露する。

「正直、私は独りよがりな部分がありました、貴女への個人的な恨《うら》みもあって……でもまだ、私の方がふさわしいという気持ちに変わりはありません」

「でも、私は彼と肩を並べられる人間になってみせる。隣に並ぶ覚悟があるよ」

「……その言葉を聞けて、少し嬉しいのは変ですね」

「これはあれかな？　良きライバルとして認めてくれたと言うことかな？　個人的な恨みは水に流してさ」

体の弱い自分より花恋の方がふさわしい、今すぐ呼び戻せ――

周囲から比べられ、いつしか憎むべき対象へと変わっていた――

だが、ここ数日でその感情は自分の独りよがりだと認め薄れていった――

深雪は深呼吸するとスッキリとした笑顔で花恋の方を見やる。

「こんな風に言い合えたのも、あのお方のおかげですわね」

「うん、彼のおかげだ」

「今はいいですが、いつか必ず」

「その日まで精進し続けると誓うよ。彼と君に認めてもらえるようにね」

ガッチリ握手を交わす二人。

「エチュードを自分たちで上手く締めくくった、構成力も素晴らしい」

一連の流れを見て評価する監督、もちろんこれは狙ってやったわけではない。

ただただ自然に長年にわたる確執が雪解けしただけなのだから。

「――はい、もう結構です。いやぁ素敵な即興芝居でした」

大団円になったところを見計らい司会者が終わりの合図を告げる。

花恋と深雪は握手を交わしたまま。

その光景に会場は拍手喝采、ヒロインの座は花恋か深雪どちらかとにわかに活気づいていたのだった。

「く、なんなのこの空気」

だが、その様子に納得がいかないのがプロデューサーの安居である。

もう花恋か深雪、どちらかが合格だろうの雰囲気に懇意にしている事務所のタレントをゴリ押ししたい彼は大いに狼狽《うろた》えていた。

「大金が動いているのよこっちは！　この信頼を足がかりに『あの時』みたく羽振り良くしたいというのに！　仕方がない、私のコネを使ってあの二人を個人的に潰すしか――」

盛り上がる会場の外へ飛び出し携帯を手に何やら不穏なことを口走る安居。

そんな彼の肩を何者かがポンと叩いた。

「どうかしたかね？」

「み、御園生会長⁉」

ＶＩＰ席で観覧していたはずの御園生鉄平太である。

何故、御園生会長がわざわざ会場を出てきて声をかけてきたのかと困惑する安居。

鉄平太は髭を撫でながらそろりとこうつぶやいた。

「素敵な芝居じゃった。見るものを惹きつける……あれは半分本音も混ざっていたのだろうなぁ。それを言えるのは良い役者になれる証《あかし》じゃ。公明正大な判断を頼むぞ」

公明正大――忠告にも似た鉄平太の言葉だが安居は流して対応する。

「あぁぇ、もちろん、厳正な審査をして選ばせていただきます。例え盛り上がったとしても不適切な人間は辞退していただく次第です、はい」

口調こそ丁寧《ていねい》だがこの安居、頭の中ではいかに花恋らを落とすかしか考えていない。

それを感じ取れたのか、鉄平太は落胆した口ぶりでつぶやく。

「不適切な人間……のぉ」

辣腕経営者として「その手の輩」を何人も見てきた鉄平太はプロデューサーの人間性を今見抜いたのだろう。

「それは、いったい誰のことを指しているのかのぉ」

圧のある眼光。身の危険を感じた安居は怒られた子供のように言い訳を並べだす。

「こ、これからオーディション受験者の身辺調査に移らせていただきます。その上で不適切と判断した場合は――」

「ならば、真っ先に排除すべき人間が今、目の前にいるんじゃが」

痛烈な鉄平太の一言。

鋭い舌鋒で切り捨てられ安居は「ひゅ?」と短い息をこぼすしかできない。

「実は先ほどワシのところに信頼できるスジから連絡があっての、なんでも別のところでやらかした詐欺師が業界に潜り込んでまた悪さをしているかもしれん……とな」

「な、何のことでしょう⁉　あ?　うぇ⁉」

とぼけようとする安居、しかし鉄平太の背後にはドラマ制作陣やスポンサー、テレビ局のお偉いさんなど関係者諸々《もろもろ》がズラリ勢揃いして彼を睨んでいた。

「話は聞きました、安居プロデューサー、あなた詐欺の容疑で前科があるんですってね。有名大学卒業も嘘、立派な経歴詐称ですよ。噂じゃ反社とつながりがあるそうで」

「ど、どこから漏れた⁉　あ、いや、その……」

つい馬脚を現してしまう安居に鉄平太は冷たい眼差しを向ける。

「確か執行猶予《ゆうよ》中の身じゃったかな？　なら言い訳はしかるべきところでたっぷり言ってもらおうかの。警察の方にも顔が利くのでな、こってり絞ってもらうよう伝えておくわい、これはサービスじゃ」

「そ、そんなサービス――」

振り回されたドラマ関係者やテレビ局の人間に両脇を抱えられ、安居は会場から連行されることになった。

残ったテレビ局のお偉いさんは鉄平太に深々と頭を下げ詫《わ》びを入れる。

「あんな輩に潜り込まれるなんて、御園生会長が気がつかなければ大変なことになっていました」

鉄平太は「よいよい」と寛大な態度を見せる。

「久々に孫からメールをもらえたからプラマイゼロ、いやむしろプラスじゃよ」

「は、はぁ？　孫？」

孫バカぶりを知らないお偉いさんはキョトンとした顔になる。

鉄平太は咳払いを一つすると話題をオーディションの方に切り替えた。

「ところで今日のオーディションじゃが、あの二人のどちらかに決めかねているかの？」

「あ、はい、甲乙付けがたく監督の白沢も頭を抱えておりました」

そのことを聞いた鉄平太はあることを提案する。

「ならばワシの提案をちと聞いてくれんか？　結果発表は後日になってしまうが……監督と脚本家に骨を折ってもらいたい」

「御園生会長のご要望なら喜んで！」

そう言ってテレビ局のお偉いさんは監督や脚本家、主要スタッフを集めだしたのだった。


公開オーディションが終わりフェニックスホールのロビーはさながら試験が終わった学校前のような開放的な雰囲気だった。

帰路に就く一般のお客さんの他に所属事務所のマネージャーらしき人と反省会をするもの、健闘を称え合うもの、名刺交換するものなど様々である。

合否は後日発表とのことで大半の受験者は期待半分不安半分といったところか。

だが花恋はやりきった充足感で胸がいっぱいだった。

手応えはない。

ただ彼女は役柄と自分を重ね合わせ精一杯演じきっただけなのだから。

そんな彼女の前に深雪が現れる。

「…………」

真摯なまなざし、視線が交差する二人。

ポツリポツリと深雪の方から語りだす。

「覚えている？　初めて会った時のこと」

「あのお屋敷で、だよね」

ロビーから見える庭園に視線を送る深雪、花恋も同じ方向を見やる。

「私が部屋で寝ているときどこかから摘んできたお花、くれたわよね」

「そうそう、庭に咲いている綺麗《きれい》な花、後で怒られたけどあなたが喜んでくれて嬉しかった」

二人が見つめる庭には小さな女の子が花壇の花を摘んで庭師に怒られている光景が浮かんでは消える。

「やっぱり怒られたのね」

「でも、あなたが喜んでいたからこっそり摘んでまた怒られて……」

「見かねた庭師さんが『折り紙でお花を作ったらいかがですか』って言ってくれて」

「でも折り方がわからず結局私が一緒に作ったのよね」

「あの日は一日中折り紙していたわね」

二人はロビーの待合室に視線を向ける。

設《しつら》えられた机で靴を放り出して夢中になって折り紙をしている女の子たちの姿が浮かんでは消える。

「私が療養中は毎日のように来てくれたわね」

「そうそう、お母さんあの頃から忙しくてさ」

「休日は使用人さんと一緒にお菓子とか作ったわね。私は配膳《はいぜん》しかできなかったけど」

ロビーを歩く彼女らの前によたよたとお皿を運ぶ少女の姿。それを鼻の頭にクリームを付けた少女が心配そうに見つめ、言われてようやく気づいて笑い合う少女たちが浮かんでは消える。

彼女たちの横で楽しそうにおままごとをし、稚気あふれる笑みを浮かべる少女たちの姿が浮かんでは消える。

——そして、深雪は真剣な顔で花恋を見やる。

神妙な顔をする花恋。

その顔がおかしかったのか深雪は笑ってしまう。

「正直、あの頃は貴女が憎かったわ、ずっと比較されたんですもの、どんどんモデルとして、桑島家関係なしに自立して評価されて……でも」

「でも？」

「そんな些細《ささい》なことで意地張ってケンカ腰だったこと、ずっと後悔していたの。あの時我慢していたら大切な友達を失う事はなかったんだって」

本音を話す深雪。泣きはらしたような眼で花恋を見つめる。

「あの時、キツく当たってゴメンね、ずっと、ずっと謝りたかった」

「いいのよ、もう、昔のことだから」

「ふふ、その事、今日も謝られた、さっきのエチュードで」

光太郎が申し訳なさそうにする姿が目に浮かんだのだろう。自然に笑う深雪。花恋もつられて笑った。

二人は笑い合いながら会場の外に出た。

彼女らの後ろから手をつないで一緒に駆ける少女たちの姿が浮かびそのまま自転車を引いてヨタヨタ歩いている少年の前で止まっては消える。

「ごめん、オーディション、終わっちゃった？」

そこにはボロボロで力なく手を挙げる光太郎の姿があった。

「ほんと、驚かせる人ね」

「本当にね」

クスクス笑い合う花恋と深雪。

「ごめんごめん、疲れてグッタリしちゃってさ……で、どうだった――」

そこまで言って光太郎は質問をやめる。

彼女らが笑い合う姿を見て「聞くのは野暮だ」と彼は察し、一緒になって笑うのだった。

エピローグ

あのオーディションの日から数日が過ぎた。

桐郷《きりごう》学園の有名人「遠山花恋《とおやまかれん》」と大地主の娘「桑島深雪《くわしまみゆき》」がドラマの公開オーディションを受けたという話は様々なメディアに取り上げられ、生徒、先生、町の人などミーハーな人々は大いに色めき立った。

読モとお嬢様の対決という構図は非常に面白がられ、オーディションの様子は全国放送のニュースでも特集で取り上げられ、その反響はとどまるところをしらない。テレビの影響恐るべしといったところだ。

一方、当事者である花恋は周囲の盛り上がりなどないように普段通りに振る舞っていた。

「おはよう花恋さん」

「おはよう光太郎《こうたろう》君」

いつものように光太郎と花恋は一緒に登校する。

しかしオーディション後、ある人物がこの輪に加わることになる。

ブロロ……キィ……

彼らの横に止まるは黒塗りの高級車。朝日に照らされワックスで余念なく磨《みが》かれた車体がまぶしく光る。

そして後部座席から颯爽《さっそう》と降りてくるは……

「お早うございます皆様」

「おはよう、深雪さん」

その輪に加わったのは桑島深雪だった。いつもならばこのまま車で校門へ向かうのだが申し合わせたようにいつの間にかここで合流するようになっていた。

「ではお嬢様、私は先に学校へ向かっております。光太郎様に花恋様……深雪お嬢様をよろしくお願いします」

「青木《あおき》さん、もう百メートルもないですし大丈夫ですよ」

「お嬢様、何かあったら怒られるのは私なんですよ」

「責任は負いたくない」と青木。これを言えちゃうメンタルはさすがである。

「んもう、さぁ行きましょう」

ちょっぴりムクレる深雪に花恋が意地悪なことを言ってみせた。

「深雪、あと百メートルもないならわざわざ一緒に登校する必要もないと思うのだけど？」

「花恋さん、それは寂《さび》しいじゃないですか……光太郎様もそう思いますよね」

いきなり話を振られた光太郎は「まぁね」と返す。

その反応に花恋はご不満のようである。

「ん〜、光太郎君は深雪に甘い気がするなぁ」

そう、あの日から深雪と花恋の間にあった壁はなくなった。

それどころか「そんなのありましたっけ」レベルで実に仲良く談笑するようになったのだ。

今じゃ一緒につるむメンバーの一人。いや、むしろずっと前から一緒だったかのように楽しく和気藹々《わきあいあい》と過ごしている。

「いや、本当に嬉《うれ》しいね……うん」

嬉しいのは嬉しいのだが……それはそれで光太郎に別の問題が浮上していた。

「ねぇあれ」

「遠山さんだけじゃなく桑島さんとも？」

「何か弱みでも握っているんじゃないか？」

「……警察に通報した方がいいんじゃね？」

この反応である。

悪い噂《うわさ》が耳に届き血の気が引く光太郎、そんな彼の肩を花恋は優しく叩《たた》いてあげた。

「心中察するにあまりあるねぇ光太郎君。端《はた》から見たらまさに両手に花状態だからさ」

学園のアイドルに地元で有名なお嬢様……見る人が見たら羨《うらや》ましくて仕方がないことこの上ないだろう。

「ま、女たらしと噂されてもモテモテ税として諦《あきら》めるしかないねぇ」

「納税は義務ですよ光太郎様」

二人していじってこられ。望まぬ税を課せられ心外だと光太郎は額《ひたい》に手を当てるしかない。

「まぁでも両手に花と言っても本命は私なんだし」

「……あぁ？」

花恋の不用意ともとれる一言に深雪の内なる悪魔が目から口から漏《も》れ出した。静謐《せいひつ》な空間だった彼女の周囲を一気にどす黒い何かが覆い尽くす。

そんな彼に妙な連中がバタバタと駆《か》け寄ってくる。

「竜胆《りんどう》光太郎！」

取り囲んだのは神林《かんばやし》先輩たちだった。

「あ、おはようございます神林先輩。先日はありがとうございました」

「ふん、間に合ったようで何よりだ。壊れた自転車も新品にしてもらって文句はない」

「ところであの後どうなったんですか」

気にしている花恋に神林は鼻の下を伸ばして答えた。

「いやいや、あの後本当に大変だったんですよ。竜胆に自転車を貸して出前をどうしようと考えていたところ、たまたまバイクで通りがかった校長先生がいたから良かったものの……」

「あ、校長、大型二輪の免許取れたんだ……いや、あの時は本当に助かりました」

「礼には及ばん、だがそれよりも！」

神林先輩たちは声を荒らげる。

「なぜ桑島さんと仲良くやっているのか！　そっちの方が解《げ》せんのだ！」

「あ、気になります……よね」

「無論だ！　遠山さんとの仲が親密になるならよくわかる！　しかし風が吹いたら桶屋《おけや》が儲《もう》かるよろしく！　無関係であろう桑島さんが何故⁉　自転車を貸した先輩として！　とことん追及させてもらうぞ竜胆光太郎！」

鼻息荒い彼に対して深雪は含みのある態度をとる。

「まぁ、あんなことがありましたし」

「あ、あんな事とはっ⁉」

「さぁ、ご想像にお任せしますわ」

「ちょっと⁉」

その意味深発言に神林先輩たちは食いつく。焦燥《しょうそう》と嫉妬《しっと》に駆られたその姿はまさにゾンビであった。

「目を離した隙《すき》に何を⁉」

「そんな人前で⁉　あんなことやこんなことを⁉」

「お巡りさん、こいつです！　ウソじゃないです！」

「ちょっと深雪さん！　想像に任せたせいで変なモンスターが誕生しちゃったじゃない！」

「……あ、はい、本当にごめんなさい」

さすがの深雪でも彼らのたくましい想像力に若干《じゃっかん》引き気味……マジ謝りである。

絶望に打ちひしがれる神林らを放置し、自分の教室へと向かう光太郎。

クラスの前に立ち花恋と深雪と分かれようとした、その瞬間である。

「ドラマオーディションお疲れ様！」

パンパン――とクラッカー音が鳴り響き驚き振り向く三人。

そこではクラスメイトたちが満面の笑みで花恋たちをねぎらっていた。

「ほらほら突っ立ってないで入って入って、花恋も、桑島さんも」

「ちょ、丸《まる》ちゃん」

「わ、私もですか？」

グイグイと腕を引っ張る丸山《まるやま》に花恋も深雪も強引《ごういん》に教室内に引っ張り込まされた。

ジロウがニヤニヤしながら光太郎を出迎える。

「よぉ、自慢の彼女持ち」

「ちょ、ジロウいきなりなにさ！」

ジロウはニヤニヤを継続したまま光太郎の肩を抱《だ》いた。

「聞いたぜ、お前自転車で爆走したんだって？　ほんっとにお前はここ一番で無茶するな、最高の男だ」

「不可能を可能にする男、それが竜胆光太郎ですからねぇ。今度私の家の前に駅を作ってはくれませんか」

「俺は自宅に美《ちゅ》ら海《うみ》が欲しい！」

イジってくるクラスメイトに恥ずかしくなったのか光太郎は強引に話題を振る。

「ところでさ、みんな集まっていていいの？　そろそろ授業が始まるんじゃないの？」

光太郎の素朴な疑問に教室の外から声が聞こえた。

「大丈夫だぞ」

ガラガラと音を立ててドアが開き現れたのは何と養護教諭の飯田《いいだ》先生だった。

「い、飯田先生？」

「担任の鈴木《すずき》先生に自習の許可は取ってある。一緒に練習したこのクラスには結果を聞く権利があるだろう」

結果と言われ花恋は少し恥ずかしそうにする。

「そんな、みんなで聞くなんて」

そう、前回受けたオーディションの結果は本来ならばあの会場で発表される予定だった。

だが運営側の都合で今日の昼前に通知されることになったのだ。

「いったいどんな都合なんだろう」

「きっと決めかねているんじゃないでしょうか、二人ともすごい演技でしたし」

「爪痕《つめあと》残したもんなぁ」

褒《ほ》めまくる国立《くにたち》と仲村渠《なかんだかり》。

しかし花恋は冷静だった。

まず、ほぼほぼ素で演技なんてしておらず本人に手応《てごた》えがあまりないこと。

そして、結果がどうなろうとも健闘した深雪を褒め称えよう。そう決めていたからだ。

それは深雪も同じようで目が合った瞬間お互い笑い合う。

「あの、ところで私もここにいていいのですか？」

流れで1－Aにいるけれども自分のクラスに戻るべきか深雪は周囲に尋ねた。

「モチロン、モチロン。あの演技スサマジかった、ほぼ不動明王」

山本《やまもと》・ボブチャンチン・雅弘《まさひろ》が笑顔で頷《うなず》いた、褐色に白い歯が映える。

「聞いた話によると花恋さんを追い込むために敢《あ》えてライバルになったとか」

「やっぱりいい人なんですねぇ桑島さんは」

アレを素と思っていない人間は深雪の行動や怪演は花恋を思っての行為だということで落ち着いているようだ。1－Aのほとんどの生徒から深雪の好感度爆上がりである。

「ありがとうございますわ」

本気で勝とうとしていたことなど言えない深雪は気取られないよう微笑《ほほえ》んでみせた。

そんなこんなでワイワイ騒がしくなってきたところ飯田がパンパンと手を叩く。

「はいはい、桑島さんもいても良いけど、名目上は自習扱いだから教科書開いて……形だけでも良いから」

クールな顔して生徒に甘々の飯田。

1-Aのみんなは「はーい」と返事をし各々《おのおの》の席に着いて教科書を開く。

が、やはり気になるようで視線は机の上に置いてある花恋と深雪のスマホに注《そそ》がれていた。

「恨《うら》みっこなしだからね」

「ええ、恨みっこなしですわ」

仲直りできた彼女らにとって、どっちがヒロインに選ばれても禍根はない。

小声でエールを交わした後、二人は教科書に視線を落とした。

一限目、二限目が終わり休み時間になる度に隣のクラスや先輩、先生たちなどが結果を聞きに顔を出す。学校中で噂になっておりみんな興味津々《しんしん》のようである。

そしてお昼近くになったとき――

ヴーッ、ヴーッ……

「――ッ!?」

スマホの振動音が教室に響き一気に視線が注がれる。

鳴ったのは……花恋のスマホだった。

「あ、えっと」

「……ほら、胸を張って取りなさい」

促《うなが》す深雪に花恋は大きく頷いてスマホに手をかけた。

「はい、もしもし」

合格の一報か、落選か、はたまた無関係の電話か……

注目が注がれる中、花恋の強《こわ》ばっていた表情がほどけていくのが読み取れ、クラスのみんなも「これって」『もしかして」と期待に胸を膨らませだす。

「はい、はい……ありがとうございます」

電話越しに深々とお辞儀をする花恋。

そして電話を切ると真っ先に光太郎に報告した。

「やったよ、光太郎君！　私！　ドラマに出られる！」

「お、おめでとう花恋さん！」

ワッと歓声が上がる教室内。いつもクールな飯田もこのときばかりはうっすら涙ぐんでいた。

ジロウが立ち上がると拳《こぶし》を高々と突き上げる。

「よっしゃ！　宴《うたげ》だぁぁ！」

「おめでとう花恋！」

抱きつく丸山。そしてカチャーシーを踊りだす仲村渠にハイタッチして喜ぶ国立とボブ。

「やりましたな」

「オデ、嬉シい、今日という日を冥途《めいど》の土産《みやげ》にスル」

クラスがひとしきり盛り上がる中、深雪は花恋の肩を叩いた。

「おめでとう花恋さん」

「……ありがとう」

色々な思いがこのやり取りに集約されていた。

気を遣《つか》う光太郎は深雪の方にも話しかける。

「あの、今回はその、残念でしたけど」

「ありがとうございますわ、それだけで十分です！」

満面の笑みの深雪。しかしどこからともなく声が聞こえてくる。

「――本当に十分ですか？」

「そ、その声は？」

ガラガラと音を立てて教室に入ってきたのはなんと青木だった。

「失礼します、この流れですが深雪お嬢様にもドラマのオファーが来ております」

その一報にクラスは沸いた。

「わ、私にもですか？」

戸惑う深雪に青木は淡々と告げる。

「はい、何でも花恋様との『演技』の内容がすこぶる評判よかったとのことで是非ともとご通達が――」

演技をやたら強調しながら青木は深雪にオファーが来たその理由を続けた。

「最終オーディションの様子もこの前配信サイトにアップされたのですが、コレがまぁ花恋様とお嬢様のところが一番再生されているそうで……コメント欄すごいですよ」

「う～見たいような見たくないような」と花恋。

青木は「概《おおむ》ね好評です、概ね」と概ねを強調しながら続ける。

「お嬢様にもオファーが来た理由は非常にシンプルです。公開オーディション番組形式にしたおかげで良い誤算が生じたんですよ」

青木曰《いわ》く、オーディションの様子を番組化し配信したため、受験者個人個人の人気が出てきたとのこと。

その人気の過熱ぶりはすさまじく、たった一枠のドラマヒロインを選出するには惜しい人材であふれてしまった。

花恋や深雪という濃いめのキャラの出現。そして最終オーディションでの圧倒的な怪演が話題となり切るに切れなくなったためでもある。

そこで監督は急遽《きゆうきよ》脚本を直し出演者の枠を増やすよう提案したのだ。

「――とまぁそんなことを耳にしまして。二人の痴話喧嘩《ちわげんか》……コホン、もとい演技が素晴らしく大スポンサー様の鶴の一声で急遽脚本を書き換えたとのことです。とにかく、おめでとうございます」

オーディションを配信するというバラエティ寄りの戦略、その副産物と言えよう。

「わかりましたわ、ちょい役で良かったら」

「地域を盛り上げるためか……さすが桑島家のご令嬢ですね」

光太郎の賛辞を受け止め、深雪は花恋にだけ見えるようにしたり顔でつぶやく。

「ふふふ、光太郎様が私の方に振り向くのも時間の問題ですわね」

「なぬ?」

「まぁ、役者業が忙しくなったらすれ違いが生じ長続きしないとよく言いますし、ヒロインせいぜい頑張ってくださいな」

静かに、しかし圧を込めて牽制《けんせい》する深雪の発言と光太郎への眼差《まなざ》し。

この様子を見た自称「光太郎ウオッチャー」のジロウはある危機感を募らせていた。

「……これはもしかして、ヤバイことになり始めたのでは」

深雪の一連の暴走行為は「花恋のための演技」皆はそう捉《とら》えているが、ジロウは「本気で光太郎を神と崇《あが》めているのでは?」と危惧《きぐ》し始めていた。

「だとしたら、あの件は墓場まで持っていかないと……血の雨が降る」

光太郎が「本当は深雪に告白しようとしていた」告白間違いの事実を彼女が知ったら……一

人真実を知るジロウは想像しただけで身震いするのだった。

一方、そんなことは露知らず肩を並べる花恋と深雪を光太郎は目を細め見やり続ける。

（できれば、この楽しい時間が長く続いて欲しいなぁ）

しかし、そんな彼のささやかな願いは運命が許さなかった――いや、正確には笑いの神が許しはしなかったのだった。


某日、御園生《みそのお》本家。

豪奢《ごうしゃ》な洋館、その書斎にて御園生鉄平太《てっぺいた》は腕を組みなにやら唸《うな》り続けていた。

「う～む」

鉄平太はおもむろに髭《ひげ》を撫《な》でて独《ひと》り言《ご》ちる、つぶやく内容は「孫である光太郎の素晴らしさ」についてである。

「ウチがスポンサーであるドラマのオーディションは実に大盛況。さらに光太郎はドラマに潜む不逞《ふてい》の輩《やから》の存在にいち早く気がついて教えてくれた。気がついたワシの評価は上がり、この地の顔役としての立場をさらに固めることになった。さすがワシの孫」

もちろん光太郎がそんなことを考えて行動したわけではないとは重々承知している鉄平太。しかし結果的に家の名声に貢献したことで「持っている男」と再評価しているようだ。

「やはり我が御園生に必要な人材。できれば早く家に帰ってきて欲しいものじゃが」

しかし、件《くだん》の「断れない男」という性格が治っていないのならば本末転倒と考える。

「上流階級は魑魅魍魎《ちみもうりよう》が跋扈《ばっこ》する世界……頼みごとを断る精神力がないと我が家は数年でダメになってしまう。何かワシの方から光太郎の意思を強くする切っ掛けを作ってやりたいものじゃ」

何か良い策はないものかと熟考する鉄平太。

急ぐのは良くないがあの才能を早く生かしたい……もどかしく思う彼の髭を撫でる手は止まらない。

「強引な手段はいくつか思いつくが、そんなスパルタを孫に課したくはないのぉ」

「経済の鬼」と呼ばれた鉄平太だが孫相手にその辣腕《らつわん》を振るうのは躊躇《ため》らわれるようで困っている様子である。

「もういっそ諦めて肩たたき券でも書いてもらおうか……」

そんな折である、使用人がノックし書斎に入ってきた。

「鉄平太様、桑島様からの伝言でございます」

「桑島家から？」

「はい、先日の光太郎様のお見合いの件、そろそろお返事いただきたいとのことで」

「……おぉ、そういえば」

そこで鉄平太はあることを思い出す。ドラマのオーディションをなぜか受けていた桑島深雪のことを。

「光太郎の推した女の子とものすごい即興芝居をしておったあの子か。あんな怪演じみたお芝居もできるとは桑島家のお嬢ちゃんも才気あふれる若者じゃわい」

もちろんアレが演技でなく素であったことなど鉄平太は知る由《よし》もない。

「エライ別嬪《べっぴん》さんじゃったのぉ、あの子が光太郎とお見合いした……もしや！」

そこで鉄平太はビッコン閃《ひらめ》いた。指なんか立てて「おっほー」と笑みを浮かべながらだ。

「もしや光太郎はあの娘さんのために頑張っていたのでは⁉　ならば話は早い！　光太郎には桑島のお嬢ちゃんと結婚してもらおう！」

家柄は申し分なし！　才気あふれる実に気だての良さそうなお嬢さん。そのうえ恋の後押しをしたならば孫が喜んでくれるかもしれない――鉄平太の顔はニヤつくばかりだ。

「あの才気あふれる別嬪さんと結ばれるのならば光太郎も家長としての責任が生じて断れる男になれるはず。それに桑島家の人間ならば優しすぎる光太郎を上手《うま》く補佐してくれるじゃろう！　そしてゆくゆくは――」

どんどんその気になってきた鉄平太は机に備え付けられた硯《すずり》と筆、半紙に猛然とした勢いで一筆したためだした。

実に達筆な字で書き上げるは「ひまごづくり」……そんな我欲と家の将来、すべてが詰まった怪作を執事に渡し「額縁に入れて飾ってくれ」と命じる。

執事もこの奇行に慣れているのか「かしこまりました」と一礼してその半紙を受け取った。

「それで、お返事の方は」

「うむ！　お見合いの件！　喜んでおつき合いしますと伝えてくれ！　――結婚を前提にとな」

少々強引な物言いにさすがの執事も再確認する。

「……光太郎様に聞かなくてもよろしいのですか？」

「なぁに大丈夫じゃ！　ワシにはわかる！　あのお嬢さんが好みのタイプでむしろ告白したいくらいだと！　ワシの目に狂いはない！」

そこまで言われた執事は何も言えず踵《かかと》を付け背筋を伸ばして一礼するしかない。

「よろしく頼むぞ、ほっほっほ」

高笑いする鉄平太。

確かに彼の目は間違ってはいない、実際に光太郎は桑島深雪に告白しようとしたのだから。

それが人を間違え奇妙な状況に陥っているなど、さすがの鉄平太でも見抜けなかったようである。

笑いの神のサプライズプレゼント……しかし、かの神はまだ光太郎に試練を与えようとする――

さらに同時刻、喫茶マリポーサ。

光太郎が学校から帰ると、店内には神妙な面もちの竜胆譲二《じょうじ》がテーブル席に座っていた。

本日は定休日、いつもなら着古したジャージを着こみ尻《しり》を掻《か》きながらマンガでも読んでいるはず。

しかし、彼はなぜか一張羅《いっちょうら》のスーツを着込んで店内で誰かを待っているようにそわそわしているのだ。光太郎が訝《いぶか》しげな顔になるのも無理はないだろう。

「どうしたの叔父さん？」

「アホぅ！　ワシゃ堅実な商売しとるわい！　地銀の人からお金でも借りるの？」

光太郎は「何事か」と怪訝《けげん》な顔して向かいの席に座る。

「あの『自由な服装でお越しください』という言葉を真に受けてどんな大企業もＴシャツとジーパンで就活に挑んだ逸話を持つ叔父さんが畏《かしこ》まるなんてさ……どしたの？」

「ほれ、以前にも話したじゃろ、良い感じの人がいるって」

それを聞いた光太郎の脳裏にあるパターンが浮かぶ。

「え？　じゃあ実は美人局《つつもたせ》で今から平謝り？　僕も謝って許してもらおうと？」

「話が飛躍しすぎじゃ！　それに経験上、甥《おい》っ子が一緒に謝ったところで効果はない！」

あぁ、そんな経験もあるんだ……と、嫌なベクトルで経験豊富な叔父に呆《あき》れる光太郎だった。

仕切り直しと譲二は真面目《まじめ》な面もちで語り出す。

「今回は本気……いや、いつだってワシは本気じゃったが、ずっと気になっていた人でな」

譲二は坊主頭をゴリゴリ掻きながら真面目にお相手のことを話し始める。

「薄幸の美人という感じがたまらん女性じゃった。どうもずいぶん前に旦那さんを亡くして苦労しとったらしい」

「ふむふむ」

「ワシはなぁ、その愁《うれ》いを帯びた横顔が気になって気になってしゃーなくて、そっから猛アプローチよ」

「ほいほい」

どんどん言葉に熱を帯びていく譲二、口の端に泡を溜《た》めて熱弁を振るう。

対して光太郎、もうこの手の話題に何度も付き合ってきたのか生返事を繰り返し指のささくれをイジり始めた。

「しかし相手も未亡人、旦那さんのことが忘れられん、しかしワシは諦めなかった！　そしてついに熱意は伝わりかけてきた！」

「ふむふむ」

「じゃがのぉ『芸能関係の仕事をしとる娘が心配で』と何度も断られていたわい」

「ふむふ………む？」

光太郎はここで少々引っかかるものを感じ、視線を譲二に向ける。

「しか～しっ！　ちょうどその頃《ころ》じゃ、なんと娘さんにデカい仕事が舞い込んできたそうでな！　めちゃくちゃ上機嫌やった！　このタイミングは見逃せんやろ！　ワシは一大決心してその場でプロポーズしたんじゃ！」

「えっと……ちょっと……」

背中に変な汗が流れ始める光太郎、しかし乗り始めた譲二は熱を込めてまくし立てる。

「今一緒に住んでいる甥っ子も、この結婚を応援しているのでご安心を！　そこでようやく彼女は首を縦に振ってくれたんじゃ！　いやぁあの時の笑顔、最高じゃったわい――」

ある懸念が頭から離れない光太郎は強引にトークに割り込む。

「譲二叔父さん！　ちょっと待って、気になる点があるんだけど」

「何じゃ？」

「その人の娘さんって、その……僕と同じくらいの年齢とか？」

譲二は「勘がええのぉ」と目を丸くして驚いた。

「おぉ、何でも年頃の娘さんらしいぞ。今日顔合わせで来てくれることになっとる。急ですまんの」

「ちょ、え……ちょ……」

動揺を隠せない光太郎は狼狽《うろた》えるしかない。

「芸能関係……」

そんな折り、外からなにやら話し声が聞こえてきた。

「お母さん、ここって——」

「そうよお相手の方はここで働いているの——」

「え？　え？　え——」

「急でゴメンなさいね、でもあなたこれから大事な時期だし、心配させたくないから——」

「でも、え？　えぇ——」

何やら聞き覚えのある声。

そしてカランカランと喫茶店の入り口から声の主が入店してくる。

「失礼します竜胆さん」

目の前にいるは実に温厚そうな妙齢の女性。そして——

「………やぁ」

恥ずかしそうに頬《ほお》を染める遠山花恋がそこにいた。

譲二は光太郎と花恋の機微に気が付かず照れながら妙齢の女性——花恋の母を紹介する。

「遠山菜摘《なつみ》さんじゃ、ほれ光太郎、挨拶《あいさつ》せぇ」

「はじめまして遠山菜摘……あら？　あらあら、まぁまぁ」

顔色がずいぶんよくなった花恋の母。彼女は光太郎と娘の関係を知っているのか口元に手を当て微笑む。

実に気品あふれる笑みと厳《おごそ》かなたたずまい、桑島家の元御令嬢であることが見て取れた。

「ん？　ありゃ？　君はこの前ウチに来た――」

一方、譲二も花恋に気が付いたようで右に左に視線をせわしなく動かし花恋を見回した。競馬場でパドックを見るおっさんのような視線からは彼が御園生家の血縁者である雰囲気は欠片《かけら》もなかった。

（似たような境遇のはずなのにこうも違うか……）

そんな事を考えている光太郎に花恋の母は深々と頭を下げる。

「娘からお話はたくさん伺っています、この前は本当にありがとうございました。花恋の母、菜摘です」

「あ、どうも、竜胆光太郎です。譲二叔父さんの甥っ子で――」

自己紹介をしている最中、菜摘は食い気味で光太郎の手を取り感謝の弁を述べた。

「遅刻しそうになった娘を――まさか譲二さんのところの子だったなんて……どおりで同じ苗字だと思ったわ」

「あ、はぁ」

竜胆なんて名字めったにないのに、と光太郎は胸中でツッコんだ。

（でも菜摘さんの境遇を考えるとしょうがないのかな？）

元々の天然に加えて世間知らずなお嬢様。花恋の日頃の苦労がうかがえる。

花恋が光太郎の彼女と聞いて譲二の目がきらり光った。

「ほうかほうか、何じゃ、隅《すみ》に置けんのぉ」

肘《ひじ》で突く譲二、うざいことこの上ない態度に光太郎は苦い顔をした。

しかし、その顔は譲二の発言で一変することとなる。

「ふむ、コレはあれじゃな、同棲《どうせい》の予行練習になるぞ」

「は？　え？　まさか……」

真顔で問い返す光太郎に譲二は何か思いついたのかニンマリ微笑んだ。

「年頃の娘さんがいるから一緒に住むのは先にしようと思っとりましたが……どうでしょう菜摘さん」

「私も今同じことを考えてました譲二さん、是非とも」

微笑む菜摘、譲二は「よっしゃ」と膝《ひざ》を叩いた。

「というわけで、これから同じ屋根の下で暮らすことになる、仲良くせぃよ」

「「えぇぇぇぇ!?」」

知らぬ間に桑島深雪と結婚を前提におつき合いになった日に遠山花恋と同棲生活を宣言される光太郎。

「告白間違いした」という爆弾を抱《かか》えた彼の甘々な受難はまだ続きそうである。

あとがき

実は私、最近脳トレに取り組んでおります。

「もう遅い」と仰られるのもごもっとも。でもね、色々思うところがあるんですよ。

というのも、このお仕事……ラノベ作家というのは妄想がメシの種、オレツエーで無双したり現代知識やチート能力で優越感に浸る自分に想いを馳せる行為は、料理人が包丁を振るい営業マンが電話をかけたりするのと≒《ニアイコール》なわけでありまして……全世界の料理人の皆様、並びに営業マンの皆様、一緒にするなと思うのはごもっともですがお目こぼしください。

そんなワケで今もギュンギュン妄想している私。

ちなみに現在は「イグノーベル賞を受賞し特許料で地元にスタジアムを建設。子供達に無料で貸し出しできるほど潤沢な貯金を持ち社員全員から慕われる会社経営者の傍ら西武の中継ぎで最多勝を取るオールドルーキー」という妄想がマイブームでありまして……

もうお分かりですね、こんなこと常日頃から考えていて脳細胞が死んでいないわけないじゃないですか。

そのうち妄想と現実の区別が付かなくなって「俺《おれ》、イグノーベル賞も取ったラノベ作家です」

なんて埼玉の中心で叫んだ日にゃ事案ですよ事案。ラノベ作家ってだけでも風当たり丸の内のビルの谷間風レベルで強いのに。

そんなわけで私は脳細胞復活に向け脳トレに余念が無いわけであります。

具体的には「ディアブロ４」をライフハックレベルで取り組んで……ほら、ゲームって脳トレになるって言うじゃあありませんか！

え？　仕事しろ？　――ハハハ、まずは謝辞を。

イラストレーターのたん旦様。素敵なイラストありがとうございます！　特に表紙が最高です！　イメージを膨らませて描いていただき一目見て「これだ！」と小躍りですよ、私の死んだ脳細胞が復活しました。

まいぞー様、大変お待たせしました。企画を出してから長い間、色々と紆余曲折、果ては全ボツなどもあって脳細胞と毛根が死んでしまいましたが、ここまでこぎ着けられたのは編集さんのお力です。

そして家族に色々と付き合ってくれる同期や先輩、友人たちには感謝が尽きません。

そしてそして、もちろんこの本を手に取っていただいた方にも最大級の謝辞を！　みなさまが楽しんでいただけるのなら私の脳細胞がいくら死んでもかまわない次第です。乾燥ワカメみたいな脳細胞で等価交換になるかわかりませんが、頑張ります。

――脳トレよりダイエットしろと言われ続けて早数年のサトウとシオ

ファンレター、作品の
ご感想をお待ちしています

〈あて先〉

〒106－0032
東京都港区六本木2－4－5
ＳＢクリエイティブ（株）
GA文庫編集部 気付

「サトウとシオ先生」係
「たん旦先生」係

本書に関するご意見・ご感想は
右の QR コードよりお寄せください。

※アクセスの際や登録時に発生する通信費等はご負担ください。

https://ga.sbcr.jp/

隣のクラスの美少女と甘々学園生活を送っていますが告白相手を間違えたなんていまさら言えません

発　行　　　2023年9月30日　初版第一刷発行
著　者　　　サトウとシオ
発行人　　　小川　淳

発行所　　　SBクリエイティブ株式会社
〒106－0032
東京都港区六本木2－4－5
電話　03－5549－1201
03－5549－1167(編集)

装　丁　　　AFTERGLOW

印刷・製本　中央精版印刷株式会社

ISBN978-4-8156-1788-2
Printed in Japan　　　GA文庫

ゲームで不遇職を極めた少年、異世界では魔術師適性MAXだと歓迎されて英雄生活を自由に満喫する／スペルキャスターLv100②

著：あわむら赤光　画：ミチハス

GA文庫

「そうだ。〈帝都〉、行こう」

　九郎は女騎士さんの依頼で、今度は〈帝国圏〉へと冒険することに！

〈魔術師〉が不遇職だったゲームでは、ずっとぼっちプレイヤーだった九郎にとって、女騎士さんはいわば初めてできた冒険仲間。そのお願いを断る理由はなかった。何より魔術の聖地にして、陰謀渦巻く〈帝都ガイデス〉は、ゲーム時代に最も親しんだゆかりの場所。セイラも連れて気分はまさに長期旅行!?

そして着いた〈帝都〉で——

「ゲームで調べ尽くしたと思ってたのに、まだこんな発見があるとは！」

　神ゲー以上の体験に満ちたMMORPGライクファンタジー第２弾!!

試読版は
こちら!

第16回 GA文庫大賞
GA文庫では10代～20代のライトノベル読者に向けた
魅力溢れるエンターテインメント作品を募集します！
物語が、華ひらく。
イラスト／風花風花
大賞賞金300万円+コミカライズ確約！
◆募集内容◆
広義のエンターテインメント小説（ファンタジー、ラブコメ、学園など）
で、日本語で書かれた未発表のオリジナル作品を募集します。希望者
全員に評価シートを送付します。
※入賞作は当社にて刊行いたします　詳しくは募集要項をご確認下さい
リニューアルで選考課程を一新!!!
応募の詳細はGA文庫
公式ホームページにて
https://ga.sbcr.jp/